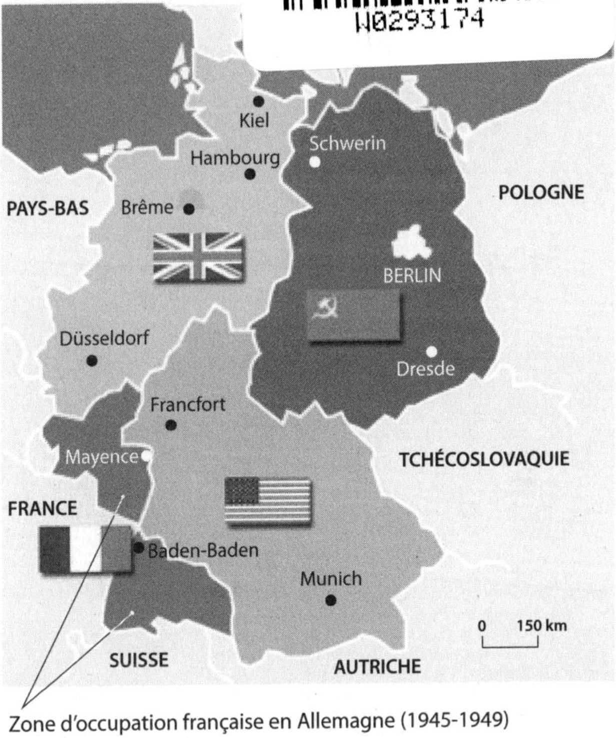

Zone d'occupation française en Allemagne (1945-1949)

Une famille bien tranquille

Lundi 12 juillet 1943, neuf heures du matin.
Conservatoire de musique, siège de la Gestapo.
32, boulevard Gambetta, Troyes

Un SS s'efface pour laisser entrer une femme fatiguée d'une soixantaine d'années. Aussitôt, l'officier du SD s'approche d'elle et l'invite du geste à s'asseoir dans un fauteuil faisant face à son bureau, au-dessus duquel trône le portrait en pied du Führer. Le garde se retire en claquant des talons et en saluant son chef le bras tendu.

Le major Joseph Hellenthal est un trentenaire à l'allure rigide et aux gestes secs et précis. L'homme parle un français châtié. Son accent métallique souligne la netteté tranchante de ses propos.

« Quel plaisir de recevoir une Française dont on m'a dit le plus grand bien ! Puis-je me permettre de vous proposer un café, Madame ?

— Non merci. Je suis malade du cœur, ce ne serait pas raisonnable…

— Ah, le cœur ! Je suis toujours étonné de sa fragilité. Nous sommes décidément bien peu de chose, Madame. »

L'officier prend une cigarette dans un étui de cuir. Il l'allume et fixe la femme.

« Savez-vous pourquoi je vous ai invitée, Madame ?
— Non, je n'en ai aucune idée.
— Pour vous demander des nouvelles de votre famille. C'est important la famille, n'est-ce pas, Madame ?
— Oui, bien sûr…
— Et donc, comment se porte votre fille, Madame ?
— Comment se porte ma fille ?! »
Le nazi jette un œil sur la feuille dactylographiée posée sur son bureau, tout en poursuivant son monologue avec détachement.
« Oui, votre fille Irène. La maman du petit Victor, institutrice à Saint-Parres-aux-Tertres et épouse de Charles Gapin, directeur commercial d'une société de machines agricoles à Reims. C'est bien cela, Madame ?
— Oui. Ils vont tous bien, je vous remercie. Mais j'avoue ne pas saisir… Que voulez-vous savoir précisément ?
— Chère Madame, j'aime prendre des nouvelles des bons Français. Savoir que nos voisins apprécient cette remarquable collaboration européenne nous est précieux. Cette confiance inédite entre deux pays qui se sont fait si souvent la guerre pour de si médiocres raisons, voilà qui est véritablement formidable. N'est-ce pas, Madame ?
— Euh, je ne sais pas… Tout ça me dépasse un peu…
— Je vous comprends. Et votre fils, Jules ? Lui aussi est en pleine forme ? C'est bien le jumeau d'Irène, Madame ?
— En effet.
— Et il est bien contremaître à la bonneterie Valton de Troyes ?
— Oui, depuis quelques années déjà.
— Une maison sérieuse, c'est important pour bien travailler. Il m'a été également rapporté qu'il est un

fervent soutien du gouvernement de Pierre Laval. Et un militant de l'Europe nouvelle. Cela le grandit à mes yeux. Vous n'êtes pas de mon avis, Madame ?

— Oh, vous savez, moi, je ne fais pas de politique…

— C'est mieux ainsi, Madame. Il suffit de suivre les conseils si précieux et si justes du maréchal Pétain.

— J'ai toute confiance en lui…

— Voilà qui est parfait. La politique salit tout, croyez-moi. Les familles françaises ont assez à faire avec un quotidien parfois fastidieux. Inutile d'y ajouter des tracas. Bien, je crois que nous nous sommes tout dit, Madame. »

Il indique d'un geste la direction de la sortie à la femme qui se lève du fauteuil et le suit. Il se fige soudain sur le pas de la porte.

« Mais où ai-je la tête ? J'ai omis de vous demander des nouvelles de votre fils aîné. Comment va-t-il, Madame ? »

La femme est soudain pétrifiée.

« C'est-à-dire que René est à l'étranger…

— À Londres, c'est bien cela, Madame ?

— Oui…

— Et il ne vous donne aucune nouvelle ?

— Non…

— Je trouve cette attitude peu correcte à votre égard. Vous n'êtes pas de mon avis, Madame ?

— Euh… c'est-à-dire que René a toujours été un peu…

— Rebelle, c'est bien cela ?

— Voilà…

— Et peut-être même gaulliste, aussi ? »

La femme ne répond pas. L'homme s'est raidi.

« C'est fâcheux. Surtout de la part d'un officier – pardon : d'un déserteur condamné à mort. Cela doit vous causer bien des soucis. Me trompé-je, Madame ? »

La femme se met à sangloter. Il sort de sa poche un mouchoir de lin et le lui tend. Sa politesse exquise habille un cynisme détaché.

« Reprenez-vous, je vous en prie… Je ne fais que m'enquérir de votre bien-être familial. Il n'y a aucune raison de vous mettre dans un tel état, Madame.

— Pardon, je…

— Vous êtes toute pardonnée. Et d'autant plus pardonnée que j'aurais un petit service à vous demander. Venez donc vous rasseoir quelques instants, Madame. »

Paris calling

1

Jeudi 6 septembre 1945, dix heures du matin. Londres

Le Douglas C-47 vrombit. La lourde carlingue vibre dans un bruit épouvantable. Lentement, l'avion-cargo se positionne sur la piste principale de Northolt. Je boucle ma ceinture, les bottes posées sur la cantine métallique renfermant mes effets personnels. J'allume une Bar One et tire longuement sur la cigarette. De ma bouche monte une volute qui se dissipe devant mes yeux.

Par le hublot, j'observe une cohorte de prisonniers allemands longeant le tarmac. Torse nu, pelle et balai à l'épaule, ils sont menés au pas de gymnastique par quatre soldats hindous armés de longues badines de bambou. Ces derniers claquent les flancs des Boches comme s'ils menaient un troupeau de zébus à la rizière. Un crachin persistant, semblable aux prémices de la mousson, ajoute à l'exotisme de la situation.

Lorsque l'avion décolle enfin, huit ans de ma vie se transforment aussitôt en souvenirs confus. Retrouver la France me plonge dans une mélancolie brutale. Les autres passagers, une vingtaine d'officiers polonais, britanniques et américains, font circuler des bouteilles de whisky qu'ils vident dans leurs timbales d'aluminium. Je passe mon tour. Bientôt, je m'assoupis.

L'avion entame sa descente sur Paris. Un voisin polonais me secoue pour me réveiller, puis il m'indique le hublot.

« *We did a fucking good job !* »

En contrebas, sous un soleil éclatant, des ruines s'amoncellent au Bourget, à Dugny et au Blanc-Mesnil. Puis de grands hangars éventrés dévoilent les carcasses d'avions détruits lors des bombardements. *Nos* bombardements.

Pour la première fois, je visualise l'ampleur de la casse. La précision n'a pas été au rendez-vous de ces frappes nocturnes. Des civils ont payé le prix de nos approximations. Tout cela renforce mon malaise tandis que mes voisins détachent leur ceinture, ajustent leur tenue et portent à leur tête casquettes et calots. Eux sont très heureux de s'offrir Paris quelques jours. Le mythe a la vie dure.

Aérodrome du Bourget

Sur le tarmac, une procession de Jeep prend livraison de nos cantines et des caisses d'archives cadenassées. Encadrés par des tirailleurs sénégalais, des prisonniers font office de personnel au sol. Quelques coups de pied aux fesses encouragent les Allemands à accélérer les opérations.

Alors que j'observe ce manège, une femme s'approche de moi.

« Commandant Valenton ?

— C'est moi, oui…

— Colette Richard, lieutenant d'intendance du général Garnier. Le voyage s'est bien passé ?
— Aucun Messerschmitt n'est venu contrarier notre vol, si c'est la question…
— C'est un rapace qu'on n'observe plus. Et nul ne s'en plaint… »

Le lieutenant Richard me guide vers une Jeep dont le moteur tourne. Elle prend d'autorité la place du conducteur. Je dépose mon paquetage à l'arrière puis grimpe à mon tour dans la Willys qui démarre sur les chapeaux de roues.

Le véhicule quitte le tarmac, s'engage entre les hangars et sillonne les voies goudronnées menant à la sortie de l'aérodrome. Un ultime barrage de la police militaire oblige la jeune femme à freiner sec. Elle tend ses papiers à un officier qui la salue et jette un œil sur les documents avant de faire signe à ses collègues de dégager les herses sécurisant l'issue. Un sergent les pousse du pied avant de lever une barrière rehaussée d'un panneau de stop.

Nous quittons Le Bourget. Direction Paris. À la dérobée, j'observe cette femme énergique. Elle semble avoir la trentaine. Comme moi. Grande et d'allure sportive, les traits fins, le nez aquilin. Brune, elle est coiffée d'un calot posé avec soin sur ses cheveux relevés en chignon. Gantées de cuir, ses mains doivent être fines et nerveuses. Dans une tenue qui valorise son galbe harmonieux, elle ne manque pas de charme. Sans doute en est-elle consciente.

Je sors mon paquet de cigarettes et le lui présente.
« Vous fumez, lieutenant ?
— Jamais avec un inconnu, commandant ! »
Elle sourit avec malice, sans quitter la route des yeux. Je tire sur ma cigarette et me détends.

Pour se frayer une voie dans un trafic qui se densifie au fur et à mesure que nous approchons de Paris, elle ose des embardées afin de dépasser des véhicules ou des cyclistes trop lents à son goût. Sans jamais klaxonner ni faire montre de nervosité. J'ai l'impression qu'elle veut ainsi me prouver son *self-control*. Une séductrice pleine de panache ? Une femme assumant son autorité naturelle ?

« Puis-je me permettre de vous poser une question, commandant ?

— Faites donc, lieutenant.

— Pourquoi être resté si longtemps en Angleterre ?

— Une fois le barnum de la France libre parti faire sa tournée triomphale sur le continent, il fallait bien balayer la sciure abandonnée par le grand cirque victorieux. Les Britanniques n'auraient pas apprécié que nous partions comme des voleurs, après cinq années d'hébergement gracieux. Mettez-vous à leur place…

— Je peux l'admettre…

— Ça a pris un temps fou. L'intendance n'est pas la partie la plus réjouissante de nos missions, mais il faut bien que certains s'y collent.

— À qui le dites-vous… »

Elle sourit. L'expertise paperassière est un art militaire que seuls les connaisseurs apprécient à sa juste valeur. C'est son cas.

« Classer les archives qu'il aurait été imprudent de laisser entre les mains d'alliés trop curieux, mettre au point de nouvelles méthodes de coopération… Ce fut fastidieux. Parfois même tendu.

— Et comment s'est déroulé le 8 mai, chez vous ?

— Comment cela : chez moi ?

— Je voulais dire : à Londres…

— Ah oui, le V.E. Day…

— Pardon ?

— Le Victory in Europe Day – le Jour de la Victoire en Europe. Vous ne parlez pas anglais, lieutenant ?

— Je crois savoir que "*my taylor is rich*". Mais c'est à peu près tout.

— C'est un bon début. Ce jour-là, il faisait un temps superbe : 24 °C.

— Vous avez une mémoire d'éléphant…

— Pas du tout. Je m'en souviens car, comme tout lecteur du *Times*, je retrouvais la météo pour la première fois depuis six ans : les prévisions en avaient été retirées pour ne pas renseigner l'aviation ou la marine ennemies.

— C'était plus prudent…

— Il a donc fait un temps de roi. Les cieux se sont mis au diapason de ce jour historique.

— À Paris aussi : un printemps béni des dieux !

— Et "chez moi", comme vous dites, tout le monde convergeait vers Whitehall et Buckingham Palace. »

La curiosité du lieutenant ravive quelques souvenirs londoniens. Le discours de Churchill à Whitehall vantant le courage britannique et la solitude d'une démocratie combattant la barbarie. Ce n'était pas faux jusqu'en 1941, c'était un peu prétentieux ensuite. Mais après tout, Churchill avait toujours porté au pinacle l'Empire britannique et sa personne. Qui, pour lui, ne faisaient qu'un. Je me souviens de l'extraordinaire *Land of Hope and Glory* entonné par le Premier ministre et repris par la foule. Je l'avais chanté comme tout le monde. Au milieu d'Anglais, de Français, de Polonais, de Tchécoslovaques, de Belges, de Hollandais, de Danois, de Yougoslaves, de Luxembourgeois, d'Américains… Ce jour-là, Londres était la capitale de l'Europe libre. Ça méritait une ritournelle britannique.

« Poursuivez, j'apprécie les voyages immobiles… »

Me revient en mémoire le protocole royal totalement chamboulé. La reine et le roi apparaissant six fois au balcon de Buckingham pour saluer la foule qui chantait à tue-tête *For He's a Jolly Good Fellow* sur le Mall ; les princesses Margareth et Elizabeth quittant le palais, escortées d'officiers de la garde, pour aller se mêler aux Anglais en liesse. Puis, dans les rues pavoisées de l'Union Jack, les habitants déjeunant dehors. Parfois aux abords des ruines. Fini, le Blitz et les bombes volantes. Terminé, l'angoisse de voir sonner à sa porte le facteur du Royal Mail délivrant son télégramme de mort. « *End of war !* » titraient en une les journaux du soir.

« Et à Paris, quelle fut l'ambiance ?

— Même ferveur. On n'avait pas vu une telle foule depuis la Libération. À quinze heures, les cloches de Notre-Dame ont sonné à toute volée. À la radio, de Gaulle a fait une annonce solennelle. Je me rappelle ses mots : “La guerre est gagnée. Voici la victoire. C'est la victoire des nations unies et c'est la victoire de la France.” »

Colette Richard évoque la manifestation sous l'arc de triomphe devant la tombe du Soldat inconnu et le général de Gaulle ranimant la flamme. Les 8 et 9 mai ont été déclarés jours fériés. Deux jours de célébrations et de fêtes. Une liesse extatique. Les terrasses des cafés envahies, des bals spontanés au milieu des rues et jusque tard dans la nuit, des embrassades, des étreintes, des cris de joie à perte d'écho…

« Nous pouvions enfin souffler. Penser un peu à nous.

— Et depuis ?

— Regardez autour de vous : l'enthousiasme se fait encore plus rare que les bas de soie aux jambes des femmes. »

Paris

Pénétrant par la porte de la Villette, nous sommes bientôt immobilisés par le passage d'un long convoi militaire américain : il tire de lourdes pièces d'artillerie recouvertes de bâches, dans un bruit obsédant de moteurs en surchauffe. D'énormes volutes de fumée noire s'échappent de l'arrière des véhicules.

Des policiers militaires ouvrent la voie, juchés sur de rutilantes Harley-Davidson. L'étoile blanche cerclée de l'US Army se découpe sur le vert foncé de leur carénage. Agacés par la foule qui s'agglutine à leur passage au risque d'être heurtée par les engins gigantesques, ils déclenchent leur sirène, en faisant de grands signes pour que les curieux ou les distraits s'écartent. Les Américains rejoignent les ports artificiels de Normandie et les bases de Bretagne pour rembarquer ce matériel aux États-Unis. Une transhumance en provenance d'Allemagne. Le signe tangible d'une guerre qui s'est vraiment achevée. Et la démonstration de la puissance américaine. Un autre barnum.

Aux croisements, quelques policiers français jouent aussi du sifflet et font voltiger dans les airs leurs bâtons blancs pour fluidifier le trafic congestionné. S'aventurant au milieu de la chaussée, ils disparaissent parfois dans les grappes inextricables de vélos qui débordent sur les trottoirs et entourent de leur flot incessant les rares véhicules.

À hauteur des cadres des deux-roues, le spectacle est cocasse : des jambes nues, que les jupes découvrent lorsqu'un filet d'air s'engouffre dans cette masse compacte, frôlent des shorts de toile et des pantalons serrés au niveau des chevilles par des pinces. Les sonnettes ne cessent de tintinnabuler. Les invectives fusent au moindre obstacle. Il y a de l'électricité dans l'air.

Aux balcons et aux fenêtres des immeubles flottent encore des drapeaux tricolores, anglais, soviétiques et américains. Fabrication maison, urgente et enthousiaste. Ces taches de couleur tranchent avec la grisaille des façades. Ces oriflammes dépareillées qui pavoisent là depuis les fêtes de mai dernier ont perdu leur éclat ; certaines pendent, effilochées. Simple oubli de ceux qui les déployèrent ? Volonté de maintenir intact le témoignage d'une ferveur libératrice ?

Tournant mon regard vers les trottoirs bondés, j'observe de longues files immobiles. Des gens patientent le long des devantures des boutiques de l'interminable rue de Flandres. Aux vitrines des commerces, des ardoises précisent l'état des stocks du boutiquier et rappellent les conditions de délivrance des marchandises.

Devant les boulangeries, les épiceries, les boucheries, les crémeries, les primeurs, s'alignent des dizaines de quidams, habitués à cet exercice. Mais la tension est perceptible. Des gestes d'impatience et des remarques agacées proférées à haute voix trahissent la lassitude. Tenant à exprimer leur rancœur et à la faire partager au plus grand nombre, des forts en gueule vocifèrent. Des haussements d'épaules et des yeux levés au ciel leur répondent parfois, provoquant des diatribes colériques.

Certains s'assoient sur des pliants et papotent tranquillement. Des habitués. Ou des fatalistes. Quelques-uns parcourent les journaux que des colporteurs vendent à la criée. Dans ce quartier de l'est parisien, c'est principalement *L'Humanité*, parfois *Le Populaire*, rarement *Le Figaro* ou *Combat*. Ici, les communistes tiennent le pavé. D'autres jouent aux cartes sur des caisses de bois, en jetant un œil impassible sur l'avancée des queues. Des philosophes.

Les enfants ne tiennent guère en place. Dès qu'un soldat américain apparaît sous le regard noir des adultes faisant le pied de grue, les gamins s'agglutinent autour de lui en une grappe compacte pour quémander des barres chocolatées, du chewing-gum, des cigarettes. L'Américain se déleste de ces trésors sans cesser sa marche. La procession enfantine se disperse au fur et à mesure que les provisions du libérateur s'amenuisent. Puis les gosses retournent vers les files d'attente pour narguer leur famille en exhibant leurs trophées qu'ils s'empressent de remettre dans leurs poches, de crainte qu'un agacé ou un jaloux ne vienne les leur chiper.

Un passant interpelle le lieutenant Richard alors que notre Jeep s'immobilise à la hauteur d'une épicerie aux étals faméliques.

« Alors, la pimbêche, on bouffe bien chez les trouffions ? Mieux qu'ici, certainement ! C'était bien la peine de chasser les Fritz pour continuer de crever la dalle ! »

Colette Richard préfère ne pas répondre. Elle se concentre sur les explications qu'elle me donne, l'air gêné. Comme si elle se sentait responsable de me faire découvrir l'ambiance délétère des rues parisiennes.

« Les gens sont exaspérés. Et ils ne se privent plus de le dire…

— J'entends ça…

— Le ravitaillement est balbutiant. On manque de tout : pain, beurre, viande, légumes, fruits, lait, vin… Les pénuries sont constantes. Les coupures d'eau, de gaz ou d'électricité sont quotidiennes. Et cela risque de durer. On est obligé de rétablir les tickets de rationnement ! Sans parler du charbon. L'hiver dernier, le froid était épouvantable ; les gens coupaient les arbres dans les squares ou sur les avenues pour parer au plus pressé. Et l'hiver qui vient ne devrait guère être plus clément… Sauf que les arbres ont disparu.

— Ce n'est tout de même pas la faute de De Gaulle !

— Non, mais la population lui fait endosser un costume trop grand pour lui.

— Il a pourtant les épaules larges…

— Mais le commun des mortels lui prête des pouvoirs miraculeux qu'il n'a pas.

— Ou qu'il n'a plus…

— Là-dessus, vous rajoutez la plaie du marché noir et la vision des soldats américains qui, eux, ne manquent de rien et peuvent tout s'offrir, et vous avez une certaine idée des raisons pour lesquelles la colère gronde…

— Les Parisiens n'imaginaient tout de même pas que leur vie allait changer du jour au lendemain !

— À certains égards, elle a empiré ! Ils n'ont plus de patience. Cela fait plus d'un an que Paris a été libérée. Ils trouvent le temps long.

— Paris ne s'est pas faite en un jour.

— Dites-leur ça en face, commandant : vous verrez… »

Nous passons devant des palissades dissimulant mal un pâté d'immeubles effondrés. De leurs entrailles figées dans le drame, on distingue les intérieurs dévastés et les planchers fracassés. Des pans de mur revêtent leur papier peint noirci par les incendies. À un étage, un W.-C. de porcelaine pend dans le vide, ridicule.

« Cela aussi, les gens l'ont mal digéré…

— Les bombardements alliés ?

— Leur imprécision : ces habitations ont fait les frais des frappes sur la gare de La Chapelle en avril de l'année dernière. Les bombes pleuvaient sur Montmartre et dans le coin. Même la banlieue n'a pas été épargnée. Six cents morts…

— Je le sais, lieutenant. Mais il fallait bien casser les infrastructures de l'occupant pour le déloger.

— Oh, je ne critique pas, commandant. Mais la lenteur des reconstructions et la pénurie de logements agacent tout le monde. Rien ne va assez vite. Et tous ont hâte d'en découdre dans les urnes… Regardez… »

Je remarque sur les palissades de bois masquant les ruines une foultitude d'affiches, certaines en recouvrant d'autres, déchirées ou arrachées.

« Les Français n'ont peut-être pas grand-chose à se mettre sous la dent mais ils ont retrouvé la parole !

— Et ils ne s'en privent pas… »

PCF, MRP et SFIO rivalisent dans l'appel au peuple à l'approche du référendum et des élections du 21 octobre. Les premières consultations nationales depuis le Front populaire, il y a presque dix ans. La possibilité de changer de régime en élisant une assemblée constituante. Et l'occasion pour les partis de se compter vraiment. Socialistes, démocrates-chrétiens et communistes se rendent coup pour coup. L'unanimité résistante a fait place à une compétition féroce.

Les slogans sont simples, les symboles évidents, et les choix clairs. Les dessinateurs ont du talent. Leurs traits de crayon sont fougueux. La nuance n'a pas sa place. Sur fond de cheminées d'usines fumantes, « Le socialisme à la barre » montre un ouvrier tenant un gouvernail entre ses mains puissantes, dans lequel se découpent les trois flèches de la SFIO. « Pour la liberté, votez socialiste » est une variante plus sensuelle, sur laquelle une femme blonde et svelte avance, les paumes ouvertes le long d'un corps qu'elle a fort beau.

Les démocrates-chrétiens sont plus concrets : « Après avoir dit NON une fois à l'Allemagne, le MRP dira OUI deux fois à la France. » Les doigts écartés d'une grande main forment le V de la victoire. Comme pour conjurer une déroute que craignent les modérés. Pour rappeler qu'il compte bien participer à la reconstruction du pays, le MRP gratifie également les passants d'une affiche que la propagande soviétique pourrait faire sienne. Du moins, dans son graphisme constructiviste : « Bâtir la France avec le peuple » montre le fessier avantageux et le dos nu et musculeux d'un homme qui, armé d'un burin et d'un marteau, sculpte le visage d'une immense Marianne imperturbable, arborant un bonnet phrygien rouge.

Les communistes, eux, ont choisi d'être prolixes. Après tout, les Français aiment lire. Et ils en ont à nouveau le loisir et la liberté. Démultipliée sur les palissades et débordant sur les murs avoisinants, une affiche s'impose massivement. Elle prend des accents dramatiques : « Ils sont morts pour que vive la France. C'est par dizaines de milliers que les communistes sont tombés en héros pour préparer des lendemains qui chantent. Le parti des fusillés sera le grand parti de la renaissance française. Votez pour le Parti communiste français. » Appuyant cette affirmation, sur fond de carte de France et à l'ombre de sinistres croix mortuaires, une photo montre une femme enveloppant son enfant de ses bras protecteurs.

Colette Richard interrompt mes pensées.

« Les militants communistes seraient plus nombreux que nos effectifs militaires !

— À Londres, il se disait même que certains cumulaient : communistes ET militaires…

— Exact. J'en croise parfois. Si ça continue, l'armée française deviendra l'Armée rouge…

— Ce n'est pas demain la veille, lieutenant : nous sommes beaucoup trop indisciplinés pour sombrer dans ce travers sacrificiel !

— Il n'empêche : à Vincennes, dimanche dernier, lors de la fête de *L'Humanité*, Maurice Thorez a remis sa carte au millionième adhérent, un mineur du Pas-de-Calais ! Vous vous rendez compte, commandant : un million de communistes en France !

— Ça me semble beaucoup. Mais les adeptes du maréchal Staline ont toujours eu la main lourde et l'addition salée. Et sinon, quoi de neuf et d'un peu plus positif ?

— À moi aussi : ils ont toujours eu l'addition lourde.

— Très juste. Et sinon, quoi de neuf et d'un peu plus positif ?

— Le droit de vote des femmes.

— Les Anglaises l'ont depuis trente ans. Mieux vaut tard que jamais, me direz-vous… Et, sans indiscrétion, qu'en pensez-vous, lieutenant ?

— Les femmes sont des êtres humains comme les hommes. Elles peuvent donc être électrices comme tout le monde, non ?

— Je n'y vois aucun inconvénient. Au contraire.

— J'ai donc pu voter aux municipales. Deux fois : le 29 avril puis le 13 mai.

— Un galop d'essai réussi ?

— Oui. Mais vous ne me demandez pas pour qui j'ai voté ?

— Il me semble que le vote est secret… »

Elle rit.

« Oui. Enfin, *a priori*…

— Pardon ?

— Dans le bureau de vote, de nombreux maris choisissaient le bulletin de leur épouse et les accompagnaient dans l'isoloir pour vérifier qu'elles le glissaient bien dans l'enveloppe…

— Votre époux en a-t-il fait autant ?

— Non : il n'est plus de ce monde.

— Je suis confus…

— Il est mort à Dunkerque, en protégeant le rembarquement britannique il y a cinq ans. Raison pour laquelle j'ai voté sans chaperon. Mais avec Jacques.

— Jacques ?

— Mon fils de dix ans. »

La Willys se rapproche du quartier des ministères ; le trafic est progressivement moins dense. Peu de circulation, hormis quelques bus bondés dont les bas de caisse frôlent le macadam. Encore et toujours, des vélos-taxis, des triporteurs et des bicyclettes. Quelques badauds s'aventurent sur les trottoirs ou émergent des bouches de métro.

Nous traversons la Seine depuis la place de la Concorde. La façade de l'Assemblée nationale surgit du faux-plat du pont, parée d'immenses drapeaux tricolores couvrant les colonnes du fronton. Colette Richard demeure concentrée : à l'approche du ministère de la Guerre, elle retrouve le masque imperturbable du militaire en mission.

2

La Jeep s'engage dans la rue Saint-Dominique et s'arrête devant l'entrée du ministère. Des impacts grêlent les murs à hauteur d'homme, près des portes d'accès. En façade, les encadrements de fenêtres sont constellés de petits cratères qui ont fait exploser la pierre. Souvenirs de la Libération, il y a un an.

Après avoir vérifié nos identités, les plantons lourdement armés nous saluent et écartent une barrière barbelée pour permettre au véhicule de se garer dans la cour.

Peinant à suivre Colette Richard, qui connaît les lieux comme sa poche et s'y faufile à vive allure, je grimpe quatre à quatre les escaliers, parcours de vastes couloirs, traverse des salles encombrées de bureaux où s'affairent civils et militaires. Nous parvenons enfin devant une porte de chêne clair à double battant.

Un goumier marocain en djellaba de laine écrue, coiffé d'un chèche couleur sable, monte une garde sourcilleuse, le fusil Springfield à l'épaule.

« Il est là, sergent ?

— Il vient juste de rentrer, lieutenant. On a fait dresser une table, comme convenu.

— Parfait, sergent ! Commandant, prêt pour le grand saut ? »

Sans attendre ma réponse et sans frapper, elle pénètre dans un espace immense. Presque une salle de bal. Je la suis, happé par la curiosité.

Dans l'axe, à dix mètres de l'entrée, entre deux hautes fenêtres encadrées de rideaux de velours gris, trône un bureau en acajou, surchargé de dossiers, de journaux et de cartes militaires. Trois téléphones et un talkie-walkie branché à sa centrale occupent une desserte, contre le mur. À la verticale du bureau, un portrait du général de Gaulle, chef du Gouvernement provisoire de la République française. Quelques fauteuils Louis XV du Mobilier national sont disséminés alentour.

J'aperçois le locataire des lieux. Sur la gauche, près d'une armoire forte, il apparaît, en civil, derrière l'une des portes blindées qu'il referme d'un coup d'épaule après en avoir extrait un dossier et une carte d'état-major qu'il dépose sur le bureau.

« Mon général, le commandant Valenton est parmi nous.

— Merci, Colette ! Alors, Valenton, pas trop dépaysé, depuis le temps que vous n'avez pas remis les pieds en France ? Huit ans, c'est bien cela ?

— Tout à fait, mon général. »

Il m'invite, d'un geste de la main, à rejoindre la table où deux couverts sont dressés.

L'homme porte beau dans son costume croisé de bonne coupe. Grand sans être immense, il est solidement charpenté. Ses cheveux sont gominés. De petites lunettes rondes en écaille mordorée adoucissent la dureté du visage.

« Pardonnez ma tenue civile : je reviens d'une visite chez un camarade de promotion. Son fils ne rentrera jamais de l'oflag : pendaison pour tentative de fuite il y a huit mois, d'après l'enquête dont on vient seulement d'obtenir les conclusions des Soviétiques puisque c'est dans leur zone. La famille attendait son retour comme le Messie, et vlan, la nouvelle tombe hier à l'heure du dîner, comme un cheveu dans la soupe. Vous imaginez le tableau quand je suis venu leur présenter mes condoléances ce matin…

— Je le devine…

— Mon ami abasourdi et muet, sa bru dévastée, les enfants en larmes dans les jupes de leur mère… Cet après-guerre est une horreur : on n'a même plus d'ennemis auxquels se confronter pour régler l'addition ! »

J'acquiesce, surpris par la franchise de ses propos.

Au revers de son veston, je remarque la médaille de compagnon de la Libération. Un ruban vert et noir supporte l'écusson doré sur lequel une croix de Lorraine s'enchâsse dans un glaive. Il l'ôte et la range dans le tiroir de son secrétaire qu'il ferme à clé. Il en profite pour décrocher les combinés de téléphone et fermer le talkie-walkie. Puis il me prie de m'asseoir à la table.

« Bon, je ne vais pas vous emmerder plus longtemps avec mes états d'âme. À table ! Il n'y a que la dent qui soutient le pied. Et j'ai une faim de loup ! Colette, faites lancer le service, je vous prie. Et retrouvez-nous pour le café, disons dans une heure, j'ai des choses à voir en privé avec mon hôte… »

Croisant mon regard, elle me lance un sourire en quittant les lieux. Le tête-à-tête peut débuter. Cet homme-là m'intrigue. Son franc-parler, sans doute. Et plus encore : cette convocation.

Il s'empare d'une carafe et me sert un verre avant de remplir le sien.

« C'est un vin du Hoggar, un rouge d'Algérie qui mérite qu'on s'y intéresse. Solide et pourtant plein de subtilité. Ma réserve personnelle. C'est l'avantage du baroud : on voit du pays et on fait de belles découvertes humaines et parfois même gastronomiques… » Le général Garnier repose son verre. « À ce propos, Valenton, vous n'avez rien contre le couscous ?

— Ce sera une première…

— Cela vous changera des panses de brebis farcies qu'on vous a certainement servies à Londres, chaque jour que Dieu faisait !

— Nous avions tout de même le droit de savourer un *fish and chips* pour nous en remettre…

— Grand bien vous fasse ! Les Britanniques m'ont toujours stupéfié : gagner la guerre en ingurgitant ce qu'ils cuisinent, c'est au-delà de l'entendement…

— Ils ont également d'excellents whiskys et des bières efficaces pour faire glisser tout cela ! »

Il sort une pipe et une blague à tabac de sa poche. Sa pipe bourrée, il la porte à sa bouche. Je lui tends mon briquet, un Zippo, qu'il refuse : il préfère craquer une allumette. Il tire une longue bouffée tandis que je sors mon paquet de cigarettes.

« Fumez tranquillement, Valenton… »

Garnier me verse à nouveau un verre de son breuvage. Pour fluidifier nos échanges ?

« Dites-moi : qu'a-t-on pensé du procès Pétain à Londres ?

— Le juger puis le condamner, c'était légitime. Pour le reste, la prudence était de mise.

— Ah ça ! Fusiller le héros de Verdun, c'était une autre paire de manches : on aurait accusé de Gaulle de vengeance personnelle. »

Garnier et moi connaissons le contentieux ancien opposant de Gaulle à Pétain. En 1927, le capitaine de Gaulle achève de rédiger *La France et son armée*. Mais le maréchal entend signer l'ouvrage de son seul nom, pour favoriser sa candidature à l'Académie française. En 1938, Pétain ordonne à de Gaulle de lui restituer les épreuves du livre. Celui-ci lui répond avec aplomb : « Monsieur le maréchal, vous avez des ordres à me donner sur le plan militaire. Pas sur le plan littéraire. » Pour parfaire cette ambiance de franche cordialité entre deux hommes certains de leur valeur et que tout oppose, ajoutons 1940 et le souvenir du dernier gouvernement régulier, au sein duquel de Gaulle est sous-secrétaire d'État à la guerre. Juste avant que Pétain prenne la main et abandonne le combat contre l'Allemagne.

« Ils ne se sont rien épargné ! Une haine recuite de vingt ans d'âge : ça force le respect… »

Garnier a le sens de la litote.

« Autant qu'un bon whisky.

— De Gaulle a eu raison de commuer sa peine : c'est politiquement plus efficace ! Pétain n'est plus rien, inutile d'en faire un martyr. »

Le général évoque maintenant l'atmosphère parisienne, tendue et complexe. Selon lui, de Gaulle se dépatouille avec un gouvernement de bric et de broc : réunir autour d'une même table socialistes, démocrates-chrétiens, modérés et communistes pour discuter de l'avenir du pays tout en gardant son calme est une gageure pour les nerfs. Il croise régulièrement le chef du GPRF : celui-ci fume comme un sapeur.

Le temps béni de la résistance unie et de la fraternité d'armes n'est plus qu'un lointain souvenir : chacun joue sa partition et les fausses notes sont nombreuses. Le Parti communiste français, autoproclamé

« parti des fusillés », se verrait bien devenir le « parti des fusilleurs ». Les partisans du Kremlin ont une fâcheuse tendance à grossir les chiffres de leurs martyrs et à minorer ceux de leurs victimes. Les élections approchent et ils en veulent toujours plus. Or ils sont puissants. Même dans les rangs militaires : lorsqu'on a amalgamé les FFI et les FTP à l'armée, ces partisans ne se sont pas transformés d'un coup de baguette magique en gentils troufions, obéissant sans broncher au gouvernement d'un général qu'ils considèrent comme un réactionnaire à la botte des Alliés. Il faut donc compter avec ces « soldats rouges ». S'ils sont de courageux combattants, ils œuvrent aussi pour une France nouvelle précisément à leur goût : parti unique, peuple uni et opposants punis. Comme en URSS. Même si leur chef Maurice Thorez, de retour de Moscou après avoir été gracié par de Gaulle, souhaite calmer le jeu : Staline se moque de la France comme de sa première vodka.

Ce qui agace cet officier de l'armée d'Afrique, c'est qu'ils remontent aussi le bourrichon des troupes indigènes en leur faisant miroiter la liberté et la révolution. « La peste rouge après le choléra nazi, non merci. Accorder l'indépendance aux peuplades africaines et indochinoises, c'est l'assurance de les voir jouer aux bolcheviques, en faisant cuire les colons dans des marmites et en amputant l'Empire français de ses meilleurs morceaux. Ce qui ne serait pas pour déplaire à certains. »

En revanche, Garnier n'est pas opposé à ce qu'on élimine encore quelques collabos pour faire plaisir à tout le monde. Cela réjouira notamment les résistants de la vingt-cinquième heure qui ont les dents d'autant plus longues qu'ils ont beaucoup de choses à se reprocher.

On va donc leur faire un cadeau : les cadavres de Laval et de Darnand, si possible avant le scrutin d'octobre.

« Deux crapules que personne ne regrettera, Valenton. Mais le danger serait de remonter excessivement loin dans la traque : à trop vouloir purger la machine, on risquerait de casser le moteur.

— Personne n'a intérêt à soulever le tapis sous lequel on a glissé la poussière des années noires.

— Tout juste. Et il y a d'autres priorités, vous en conviendrez.

— J'ai pu le constater en traversant Paris, mon général. »

À défaut de manger à leur faim, certains Français veulent se venger à leur guise. Les communistes, toujours eux, sont en embuscade. S'ils gagnaient les élections d'octobre, de Gaulle n'aurait d'autre choix que de leur confier les ministères stratégiques. Peut-être même celui de la Guerre. Dans ce cas, les Américains pourraient reprendre la main en France et imposer leurs vues sous prétexte de contrer, cette fois-ci, le péril rouge. Leurs troupes sont encore nombreuses dans l'Hexagone.

« Et, après tout, c'est ce qu'ils comptaient faire quand ils ont débarqué en Normandie : nous occuper, ni plus ni moins. »

La bannière étoilée en lieu et place de la croix gammée, puisqu'à leurs yeux la France était complice de l'Allemagne.

« Heureusement, de Gaulle a évité ça en tapant du poing sur la table !

— Avec l'appui de Churchill, mon général.

— Pour une fois qu'il a daigné nous traiter autrement qu'en valets de pied… »

Deux cuisiniers font leur apparition, porteurs de plats orientaux qu'ils déposent sur la table avant de se retirer en silence.

« Passons aux choses sérieuses. Vous allez m'en dire des nouvelles ! »

J'éteins mon anglaise, Garnier pose sa pipe. Puis il nous sert. Semoule, légumes, viandes, condiments, raisins secs, sauce et harissa. Chaque élément trouve sa place dans nos larges assiettes. Il mélange ensuite le tout, selon un rituel méticuleux. Je reproduis ses gestes avant de me décider à goûter ce qui, pour moi, est une nouveauté. Garnier fait un geste du menton pour encourager cette découverte gustative.

« Alors, Valenton ?

— Cela m'a l'air assez… relevé !

— Si c'est trop épicé, buvez une longue gorgée de vin ! »

J'obtempère, la bouche en feu.

« Maintenant, replongez votre cuiller dans la semoule teintée de harissa, accompagnez-la d'un peu de ce mouton préparé par le cuistot de mon tabor. Savourez-vous la vigueur de l'épice conjuguée à l'onctuosité de la viande et au granulé délicat de la semoule ?

— C'est mieux. C'est même plutôt bon…

— Désormais, vous savez pourquoi les coloniaux aiment partager le couscous ou le méchoui avec leurs hommes ! C'est une fraternité des papilles.

— Et ça nourrit l'esprit de corps. »

Un temps, le silence se fait, seulement ponctué par le bruit des couverts contre la faïence.

Garnier pose sa cuiller. Il reprend sa pipe, la bourre de tabac avant de l'allumer.

« Valenton, voyez comme l'histoire est déroutante : en France, nous sommes passés d'un maréchal à un général. En termes strictement militaires, c'est une régression.

— On peut le voir ainsi.

— Les Boches, eux, sont passés d'un caporal à un führer. Mais cette progression ne leur a pas réussi. Et d'une certaine manière, nous pouvons remercier cette crapule de Hitler !

— J'avoue ne pas saisir…

— Grâce à lui, nous occupons de nouveau l'Allemagne ! Vous vous rappelez la chanson de Ray Ventura : "Nous irons pendre notre linge sur la ligne Siegfried" ?

— Oui, c'était à l'origine un chant britannique.

— Et ça ne nous a pas porté chance.

— Depuis, les temps ont changé. »

Il se lève soudainement, rejoint son bureau puis revient déplier une carte d'état-major sur le canapé jouxtant la table des agapes.

« Justement, dans leur infinie générosité, nos amis du moment nous ont tout récemment offert un soutien-gorge, prélevé dans leur penderie. Regardez plutôt… »

Je découvre la carte sur laquelle le tracé des zones d'occupation découpe l'Allemagne en vastes territoires sous emprise étrangère. La zone française, restreinte, prend la forme d'un sous-vêtement féminin.

« Voici la Zone d'occupation française, la ZOF pour les intimes : elle suit les pointillés jaunes, le long du Rhin, coincée entre les colonies britannique et américaine. Strasbourg est là, pas loin.

— Ce n'est pas immense…

— Ni très pratique : comme vous le voyez, nous héritons de deux bonnets de petite taille. À peine assez grands pour soutenir les seins naissants d'une adolescente, selon certains connaisseurs. Et à portée immédiate des pognes américaines et britanniques…

— Effectivement. Et la population ?

— Six millions d'indigènes. On navigue entre le Sarrois patibulaire, le vigneron arrogant du Palatinat et le Souabe taciturne et torve.

— Et où sont les sites utiles ?

— Nulle part ! »

Aucune grosse ville, en effet : le Wurtemberg sans Stuttgart, le Bade sans Karlsruhe, la Rhénanie sans Cologne. L'aumône faite au nécessiteux. Bucolique plutôt que stratégique. Garnier me détaille les contours de la ZOF.

« Voici la Forêt-Noire. Et là, Baden-Baden, bourgade thermale qui nous sert de chef-lieu. En juillet dernier, de Lattre de Tassigny a cédé la place à Kœnig, le héros de Bir Hakeim, propulsé gouverneur militaire de notre soutien-gorge teuton. Ce qui lui va à ravir : il adore les femmes et il déteste les Boches. »

Il me décrit l'ambiance locale. Comme partout en Allemagne, les places sont chères dans le camp des vainqueurs et nous ne sommes qu'en bout de table. Les Anglo-Américains nous tolèrent, les Soviétiques nous ignorent et les Allemands nous méprisent.

« Mais on ne résout pas les problèmes de voisinage en dynamitant les maisons mitoyennes, Valenton…

— Cela se saurait, mon général.

— Pour vous et moi, c'est du simple bon sens. Pour d'autres, c'est moins évident. Alors, ne répétons pas les erreurs du passé. Je sais de quoi je parle : j'étais affecté dans la Ruhr en 1925. Cette fois-ci, de Gaulle souhaite que nous y installions notre bivouac un bon bout de temps et sans trop de grabuge…

— Je comprends. Mais je ne vois pas le rapport avec mon retour en France…

— Figurez-vous que vous m'avez été chaudement recommandé… en haut lieu.

— En haut lieu ?

— Disons à plus d'un mètre quatre-vingt-dix du sol et tout près des étoiles d'un képi qui fait aujourd'hui autorité…

— Ah oui, je crois saisir de qui vous parlez…

— C'est la fraternelle des condamnés à mort de Vichy… J'en fais également partie. Et d'ailleurs, comme vous étiez en poste à Londres avant même son arrivée, on peut considérer que vous êtes un gaulliste préhistorique. Moi, je ne suis qu'une modeste pièce rapportée d'Afrique.

— N'exagérons pas, mon général.

— Laissez tomber "mon général", Valenton, et appelez-moi Garnier.

— Comme vous voudrez.

— Vous êtes toujours gaulliste ?

— J'étais gaulliste par inadvertance et je le suis resté par conviction.

— Et vous ne fricotez pas avec les Rouges ?

— Non, je n'ai aucune sympathie pour ceux qui vous promettent des lendemains qui chantent et qui, le grand soir venu, vous trucident en sifflotant l'*Internationale*…

— Parfait : vous partez donc ce soir pour l'Allemagne !

— Pardon ?!

— La situation mérite toutes les audaces. Dont la vôtre, Valenton.

— Mais…

— Il n'y a pas de "mais", Valenton. C'est de nouveau le général qui s'adresse au commandant. »

Décontenancé, je reste silencieux. Garnier rallume sa pipe.

Colette Richard nous rejoint, suivie d'un goumier portant un large plateau d'argent sur lequel tintinnabulent une carafe de café, une bouilloire de thé à la menthe, une sucrière en cristal, une soucoupe de pignons grillés, des tasses de porcelaine.

Elle vient s'asseoir sans un mot à la table, tandis que le soldat procède au service dans un silence religieux. Garnier s'empare de la pince à sucre.

« Un sucre, lieutenant ?

— Deux, mon général ! Avec le thé à la menthe, c'est toujours deux, vous le savez bien… »

Devinant mon désarroi, Garnier me tape sur l'épaule après avoir reposé sa tasse de thé.

« Valenton, là-bas, vous serez mes yeux et mes oreilles. Considérez cette mission comme un voyage d'agrément. Mais n'oubliez pas de m'adresser vos devoirs de vacances. Le lieutenant détaillera les aspects pratiques de votre installation. »

Colette Richard se lève alors en regardant sa montre.

« Il serait judicieux de ne plus tarder : l'avion décolle dans moins de deux heures et la circulation est impossible… »

Je pose ma tasse et m'apprête à la suivre tandis que Garnier me tend la main en souriant.

« Je compte sur vous, colonel.

— Pardon, mon général ?

— Eh quoi, j'ai encore le pouvoir de promouvoir mes collaborateurs au grade qu'ils méritent. Vous aviez pris du retard à Londres. Bon voyage, colonel Valenton… »

Il allume sa pipe, rejoint son bureau, raccroche les téléphones, rebranche le talkie-walkie puis retourne vers l'armoire blindée pour y ranger la carte d'état-major.

Le goumier de faction se fixe lorsque nous refermons la porte derrière nous. Le lieutenant Richard dévale les escaliers et je peine, une fois de plus, à la suivre dans son élan.

La Willys quitte la rue Saint-Dominique pour rejoindre le boulevard Saint-Germain. Une angoisse me saisit.

« Lieutenant, pourrions-nous faire un détour par l'hôtel Lutetia ? C'est à cinq minutes d'ici.

— Oui, je sais, commandant.

— Je n'en aurai pas pour longtemps.

— Puisque vous insistez. Mais je vous préviens : l'avion pour Strasbourg n'attendra pas.

— Juste quelques minutes… »

La Jeep bifurque et s'engage dans le boulevard Raspail vers le carrefour Sèvres-Babylone. La voix du lieutenant se fait soudain moins guillerette.

« Je crains que vous ne soyez déçu…

— Déçu ?

— Vous n'allez pas au Lutetia pour m'offrir le thé, que je sache…

— Non, je… »

Elle m'interrompt, l'air sombre. « Le général Garnier m'a transmis votre dossier. Je suis sa collaboratrice la plus proche, il n'a guère de secret pour moi.

— Vous voulez dire que…

— Je veux dire que nous poursuivons les recherches. Mais nos moyens sont limités. Et vous n'êtes pas le seul dans cette situation. Je ne suis donc pas persuadée que ce détour vous apprenne quoi que ce soit… »

Colette Richard poursuit avec gravité. Sa conduite se fait souple, comme pour adoucir ses paroles.

« Tous les déportés ne sont pas encore rentrés. Et certains ne rentreront jamais… Il faut donc patienter.

— Que sont devenus ceux qui sont rentrés ?

— Le Lutetia les a accueillis à partir d'avril. Avec les moyens du bord.

— D'où arrivaient-ils ?

— Des quatre coins d'Allemagne et d'ailleurs. Après avoir transité par d'autres centres de rapatriement : Longuyon, Strasbourg, Mulhouse, Annemasse, Hazebrouck ou la gare d'Orsay. L'anarchie du désespoir. Mais ces pauvres hères ne restaient souvent que quelques heures.

— Pourquoi ?

— Ils n'avaient qu'une hâte : rentrer chez eux ! Du moins s'ils avaient encore un logement ou de la famille pour les recueillir. Certains ont préféré repartir sans crier gare.

— Ils étaient nombreux ?

— Des milliers. Certains jours, l'hôtel recueillait cinq cents personnes ! L'odeur du DTT flottait dans le hall surpeuplé et dans les salons de réception transformés en infirmerie et en zone d'orientation.

— Comment savez-vous tout ça ?

— J'y suis passée régulièrement. J'ai d'ailleurs gardé le contact avec Sabine Zlatin, la femme qui a assuré la mise sur pied du centre d'accueil.

— Elle doit bien avoir une liste des personnes recueillies, lieutenant…

— Et même des dizaines de listes comptant des centaines de noms. Tout s'est fait dans l'urgence. Tout le monde était débordé. Sans parler des interrogatoires menés pour débusquer d'éventuelles crapules dissimulées parmi les rescapés. Les familles laissaient des photos et des avis de recherche sur de grands tableaux à l'entrée du palace. En juillet, la décrue s'est faite brutalement. En août, ils n'étaient plus que quelques dizaines chaque jour.

— Mais où sont les autres ?

— Nous aimerions le savoir : les services se renvoient la balle et les victimes préfèrent se fondre dans la foule. Comme si elles avaient honte. De toute façon, beaucoup de gens ne les croient pas : de telles horreurs semblent inimaginables… Et quelques esprits tordus les prennent pour des menteurs qui veulent profiter des secours en cette période de pénurie !

— Honteux !

— Alors, ils préfèrent se taire. Disparaître une fois de plus… »

Au carrefour de Sèvres-Babylone, Colette Richard vient garer la Jeep devant le grand hôtel. Elle coupe le moteur et m'attend. Je me précipite à l'entrée du Lutetia. L'ancien quartier général de l'Abwehr, le service de renseignement et de contre-espionnage de l'état-major allemand. Mon adversaire direct. Choisi symboliquement par de Gaulle pour accueillir les déportés.

Une affiche est placardée sur la porte-tambour : « Centre de rapatriement ». Elle-même barrée d'un bandeau : « Fermé depuis le 1er septembre ». À cinq jours près, je pouvais, peut-être, en savoir davantage.

Je remarque alors une affiche, placardée sur l'une des grandes baies de l'hôtel. Un dessin, réaliste et abominable, figure un déporté allongé sur une mauvaise paillasse, en tenue rayée ouverte sur un torse décharné. Son regard supplie le ciel. Près de lui, une écuelle vide. Sa manche de veste, relevée, révèle un nombre tatoué sur l'avant-bras. Juste en dessous, une phrase claque dans une typo rouge : « Plus jamais ça ! » Elle est suivie par des coordonnées que je mémorise aussitôt : Fédération nationale des déportés et internés patriotes – 10, rue Leroux – Paris XVIe. Une piste. Ou une impasse. Mais un espoir malgré tout.

Je remonte dans la Jeep, sans un mot. Colette Richard redémarre, elle aussi silencieuse.

Saint-Germain-des-Prés. Odéon. Le pont de Sully. Bastille. République. Jusqu'au canal Saint-Martin, je demeure muet et pensif, le regard dans le vague. Colette Richard décide de rompre la glace.

« Puis-je évoquer votre mission ? C'est important…

— Pardon, j'étais ailleurs.

— Je le comprends. Nous ferons le maximum, croyez-moi.

— Si vous le dites… Bien, je vous écoute, lieutenant.

— En Allemagne, vous serez pris en charge par des agents opérationnels : des personnes qui ont parfois de bonnes raisons de préférer la punition à l'explication.

— Qui vous dit que ce n'est pas aussi mon cas ? »

Elle ne relève pas ma réflexion. Ne l'a-t-elle pas entendue ou préfère-t-elle faire comme si de rien n'était ?

« Loin de moi l'idée de les critiquer. Mais comme vous l'a sans doute dit le général Garnier, nous devons envisager une occupation sensée.

— Vous voulez dire : profitable et durable ?

— Oui. C'est une simple question d'efficacité, pas un point de vue moral…

— Je me méfie de la morale : elle peut être mauvaise conseillère. »

Colette Richard sourit. Je me détends un peu et me concentre sur ses dires. Il sera toujours temps de déprimer dans l'avion. J'ai toujours détesté la compassion, ce cache-misère de la pitié.

« Et il ne s'agit pas non plus de froisser nos alliés. Ils sont susceptibles. Votre bonne connaissance des Britanniques et des Américains nous sera précieuse.

— J'imagine qu'on doit faire preuve de fermeté à l'encontre des vaincus ?

— C'est indispensable : les Allemands seraient vexés qu'on manque d'autorité à leur encontre.

— Vous dites “Allemands”, lieutenant ?
— Oh, je pourrais dire Boches, Schleus, Fritz, fridolins, vert-de-gris ou doryphores… Je n’ai pour eux ni sympathie ni pitié.
— Je le devine. Et je pense comme vous : ne pas être sévère avec les occupés serait un manque de savoir-vivre.
— Et puis, ils aiment tellement marcher au pas, et depuis si longtemps…
— Vous l’avez constaté, vous aussi ?! »
Colette Richard me jette un œil en coin puis elle rit. Je me surprends à en faire de même. La tension m’a quitté. Les nerfs lâchent.

Tout en gardant une main sur le volant, ma conductrice s’empare d’une petite sacoche de cuir noir posée sur ses genoux.
« Ceci est pour vous.
— De quoi s’agit-il ?
— De l’essentiel pour débuter : de l’argent, une carte de la zone d’occupation, différents laissez-passer et ordres de mission, la liste de vos contacts ainsi que des notes du général Garnier.
— Mes devoirs de vacances…
— Vos tout premiers. Vous pouvez y jeter un coup d’œil dès à présent : c’est moi qui les ai préparés… »
Elle accélère tandis que j’ouvre la sacoche pour en extraire quelques documents. Parmi ceux-ci, une note attire plus particulièrement mon attention :

```
Note 27 - juillet 1945
Objet : rapports population/troupes
américaines
Défiance réciproque - exaspération
généralisée
```

Les rapports entre la population et les troupes alliées - essentiellement américaines - se dégradent au point d'atteindre l'incompréhension et l'exaspération. Ces différends prennent des proportions qu'il s'agit de ne plus négliger.

a/ du point de vue de l'armée américaine

Les forces américaines reprochent à la population des relents de xénophobie, voire de racisme, accentués par la présence de soldats noirs, et par le fait qu'elles ont ramené d'Allemagne plusieurs milliers d'étrangers, Hollandais, Russes, Tchèques, Polonais, libérés des camps nazis et pris à leur service, pour garder les prisonniers allemands ou leurs dépôts de stocks en France. Les forces américaines considèrent que la population française ne s'intéresse qu'à leur argent et aux avantages matériels qu'elle peut tirer d'elles :

- surévaluation systématique des prix des denrées vendues par la population ;
- sentiment de se faire voler par une population qu'elles ont libérée, d'où un fort ressentiment psychologique et une manifestation d'hostilité parfois violente.

b/ du point de vue de la population française

La libération du territoire n'étant pas suivie d'améliorations sensibles dans sa vie quotidienne, la population ressent une vive frustration dont elle rend responsables les troupes américaines pour différentes raisons :

Depuis juin, on note le renforcement de leur présence avec l'arrivée de troupes venant d'Allemagne, regroupées dans les camps militaires avant d'être envoyées en Extrême-Orient où la guerre se poursuit contre l'ennemi nippon.
L'attitude de ces troupes massées dans ces zones de regroupement provoque la peur des populations alentour, lorsqu'elles « descendent en ville ». De nombreuses agressions ont lieu contre les habitants qui n'osent plus sortir de chez eux.
Présentes partout, les troupes américaines offrent le spectacle de gaspillages choquants. Ainsi, la destruction systématique de vivres et de vêtements, dans des décharges dont on interdit l'accès aux civils, est-elle perçue comme une insulte à la pauvreté des Français.
La population en zone urbaine accuse les Américains d'alimenter le marché noir et de se livrer au commerce clandestin. Certains éléments, mal contrôlés par la police militaire, se livrent à des excès de plus en plus mal supportés.
Les entrepreneurs se plaignent d'une fuite de la main-d'œuvre qualifiée vers les services américains qui offrent, outre des salaires plus élevés, des avantages en nature non négligeables.
Les plaintes de la population se multiplient pour des motifs très divers : bagarres, réquisitions abusives, confiscations non motivées, surconsommation non dédommagée d'eau, de gaz et d'électricité entraînant coupures et pénuries récurrentes, vols, violation de domicile, agressions physiques,

attentats à la pudeur, viols, homicides. Ces plaintes sont trop souvent laissées sans suite tant par les autorités civiles françaises, faute de moyens, que par les autorités militaires américaines, faute de volonté.
Dans ces conditions, la population :
- accuse l'armée américaine de se comporter comme en pays vaincu ;
- assimile les troupes américaines à une « armée d'occupation » ;
- reproche au gouvernement son impuissance face à une telle situation, ce qui profite à certains milieux extrémistes prêts à exploiter ces failles en différentes occasions (manifestations, publications, élections).

Un mot manuscrit, fixé au document par un trombone, précise la pensée de Garnier qui a souligné certains passages :

Éviter cette situation en Zone d'occupation française. a) avec l'occupé : *diviser pour régner* + *amadouer pour pacifier*. b) avec les Alliés : *temporiser et négocier* + *anticiper et contourner*.

« Instructif !

— Et très embêtant. Dans les préfectures, l'ambiance n'est pas à la rigolade. Le gouvernement s'inquiète : qui sait où tout cela peut nous conduire ?

— Inutile donc d'en rajouter dans nos nouvelles colonies allemandes…

— Pas pour l'instant. »

À l'entrée du Bourget, juste avant le franchissement des barrages de contrôle, Colette Richard me tend un holster. Elle l'extrait de sous son siège, ainsi qu'une boîte de munitions dont l'étiquette est rédigée en caractères gothiques.

« Et voici votre viatique pour les situations inconfortables.

— Un Lüger ! Pourquoi une arme allemande ?

— Pour brouiller les pistes. N'en usez qu'avec parcimonie.

— Il m'arrive d'être pondéré !

— De toute façon, votre sécurité sera assurée par des personnels dont c'est la mission.

— Mais encore ?

— Éliminer les obstacles et vous faciliter la tâche. Eux gèrent les faits divers, vous les questions de société.

— J'aurais une dernière question, lieutenant : à Strasbourg, je rejoins l'Allemagne à la nage ?

— Non, on peut traverser le Rhin : un pont flottant nous relie à Kehl.

— Merci, lieutenant.

— Appelez-moi Colette. Nous allons rester en contact : nous faisons partie du même service et nous obéissons au même chef. Et puis je connais certains de vos secrets… »

La Jeep s'est immobilisée devant un hangar à proximité de la piste principale de l'aérodrome.

« Soufflez, à votre arrivée. Vous avez deux jours de repos. Profitez-en. »

Colette Richard me tend une main ferme. Mais une main de femme tout de même.

La Willys repart aussitôt. La nuit est tombée. L'air est doux. Une brise légère l'agrémente.

Aérodrome du Bourget

Dans le hangar faisant office de salle d'embarquement, quelques soldats français se sont regroupés autour de l'un des leurs qui manie l'accordéon avec virtuosité. Près de lui, un lieutenant s'improvise chanteur. Sa voix l'y autorise ; elle est limpide et porte loin. Je reconnais aussitôt la chanson que les ondes passent en boucle. Y compris en Angleterre, où je l'ai entendue pour la première fois dans un pub londonien l'été précédent. L'accordéoniste part dans des envolées de bal musette, les soldats tanguent. Le chant prend toute sa force, le hangar métallique faisant caisse de résonance. L'officier amateur de bel canto y met du cœur.

« Allez, messieurs, du tonus, que diable ! » Les biffins reprennent à tue-tête le refrain, ce qui fait sourire les militaires étrangers qui sirotent leurs bières, fument leurs cigarettes ou flirtent avec le personnel féminin de l'USAF.

« C'est une fleur de Paris
Du vieux Paris qui sourit
Car c'est la fleur du retour
Du retour des beaux jours
Pendant quatre ans dans nos cœurs
Elle a gardé ses couleurs
Bleu, Blanc, Rouge, avec l'espoir elle a fleuri,
Fleur de Paris. »

Ils se congratulent et jettent en l'air leurs calots. Une liesse enfantine. Des soldats de vingt ans. Les Américains et les Anglais les applaudissent, lèvent le pouce en signe de félicitations. Certains s'approchent et distribuent des bières aux bidasses qui ne se font pas prier pour trinquer. L'euphorie est bientôt interrompue par les ordres d'embarquement éructés en anglais et en français, diffusés par un haut-parleur sépulcral.

Chacun prend son paquetage et sort sur le tarmac pour rejoindre un avion dont le moteur vrombit. Un Douglas C54-B Skymaster.

La piste s'illumine progressivement et dessine le terrain d'envol. L'avion est flambant neuf. Sans équipement militaire, il est aménagé pour transporter une quarantaine de passagers dans des sièges confortables. Un avion de ligne pour temps de paix.

La carlingue se remplit peu à peu. Quelques Américains et une majorité de Français. Trois membres du personnel féminin de l'USAF papotent debout, dans le couloir central, en fumant des Pall Mall. Elles font l'objet de beaucoup d'attention, ce qui n'est pas pour leur déplaire.

Je rejoins l'avant de l'avion et me cale côté hublot.

S'approche un civil. Vingt-cinq ans environ. Svelte et avenant.

« Cette place est libre ?

— Oui, je vous en prie. »

Il me salue, s'assoit à ma gauche et se présente :

« Edgar Nahoum, enchanté.

— René Valenton, enchanté.

— Plus exactement : lieutenant Edgar Morin, attaché à l'état-major de la Ire armée française en Allemagne.

— Commandant Val… pardon : colonel Valenton, Renseignement. Vous fumez ?

— Je crapote… »

Je lui offre l'une de mes cigarettes puis allume la mienne.

« Je n'ai pas bien saisi : vous vous nommez Nahoum ou Morin ? »

Il sourit.

« Mon identité originelle était Edgar Nahoum. Mon identité nouvelle, Edgar Morin.

— Un pseudo ?

— Oui.

— Ancien résistant, c'est cela ?

— Oui : en 1942, j'ai rejoint les Forces unies de la jeunesse patriotique.

— Une organisation communiste, de mémoire…

— Tout juste. J'ai ensuite intégré le Mouvement de résistance des prisonniers de guerre et déportés. Une structure gaulliste. En 1943, je suis devenu commandant dans les Forces françaises combattantes. C'est à ce moment-là que j'ai adopté le pseudonyme de Morin. Et j'ai été homologué lieutenant dans l'armée française. Vous pouvez donc m'appeler lieutenant Morin, colonel Valenton.

— Et pourquoi "Morin" ?

— Pourquoi pas ? C'est passe-partout. Contrairement à Nahoum ! Même si je suis né à Paris, on m'a souvent rappelé que mon père était un Juif de Salonique et ma mère une fille d'Italien… Des métèques, pour certains compatriotes.

— Ce n'était pas très bien vu, c'est vrai. Trop exotique sans doute…

— Mais j'ai fait avec jusqu'à ce que mon nom ne soit plus seulement détesté mais également dangereux… Pour me fondre dans l'anonymat, Morin, c'était beaucoup plus confortable et tellement plus français ! Or j'aime le confort et la France… »

Le type est franc. C'est la première fois que je palabre avec un soldat communiste. Même s'il m'était arrivé à Londres d'être en contact avec des organisations résistantes de cette obédience. Une curiosité réciproque se fait jour.

« Et vous, colonel, d'où venez-vous ?

— Je suis né à Troyes, en Champagne. J'ai fait Saint-Cyr.

— Moi, une licence d'histoire-géo et une licence en droit.

— Ensuite, j'ai été affecté à Londres dans la commission militaire franco-britannique.

— Avant la guerre ?

— Oui, en 1938. Et j'ai rejoint la France libre après l'armistice.

— Pratique lorsqu'on est déjà à Londres !

— On peut le voir ainsi…

— Je plaisantais. En somme, vous êtes un militaire de carrière et moi un soldat de circonstance.

— Oh, ma carrière, comme vous dites, s'est achevée avec mon ralliement aux forces gaullistes. J'ai aussitôt été considéré comme déserteur, révoqué puis condamné à mort en France ! On a connu des promotions plus tranquilles. »

L'avion se met en mouvement. Puissamment, le Douglas décolle puis s'enfonce dans l'obscurité. Bientôt, les lumières de l'agglomération parisienne se fondent dans le noir. L'habitacle demeure éclairé alors que nous atteignons notre vitesse de croisière. Longtemps, les vols de nuit se déroulaient dans le noir absolu pour éviter les tirs de DCA ennemis. La paix s'immiscerait-elle aussi jusque dans la carlingue illuminée, où les conversations vont bon train et les rires fusent ? Nulle tension, nulle angoisse. Un voyage d'agrément.

Notre conversation voyage, elle aussi. Et elle s'allège des précautions d'usage. Entre inconnus, la liberté de parole est toujours surprenante.

« Puisque vous étiez à Londres, j'aurais une question : comment jugiez-vous l'Angleterre lorsqu'elle frappait la France ?

— J'en étais l'une des chevilles ouvrières. Et il n'était pas recommandé de se poser trop de questions.

— Terrible responsabilité ! Vous en connaissez le bilan ? Il se dit tant de choses…

— Il serait question de soixante mille morts et de soixante-quinze mille blessés.

— C'est beaucoup…

— C'est toujours trop. Mais ça s'explique : le quart des bombes larguées sur l'Europe a frappé la France, sur la foi de renseignements fournis par les reconnaissances aériennes ou la Résistance.

— Ils étaient à ce point imprécis ?

— Non. Mais les bombardements à haute altitude ont fréquemment manqué leurs cibles.

— Et vous ne pouviez pas rectifier le tir ?

— Nous avons protesté auprès de la RAF et de l'US Air Force. En vain : pour eux, la France n'était qu'un objectif militaire parmi d'autres. Aucune pitié à attendre.

— Cela peut se comprendre, hélas…

— Certains de nos contacts refusaient de nous transmettre les coordonnées des cibles à détruire de peur que les forteresses volantes habituées à pilonner l'Allemagne ne fassent trop de dégâts en France aussi. »

Morin évoque la façon dont l'ennemi exploitait cette meurtrissure : la propagande de Vichy ne nous épargnait pas sur Radio Paris. Et les murs de France étaient tapissés d'une affiche en lettres noires : « Lâches, la France n'oubliera pas ».

La propagande collabo prétendait que ces opérations visaient à tuer les Français « à petit feu ». Il faut reconnaître qu'après Dunkerque et Mers el-Kébir, le raccourci était tentant. Le plus étonnant – et le plus grotesque – était que nos ennemis avaient appelé

Jeanne d'Arc, Montesquieu et Napoléon à la rescousse de Goebbels et d'Henriot. On pouvait lire sur les murs la phrase de la pucelle d'Orléans : « J'aimerais mieux rendre l'âme à Dieu que d'être en la main des Anglais. » Venant de certains Français qui vendaient leur âme au diable nazi, cela ne manquait pas de sel. Ils embrigadèrent même Victor Hugo : « La nouvelle Europe se fera, dont seront exclues l'Angleterre et la Russie. On chassera l'Angleterre dans les océans et la Russie tartare dans les steppes. » Sortie de son contexte, la saillie prêtait à confusion.

Je précise à Morin que le service français de la BBC avait tenté d'expliquer l'incompréhensible. Préparer le débarquement nécessitait de neutraliser tout ce qui aurait pu le faire échouer : carrefours routiers, nœuds ferroviaires, gares, dépôts d'essence et casernements, souvent situés au cœur des agglomérations. Churchill avait demandé de garder les limites fixées à six mille morts civils. Inquiet de la tournure des événements, il avait même imploré Eisenhower d'interrompre les bombardements. Peine perdue…

De Gaulle n'échappait pas à l'insulte : l'agent des Juifs, des francs-maçons et du capitalisme cosmopolite ; le pantin de Churchill et la marionnette de Roosevelt. Quand on connaissait le peu de considération que lui portait le président américain, c'était cocasse. Un assassin sans courage, n'agissant qu'à distance, toujours dans l'ombre, jamais en pleine lumière ; un monstre frappant dans le dos des Français avec ses sbires apatrides.

« Bref, un type assez peu recommandable, colonel…

— Celui-là même qui dirige aujourd'hui la France.

— Et auquel, vous et moi, nous obéissons.

— Tout juste. Puisque vous m'avez tiré les vers du nez, à votre tour de tomber le masque, Morin… »

L'homme se montre volubile. Outre ses missions de propagande, il rédige un bouquin qu'il intitulera *L'An Zéro* : un reportage consacré aux Allemands qu'il côtoie depuis mars. Il est hanté par une interrogation : comment l'Allemagne a-t-elle pu produire ce qu'il aime le plus au monde et ce qui lui fait le plus horreur ? Douze ans durant, il aura guetté l'étincelle d'une révolte jamais venue. Une obstination naïve. Il se dit frappé par l'état mental de ce peuple vaincu, plus encore que par l'ampleur des dévastations. Il voit les Allemands comme des somnambules en proie aux rumeurs, abîmés et dénaturés. À ses yeux, le nazisme est un cancer ayant ravagé un être aimé.

Lorsque je rétorque que Hitler n'a pas eu à trop les forcer pour suivre la pente fatale, Morin s'offusque :

« Vous réagissez comme mes amis qui s'étonnent que mon ascendance juive ne me fasse pas haïr les Allemands.

— Rassurez-vous : on peut les détester pour mille autres raisons !

— C'est certain. Mais moi, au contraire, la conscience d'être issu d'un peuple maudit et non du peuple élu fait que je suis incapable de mépriser un peuple, quel qu'il soit.

— À vous écouter, vous êtes un saint…

— J'espère bien que non ! »

Puis il me conte le destin d'un certain Valentin Feldmann. Un Allemand, professeur de philosophie à l'université de Lille, qui dirigea un réseau de résistance. Il fut arrêté et condamné à mort. Face au peloton allemand, Feldmann cria, dans sa langue maternelle : « Imbéciles, c'est pour vous que je meurs ! » Selon Morin, cet homme savait qu'en luttant pour la cause des « Français opprimés », il combattait aussi pour le salut des « Allemands esclaves ». Ce sont ses mots. Mon voisin de vol se réclame de cet exemple.

Ma curiosité se porte sur les origines de cette passion pour le pays honni. Et là, son visage s'illumine : l'Allemagne d'avant Hitler l'a ébloui par le cinéma, la musique et la littérature – Goethe, Lessing, Schiller, Novalis, Hölderlin… Une littérature que les nazis se sont empressés de brûler dans d'immenses autodafés.

« Décidément, quel idéaliste vous faites, Morin !

— Mais heureusement ! Il existe en France une grande colère contre l'Allemagne, mais cette colère n'est pas une ivresse imbécile et chauvine !

— Je crains que vous ne vous nourrissiez d'illusions…

— Que voulez-vous, Valenton, je n'ai jamais cessé d'aimer ce pays en le combattant. Je n'ai jamais pu, comme tant de Français, haïr le Boche.

— Vous êtes en effet très peu nombreux à voir les choses ainsi…

— Peut-être parce que j'ai eu connaissance, avant le début de la guerre, du *Braunbuch*.

— Du quoi ?

— Du *Braunbuch*, le « livre brun » : un témoignage d'Allemands antinazis sur la cruauté des camps où Hitler enfermait ses adversaires. J'avais déjà une idée du monstre…

— Toute dictature soumet d'abord son propre peuple avant de terroriser les peuples voisins. Hitler n'a rien inventé : il a simplement industrialisé la méthode. »

Après la libération de Paris, Morin avait organisé une exposition sur les crimes « hitlériens » démontrant que les camps nazis avaient ouvert dès 1933 afin de supplicier des Allemands. Et le ministère de la Justice l'avait flanqué d'un responsable qui tenait à ce que l'exposition s'intitulât « Crimes *allemands* ». Il avait bataillé ferme mais fut écœuré par la petitesse des bureaucrates.

En mars, il rejoignait l'état-major de De Lattre, installé à Lindau, près du lac de Constance. De là, il filait à Baden-Baden au bureau de la propagande du gouvernement militaire.

« Pas impossible que nous nous y croisions !

— Ce sera avec plaisir. L'idéaliste que je suis sera heureux de revoir le réprouvé que vous fûtes. Et n'ayez crainte : mon pacifisme n'est pas contagieux !

— Votre communisme non plus ? »

Morin m'adresse un sourire énigmatique.

Aéroport de Strasbourg-Entzheim

L'aéroport est une ruche immense où règne une agitation frénétique. Il y fait jour en pleine nuit : des projecteurs puissants partout, et un ballet de phares automobiles sur le tarmac.

Sur les pistes d'atterrissage s'alignent des avions britanniques, américains et français. Certains gros-porteurs arborent encore des croix gammées mal dissimulées sous des cocardes peintes à la va-vite : des prises de guerre recyclées. Leur immobilité contraste avec le ballet incessant des véhicules. Des camions-citernes slaloment entre les appareils et les ravitaillent en kérosène avant qu'ils redécollent aussitôt après avoir déchargé leurs passagers.

Ceux-ci prennent d'assaut des Jeep, des cars et des camions débâchés pour être conduits vers les baraquements faisant office de zones de transit. Tout est assourdissant. Civils et militaires se mélangent en une cohue désordonnée.

J'ai perdu de vue Morin. Je m'approche d'un gendarme et lui explique ma situation.

« Pour vous, c'est le comptoir là-bas, au fond à gauche. Mais cela m'étonnerait que vous traversiez le Rhin cette nuit : le pont de Kehl est réservé au retour de Bochie jusqu'à six heures du matin… »

Au comptoir surmonté d'une pancarte indiquant « Départ ZOF », un lieutenant me confirme ce contretemps et m'oriente vers une grande tente dressée à l'extérieur du hangar.

« Vous pouvez y dormir. Il y a des lits de camp et une cantine. Votre chauffeur viendra vous chercher dès que le trafic reprendra. »

Je rejoins la carrée. Une dizaine de personnes y sont déjà couchées. Le silence règne. Une petite loupiote me permet de m'orienter vers un lit picot encore libre. Je déplie une grosse couverture de laine kaki. Exténué, je sombre dans un sommeil profond.

Une Allemagne très occupée

1

Vendredi 7 septembre

Lorsque je sors de la tente pour boire mon café, le temps est gris et le ciel bas. Une pluie désagréable agace mon visage. Je remonte le col de ma veste et décide de m'abriter.

Mes voisins de chambrée quittent peu à peu les lieux tandis qu'apparaît un sergent scrutant la petite assemblée, en quête d'un visage susceptible de correspondre à sa recherche. Un officier qui pourrait être moi. Je décline mon identité, à tout hasard. Je suis bien celui qu'il cherchait des yeux.

« Sergent Perrisol. Je suis chargé de vous conduire sur zone. »

D'une quarantaine d'années, la tignasse grisonnante et les traits marqués, c'est un solide gaillard dont la tenue semble trop étriquée pour sa puissante musculature. Les surplus américains sont parfois mesquins.

Il s'empare de mon paquetage et me guide vers sa Jeep.

« Votre cantine sera directement livrée à Baden-Baden. L'intendance s'en charge. Ça vous dérange si je fume ? »

Alors qu'il allait sortir ses Caporal de sa veste, je lui tends mon paquet d'anglaises.

« Nous serons deux ! »

Il prend l'une de mes cibiches et je dégaine mon Zippo.

Le véhicule slalome jusqu'à la sortie de l'aérodrome. Vérification des papiers, barrière relevée, tout va très vite.

Nous roulons vers l'Allemagne. Lentement. Les distances se calculent en minutes, non en kilomètres. La circulation est dense. Sur les bas-côtés, des prisonniers français retrouvant leur pays… une humanité toujours en mouvement.

La Jeep ralentit encore alors que se profile le barrage protégeant l'accès au pont de Kehl. La pancarte « RALENTIR ! CONTRÔLE À 50 MÈTRES ! » ne s'imposait pas. Devant nous, camions, autobus, engins de travaux publics, automitrailleuses, ambulances, chars légers et motos. Une atmosphère saturée de vapeurs d'essence et un vacarme lancinant.

Des batteries antichars et des nids de mitrailleuses, engoncés dans des sacs de sable et protégés par des rambardes de bois, nous rappellent qu'à quelques centaines de mètres se profile le pays ennemi, le pays conquis.

Des drapeaux alliés en haut de grands mâts alignés le long de la route. Des pancartes directionnelles en français et en anglais. Des avertissements agrémentés de têtes de mort, indiquant les champs de mines en bordure de fleuve. Des slogans vainqueurs. Et des check-points tout le long du trajet.

Et soudain, le Rhin. Large. Puissant. Ses eaux sombres en accroissent l'aspect lugubre, comme une barrière hostile. Ce fleuve n'est pas qu'une frontière naturelle : c'est une créature inquiétante sous ce ciel triste. La pluie fait luire le métal et la terre. La brume affleure près des berges. Son franchissement est la traversée d'une tranchée liquide. Vers un autre monde.

Le pont est une prouesse : une structure flottante, portée par des dizaines de barges pneumatiques alignées les unes contre les autres, solidarisées par des câbles et supportant des plaques d'acier faisant office de voie à sens unique. À quelques encablures de l'ouvrage, je discerne la superstructure et les piliers du pont originel, qui plongent dans les flots colériques du fleuve. Ces destructions gigantesques contrarient le courant du Rhin et provoquent, à leur base, des remous tumultueux. De-ci, de-là, le long des rives, des embarcations immergées et des barges endommagées. Des péniches font la navette pour transborder du matériel, sous la surveillance de soldats en armes.

Régulièrement, des avions passent au-dessus de nos têtes à basse altitude.

Sur la rive allemande, des alignements de ruines et d'habitations décapitées, des bunkers fracassés, des carcasses de canons et de batteries antiaériennes dressés vers la France, des arbres déracinés et flanqués à terre dans un enchevêtrement dantesque. Encore et toujours, des vestiges de convois calcinés. Au loin, les ouvrages orgueilleux et inutiles du Reich. La tuerie figée dans son élan. La paix imposant l'immobilité à cette dévastation. Ici, l'Allemagne n'est plus rien. Les ruines font-elles comprendre le poids des erreurs ?

Le sergent croit bon de me rappeler quelques précautions. « Chez les Schleus, ayez toujours une arme sur vous. Même sonnés, ils restent vicelards… »

Kehl

Parcourue à hauteur d'homme, une ville frappée par les bombardements ou les combats est toujours impressionnante. Mais la différence entre une ville *détruite* et une ville *défaite* ne se mesure pas aux tas de gravats le long des rues défoncées, aux cratères dans les chaussées, aux quartiers soufflés, aux conduites d'eau éclatées ou aux monuments effondrés. Elle se ressent dans le regard de ses habitants. Quand il y en a encore…

Londres m'avait habitué à ces hauts pans de mur aussi fragiles que de la dentelle, surplombant dangereusement des trottoirs encombrés de gravats. Les habitants étaient parfois tenus de faire de longs détours pour rejoindre leur quartier et éviter les zones foudroyées par les bombes volantes et les *Wunderwaffen*, ces « armes miraculeuses » censées retourner le cours de l'histoire au profit des nazis. Dans le même temps, Londres m'avait enthousiasmé par l'appétit de vivre de sa population, vaquant à ses occupations au milieu des ruines, ne laissant rien paraître de son désarroi, de sa terreur. Bravache. Obstinée. Debout.

Ici, rien de tel. C'est une bourgade fantôme dont les grands axes sont parcourus par les véhicules militaires. Aux façades des habitations criblées d'impacts flottent des draps blancs de toutes les tailles, salis par la poussière et la pluie. À croire que les habitants ont dormi dans les oriflammes nazies pour remplacer leurs descentes de lit pendues aux fenêtres.

Nulle âme allemande ne hante les lieux : la ville est zone militaire et les maisons sont interdites d'accès ; les Kehlois ont été évacués dans le pays de Bade et jusqu'au lac de Constance. Sans espoir de retour immédiat. La France a décrété le rattachement administratif de Kehl, devenue un simple quartier excentré de Strasbourg. Une tête de pont sur la rive droite du Rhin. Une triste garnison. La frontière avec l'Allemagne est repoussée jusqu'à la rivière Kinzig, en limite orientale de la cité.

Le toit pentu d'un édifice historique a été recouvert d'une immense croix rouge, dans l'espoir de le voir épargné par les frappes. À voir ses tuiles arrachées, ses poutres brûlées et les briques éparpillées sur les trottoirs, les Alliés n'ont guère tenu compte de cette délicate prévention.

Parfois retentissent des explosions : le génie s'affaire à démolir les immeubles susceptibles de s'effondrer le long des artères les plus fréquentées. Des bulldozers prennent le relais pour déblayer le chemin en repoussant les décombres sur les trottoirs.

Des emblèmes, descellés des bâtiments publics, gisent au sol, fracassés : aigles impériaux en pierre, croix gammées de marbre ou d'acier, bustes hitlériens, héraldique nazie. Des soldats se photographient avec les trophées. Le Reich est à terre. Il faut en profiter. Les rues, aux chaussées dépavées, creusées de cratères, ont été débaptisées : la Friedhofstraße, rue du cimetière, est devenue rue de Normandie ; la Adolf-Hitler Straße, rue du Commerce ; la Bismarckstraße salue l'allié soviétique en se renommant rue de Stalingrad. À coups de marteau, les plaques de rue ont dégringolé des murs dans un bruit de tôle. Elles achèvent leur pénitence sur la chaussée.

Une pancarte directionnelle conforte l'aspect incongru de la situation : « Vers l'ennemi ». Une flèche blanche a été rajoutée à la main, indiquant le sens inverse : « Vers la liberté ».

Sur certains pans de mur, d'anciens slogans nazis incitent à la poursuite des combats jusqu'au dernier sang, évoquent la grandeur du Reich et la foi du peuple en Hitler, avertissent les troupes adverses que l'Allemagne sera leur tombeau. « Plutôt mourir que capituler ! » « Notre führer ou la mort ! » « Ennemi, ici est ta mort ! » Des menaces devenues des sornettes. *Kaputt*, la mort ? À un carrefour, pendu à un réverbère, un mannequin de chiffon personnifie le Führer. Il est coiffé d'une casquette, le bras droit levé dans le salut distinctif, enveloppé dans un drapeau à croix gammée. La brise le balance. À ses pieds, une pancarte : « Pissotière ».

Dès que la Jeep quitte les faubourgs de la ville, Perrisol m'interpelle : « Maintenant, c'est la Bochie. Alors méfiance ! »

Certains hameaux sont abandonnés. Encore des tissus blancs aux fenêtres. Encore des portes laissées ouvertes lors de la fuite précipitée des habitants. Encore des panneaux indicateurs criblés d'impacts. Partout, la désolation.

Les détours sont nombreux : des routes sont toujours encombrées de carcasses de véhicules calcinés, de cadavres de chevaux près de leurs attelages, d'armements lourds désarticulés. Des caisses de munitions éventrées, des vareuses, des capotes, des bottes, des casques, des valises ouvertes, des sacs à dos jonchent le sol. Sur les remblais ou aux abords des chemins, des croix de fortune indiquent l'emplacement de tombes creusées dans l'urgence. Sur les morceaux de bois, l'inscription d'un nom, d'un prénom et d'une date de naissance et de mort.

Et puis, soudain, à l'horizon des plaines s'enfonçant dans une Allemagne pastorale surgit une vision qui rappelle la France d'il y a cinq ans. Celle de l'exode et du chaos. Des milliers de civils – des femmes, des enfants et des vieillards, parfois des blessés – poussent des vélos et des brouettes surchargés, tractent des charrettes débordant de mobilier, de matelas et de vivres, entourent des poussettes où s'entassent les plus jeunes. Des regards vides et des corps fatigués. Une errance vertigineuse. Ces longues cohortes, lasses et lentes, marchent sans but. Comme elles ralentissent la circulation, des soldats ordonnent aux civils de se pousser. Des rafales de mitraillettes, tirées pour accélérer le mouvement, provoquent la panique des foules qui se précipitent dans les fossés. Abandonnés sur la route, leurs chargements finissent sous les chenilles des chars et les roues des engins militaires.

Les accidents sont fréquents. Pourquoi freiner lorsqu'un Boche encombre la voie ? De peur que leur progéniture ne fasse les frais des écarts automobiles de l'occupant, les mères obligent leurs enfants à crapahuter dans les fossés. Les vieillards traînent la patte, quand ils ne sont pas juchés sur les attelages de bric et de broc. Femmes seules et orphelins perdus ferment la marche.

« Ce n'est pas des gens du coin. Ils viennent de loin. Et même de l'enfer, pour certains… Mais bien fait pour leur gueule ! »

Il s'agit d'Allemands ayant fui les Russes ou abandonné leur habitation détruite dans les grandes villes. S'agrègent à ce magma des Allemands de l'étranger, chassés des pays libérés du joug hitlérien. Un monde en perdition. Des millions de femmes, de vieux, d'estropiés et d'enfants. Les hommes, eux, sont morts ou prisonniers. Ces exilés et ces expulsés errent sans fin dans leur ancien Reich, rétréci et surpeuplé. Ils se sont échoués dans ce coin d'Allemagne qu'ils ne connaissent pas. Le long des autoroutes, des grands axes, des voies secondaires, des simples artères ou des petits chemins, ils sont partout. En quête d'un refuge improbable.

« Et où vont-ils ?

— Nulle part, c'est bien là leur souci… »

Leurs compatriotes les accueillent fort mal : ils les considèrent davantage comme une source de problème que comme des frères de misère. Désormais, c'est chacun pour sa peau !

« Les Badois détestent les étrangers. Et pour eux, l'étranger, c'est celui qui habite à plus de deux bornes de leur maison. L'hospitalité est un luxe que personne ne peut plus se permettre… »

Le sergent dresse un constat sans compassion.

Alors que le trafic se fait moins dense, il m'alèrte sur un phénomène susceptible d'accroître encore l'étrange ambiance de notre périple : ce qu'il nomme les « croisements dangereux ». Il est persuadé que nous en rencontrerons tôt ou tard : il n'y aura alors pas lieu de s'inquiéter, à condition de ne pas s'en mêler. À ses yeux, c'est une source d'emmerdements. Et il a d'autres priorités. Comme celle de me conduire à mon point de chute puis de rentrer à Strasbourg : ce soir, il a un rendez-vous avec une Anglaise. Il s'épanche facilement.

Une dizaine de kilomètres plus loin, tandis qu'on approche de la Forêt-Noire, la Jeep doit s'arrêter. Le sergent coupe le contact.

« Qu'est-ce que je vous avais dit ? »

À cent mètres, une émeute se propage le long de la route. Deux colonnes s'invectivent en occupant la chaussée.

« Quand les prisonniers français libérés croisent des Boches, ça coince toujours un peu ! On va attendre que ça se passe. »

Les militaires sortis des camps de prisonniers se ruent sur les civils apeurés. Non pour les frapper mais pour s'emparer des victuailles ou des objets utiles à la poursuite de leur voyage impatient vers la France. Certains ont passé cinq ans dans les camps. D'autres y ont laissé leur santé. Tous n'ont plus de nouvelles de leur famille ni de colis de la Croix-Rouge depuis la Libération. Il y a plus d'un an. Une éternité.

Quelques-uns demeurent persuadés que Pétain est toujours au pouvoir. Jusqu'au printemps, geôliers nazis et collabos de Sigmaringen leur bourraient le crâne : le Reich disposait d'« armes miraculeuses » qui allaient tout changer ; en France, c'étaient la guerre civile et les bains de sang – heureusement, Brinon, Darnand, Déat et tout le toutim restaient fidèles au poste. Et à Pétain. Nos prisonniers devaient donc faire confiance au protecteur de la patrie qui, lui-même, était sous la protection des Allemands. Et pour cela, ils devaient patienter. Encore et toujours. Maintenant que ces bobards étaient balayés, plus de temps à perdre : le bercail, et au plus vite.

Bientôt, les hurlements font place au silence. Au renoncement. Les Allemands se laissent dépouiller. La colonne victorieuse reprend son chemin : les Français se partagent le butin tout en marchant d'un bon pas. Quelques-uns filent à vélo, trouvaille miraculeuse dans le fatras des vaincus.

Lorsqu'ils passent devant notre voiture, ils font le V de la victoire. Certains s'inquiètent de la distance les séparant de la prochaine bourgade. Le sergent leur répond et se déleste de quelques paquets de cigarettes.

Il double, sans un regard, les civils allemands qui ramassent leurs effets éparpillés et reconstituent leur caravane misérable. Eux ne nous regardent pas non plus. Leur vision se borne à scruter le bout de leurs chaussures. L'horizon ne les concerne plus.

Un gosse manque de passer sous nos roues. Un vieillard le rattrape in extremis par un bras et sa mère, affolée, lui colle une gifle. Le sergent fait une courte embardée en maugréant.

« Ça marche au pas de l'oie mais c'est incapable de tenir sa progéniture ! Et encore, ceux-là ont eu de la chance : avec les pyjamas rayés, ça n'aurait pas été le même potage !

— Vous parlez des déportés ?

— Ben oui…

— Lâchés sur la route ?! Ils ne sont pas évacués par les moyens appropriés ?

— Pas tous. Surtout ceux encore capables de crapahuter…

— Comment cela ?

— Je parle de ceux qui ont survécu aux marches forcées quand les SS ont vidé les camps en embarquant les valides. Juste avant l'arrivée des Alliés. »

Un ordre de Himmler. Pour ne laisser aucun témoin vivant sur les lieux du crime. Ou pour négocier les survivants en échange d'une éventuelle mansuétude occidentale.

« Bilan, ça grouillait de bagnards sur les routes. Sous la garde des nazis. Marche ou crève. Mais depuis qu'ils n'ont plus leurs gardes-chiourmes aux fesses, ceux qui ont survécu se vengent sur tout ce qui fait couleur locale ! Normal, non ?

— Oui, évidemment… »

Le sergent mâche un chewing-gum, imperturbable. J'allume une cigarette. Depuis mon retour d'Angleterre, je mesure la monstruosité d'une apocalypse dont j'étais loin d'imaginer l'ampleur lorsque j'étais à Londres. Une dévastation intérieure : la haine. Partout. Elle a tout submergé. La mort suinte des mots comme des actes. Chacun a de bonnes raisons d'assouvir sa vengeance. La paix des armes n'est pas la paix des âmes.

Pour évacuer ces idées noires, je mémorise les noms des patelins traversés : Neumühl, Kork, Odelshofen, Legelshurst, Urloffen…

Renchen

Passé la lisière des plaines du Rhin, les contreforts de la Forêt-Noire s'annoncent; on pénètre dans la vallée de la Rench. Une vision de carte postale champêtre qui tranche avec la tension de la route : vignes en terrasses successives et pentues, bordant des forêts aux contours irréguliers, petites rivières traversant les prés.

À une vingtaine de kilomètres de Kehl, nous entrons dans Renchen. La voiture ralentit, quitte la route principale et vient se garer devant une bâtisse à colombages.

« Vous voilà chez vous, commandant. »

Je m'étonne : ne devais-je pas m'installer à Baden-Baden? Le sergent me rassure aussitôt.

« Vous vous reposez ici tandis qu'on prépare votre carrée dans la capitale. Et question sécurité, les Schleus ont été briefés, les maisons fouillées. Si ça bouge une oreille, on rafale tout! »

Il s'empare de mon paquetage et pénètre dans la maison, sans frapper à la porte. Je le suis. Dans l'entrée, une Allemande silencieuse et sans âge s'efface pour laisser passer le sous-officier qui monte à l'étage avec mes affaires. Pas un mot n'est échangé.

Le sergent redescend et m'entraîne dans le salon, comme s'il était chez lui. Chaque chose est à sa place. Y compris l'imposant coucou qui occupe à lui seul un pan de mur. Ça sent l'encaustique et ça respire l'ordre ménager. Sur un buffet, un portrait de famille me permet de reconnaître notre hôtesse en compagnie de son époux et de deux jeunes hommes d'une vingtaine d'années. Ses fils. La pose est martiale : ni sourires ni regards aimants.

« Cette galerie de tronches n'est plus d'actualité, colonel : le mari a été dézingué dans le Volksturm et les rejetons se sont pris le rouleau compresseur russe en pleine poire. Il reste la mère. Votre bonne.

— Et comment s'appelle-t-elle ?

— Frau Renniger. Mais vous n'aurez pas besoin de lui parler. Elle a pour consigne de vous servir sans moufter. Avec elle, pas de "*danke*", juste des "*schnell*" ! »

La femme se présente avec un plateau qu'elle pose sur la table basse. Des pâtisseries, de la charcuterie, du pain et de la bière. Elle repart sans un mot.

Le sergent regarde sa montre.

« Ce n'est pas tout ça, mais je vais devoir y aller. Profitez-en pour vous reposer. Le capitaine Metzer passera vous prendre dimanche matin.

— Encore merci, sergent. »

Je monte à l'étage retrouver ma chambre. Je rêve d'un bain. L'envie de me débarrasser de cette gangue de malheur qui colle à ma peau.

Je trouve ma logeuse dans sa cuisine. Surprise par ma présence, elle fait un pas en arrière et laisse tomber la louche avec laquelle elle touillait, dans une grande marmite, ce qui ressemble à une soupe.

Je lui fais comprendre mon désir de me laver. Les gestes suppléent le vocabulaire. Elle me précède jusqu'à une salle de bains. Une baignoire trône dans la pièce carrelée de faïence bleu pâle. Elle ouvre les robinets, d'où coule un filet irrégulier. Puis elle me tend un gant de toilette, des draps de bain, un savon.

Elle quitte la salle d'eau. J'en profite pour me regarder dans le miroir. J'ai une sale gueule.

Défaire tranquillement mon paquetage et souffler enfin. Quitter mes frusques militaires pour revêtir une carapace civile : changer d'apparence après le bain qui m'a débarrassé de ma gangue de crasse, de sueur et de courbatures.

Une flopée de souvenirs émerge aussitôt du sac de toile kaki. Le costume que j'envisage de porter est fripé. Mais il fera l'affaire. Les chaussures n'ont pas été cirées depuis longtemps. Qu'importe. Une chemise blanche tire-bouchonnée mériterait un coup de fer. Tant pis.

Je mets la main sur des revues dont je me demande bien pourquoi je les ai emportées. Deux numéros d'*Entente*, de janvier et février derniers. Pour célébrer l'alliance franco-britannique, pour conforter l'effort conjoint dans la dernière ligne droite. Dix francs. *One shilling*. Les revues bilingues se répondent d'un numéro à l'autre.

Le numéro 36, de janvier 1945, titre *Les Blessures de la Grande-Bretagne* avec, en couverture, la photo d'un gosse déambulant seul, une couverture sous le bras, dans les rues de Londres. L'éditorial est signé Frederick Tomlinson, un journaliste de l'*Observer*. Tout est montré et décrit de cette terreur tombant du ciel pour briser le moral et la résistance des Britanniques sous un déluge de feu. Tomlinson insiste sur la perversité des bombes volantes, dénonce la ruse meurtrière qui permet de tuer deux fois : la première fois, les civils ; la seconde fois, les secours. Les hitlériens ont un terme pour décrire cette tactique terroriste : *coventrieren*, du nom de Coventry, la ville anglaise frappée par des bombes incendiaires, une nuit de pleine lune de novembre 1940. Tomlinson conclut son article en souhaitant à l'Allemagne un sort identique : « Une punition barbare pour un peuple barbare. »

Le numéro 37, de février, évoque, lui, *La France mutilée*. L'autre facette du miroir. Là, c'est la statue d'un homme serrant sa femme contre son torse, en avant-plan des ruines d'une ville française que je ne parviens pas à identifier. Marcel-Étienne Grancher s'essaie à un exercice complexe. Difficile d'expliquer la nécessité de ces morts, sacrifiés sur l'autel de la victoire. Difficile de justifier des frappes aériennes imprécises, lancées par des bombardiers volant trop haut. Difficile de faire comprendre que la France était considérée comme un territoire ennemi dont il fallait casser l'infrastructure nazie pour préparer le débarquement. Difficile de dépeindre le pays comme une menace pour une Angleterre si proche, et comme un simple objectif militaire pour des États-Unis si éloignés.

Les textes s'accompagnent de photos cruelles aux légendes dramatiques. Plus on progresse dans la lecture, plus les faits décrits sont atroces. Les publicités Michelin sont comme des respirations surréalistes. Je souris lorsque je tombe sur de petits encarts qui me rappellent les moments partagés avec les camarades de Londres dans des lieux épargnés : Le Coq d'or, restaurant français de Stratton Street, à Piccadilly ; le Frascati d'Oxford Street, son grill-room et son dancing, animé par un orchestre de jazz qui aurait fait bouger les morts avec son swing dévastateur.

Des visages me reviennent : Crowley et Matthews de la BBC, Sheridan et Mac Allister du MI6 ; Pierre Dac et Pierre Bourdan de Radio Londres, Monnestier du BCRA. Et Maurice Schumann, l'Alsacien de Paris, le bridgeur fanatique, le confident des moments difficiles. Des amitiés improbables. Des destins qu'il aurait été impossible de voir se croiser en d'autres circonstances. Des gueules et des coups de gueule. La gravité des responsabilités et des missions. Et, tout aussi urgent, le besoin impérieux de décompresser, lors de virées sans but. La vie et la mort, étrangement indissociées. La guerre avait rebattu les cartes.

De la seconde revue s'échappe une photo qui tombe sur le parquet ciré. C'est un pique-nique familial. Derrière le cliché dentelé, une indication : *Forêt d'Orient. 16 mai 1938*. Sur une couverture posée à même l'herbe d'une clairière, des paniers d'osier, quelques bouteilles, du pain, des couverts. Ma mère, assise sur un petit pliant, est entourée d'Irène et de Jules, mes cadets. Les inséparables. La blondeur d'Irène, éclatante, souligne son rire juvénile. Elle a vingt-deux ans et montre avec fierté son ventre rebondi, sous sa robe de lin clair. Jules, manches retroussées, tend vers l'objectif un saucisson qu'il s'apprête à découper. Le photographe est sans doute Charles, le futur papa.

Je me souviens avoir reçu la photo alors que j'étais affecté à Londres depuis quelques mois. Je me souviens de la joie qui fut la mienne d'y découvrir ma sœur enceinte. Et je prends aussitôt conscience que tout cela s'est brisé.

Besoin d'oxygène. Maintenant. Tout de suite. Je me lève d'un bond, coince le Lüger dans ma ceinture, attrape ma veste et glisse mes papiers dans sa poche intérieure. Je saisis deux paquets de cigarettes et mon Zippo.

Je quitte la chambre et dévale les escaliers. Au rez-de-chaussée, l'Allemande est toujours dans sa cuisine. À croire qu'elle y vit. Dehors, l'air vif me saisit. Je respire fort. Me calmer. Marcher. Cesser de ruminer.

Dans les rues, j'avise des affiches frappées de la mise en garde *Verboten!* – « Interdit ! ». Je remarque, partout sur les murs, des *Bekanntmachung*, ces avertissements à la population signés du maire nommé par les autorités françaises ou, plus directement, par l'armée d'occupation si la gravité l'impose. Rédigées en allemand, doublées d'une traduction française, ces directives sont destinées aux autochtones. La typographie n'utilise pas les caractères gothiques mais les menaces n'en sont pas moins claires, les sanctions évoquées sans détour. La mort est envisagée.

Elles interdisent et punissent toute activité susceptible de nuire à la sécurité des troupes françaises : organisations nazies, détention d'armes ou d'appareils photo, circulation sans motif, hébergement de fuyards, marché noir, sabotages, dissimulation de vivres... et fraternisation ! Vu les circonstances, ce dernier risque me semble limité. Elles régentent également le quotidien : limitation des déplacements, condition d'utilisation des bicyclettes, présentation des pièces d'identité en toute occasion, respect du couvre-feu, encadrement des activités professionnelles, suspension des réunions publiques, lieux interdits d'accès...

La vie est sous tutelle. Comme le pays.

Pour asseoir cette atmosphère de défiance et de suspicion, la gendarmerie est partout présente. Elle nourrit malaise et crainte chez l'habitant. Ce sont les ordres. Je le constate dans les regards anxieux des Allemands, dès qu'un uniforme se profile à l'horizon. Chacun s'attend à être contrôlé, fouillé, interpellé. À tout instant. Sous n'importe quel prétexte. L'aléatoire et l'imprévu sont les nouvelles règles du jeu. Se sentir coupable même quand on est innocent. Se savoir vulnérable après s'être cru maître du monde.

La vieille discipline prussienne, confortée par l'obéissance aveugle à la furie hitlérienne, ne doit guère souffrir de ces petits désagréments. Tout au plus les vaincus apprennent-ils ainsi à redescendre sur terre. À obéir à leurs nouveaux maîtres. À goûter à leur punition. Aucune envie de les plaindre. Leur soumission les rend plus méprisables encore. La baudruche s'est dégonflée. Place au grand nettoyage. Et tant pis s'il y a de la casse.

Mes pas me portent jusqu'à une brasserie dont la terrasse empiète sur le trottoir, obligeant les piétons à la contourner. Anciens FFI versés dans l'armée régulière, insouciants et bravaches, de jeunes soldats occupent les premières tables. Un poste d'observation privilégié. Leurs armes sont accrochées aux dossiers des chaises. Ils parlent fort et commentent le spectacle de la rue.

Les habitués sirotent leur verre sans bruit. Eux aussi observent. Médusés. On devine la sidération. Serait-ce le fameux somnambulisme évoqué par Morin ?

Une table est libre, en retrait. Je m'y installe et allume une cigarette. Près de moi, deux quadragénaires cossus. Des Français. Parlant fort, comme s'ils étaient seuls au monde. Je dois supporter leur conversation alors que j'aspirais au calme.

« Vous êtes là depuis longtemps, Francis ?

— Deux mois, mon cher. Un ami parisien m'a conseillé de foncer !

— Il a le nez fin : cet endroit est un eldorado ! »

Les deux compères s'esclaffent tout en buvant de grandes lampées de bière mousseuse, brassée les nuits de pleine lune. Une spécialité locale.

« On fait de très belles affaires en Forêt-Noire. Leurs arbres sont magnifiques et le débardage est assez simple. Je compte y implanter une scierie. La traversée du Rhin va redevenir commode, ce sera tout bénéfice. Du bois pour se chauffer et pour reconstruire, quoi de plus rentable ?

— Il y a aussi un coup à jouer avec les chaussures et l'horlogerie. La main-d'œuvre est déjà formée : des femmes taillables et corvéables à merci.

— Ces gens sont tellement démunis. Mais nous sommes des patriotes : il faut se montrer impitoyable. Je négocie tout. Comme ils n'ont plus grand-chose, je fais du troc. Et là aussi, ils capitulent, ces crétins ! »

Ils hèlent un vieux loufiat pour se faire resservir des bières fraîches.

« Dites-moi, vous vous rappelez Parosot ?

— Raymond Parosot, le ferrailleur qui s'est lancé dans les travaux publics ?

— Celui-là même. Figurez-vous qu'il vient d'être frappé d'indignité nationale ! Et on a saisi tous ses biens…

— Vous plaisantez ?

— Pas du tout ! Il n'a plus rien !

— Lui qui ne ménageait pas sa peine pour faire marcher sa société…

— Et qui a permis à tellement de gens de travailler et de nourrir leur famille quand les temps étaient si durs ! Il m'a souvent aidé lorsque les Allemands se montraient tatillons. Voyez où on en est rendu…

— Mais comment cela est-il possible ?

— Les revanchards l'ont accusé de collaboration économique !

— De collaboration économique ?! Mais il fallait bien vivre ! Et les seuls avec lesquels on pouvait faire des affaires, c'étaient les Allemands !

— Tout ça, c'est à cause de ce de Gaulle et de sa clique…

— Facile de faire la morale, en restant planqué à Londres, tandis que Pétain se démenait pour épargner le pire au pays. Sans le maréchal, les fridolins auraient été beaucoup plus gourmands et beaucoup moins coulants…

— C'est évident ! Ce de Gaulle est en cheville avec les bolcheviques ! Avec son armée de débraillés ! Regardez-moi ça… »

D'un geste du menton, il montre à son convive les jeunes soldats toujours aussi volubiles.

« Les Français ont la mémoire courte !

— Et toutes ces réquisitions ! Ce sera bientôt pire que sous le Front populaire !

— Et qui va payer, je vous le demande ?

— Les bons Français, comme vous et moi…

— On ne m'empêchera pas de penser que derrière tout ça, il y a encore et toujours les Juifs, les métèques et les francs-maçons. Ces oiseaux de malheur font à nouveau la pluie et le beau temps chez nous…

— Ça finira par se calmer : de Gaulle sera chassé tôt ou tard !

— Que Dieu vous entende ! Il mériterait la corde. »

Je me lève et bouscule volontairement l'un des deux misérables. Sa bière se renverse sur son veston.

« Crétin de Boche ! Fais attention, nom d'une pipe !

— Vous aussi… »

Désarçonné par ma réponse en français, il reste bouche bée puis se reprend.

« Pardon ?! »

Je le fixe et lui réponds d'une voix blanche.

« Je dis : vous aussi, faites attention.

— Et un Français, en plus ! Vous ne manquez pas de culot !

— Vous non plus…

— De mieux en mieux ! Vous me bousculez et, par-dessus le marché, vous vous permettez d'être impoli !

— Pas impoli, non : je vous mets simplement en garde.

— En garde ? Je ne comprends pas…

— En effet, à vous entendre, vous ne comprenez pas grand-chose…

— Je ne vous permets pas !

— Moi, je me le permets. Et si j'étais à votre place, je serais prudent : quand les murs ont des oreilles, les idiots ont des soucis… »

J'écrase ma cigarette à ses pieds. Devenu rubicond, il se hausse du col.

« Quel toupet ! Savez-vous à qui vous parlez ?

— Oui : à un con. Et j'en profite même pour lui demander ses papiers. »

Je sors ma carte militaire. Le type se liquéfie.

« Je… je… je ne savais pas… Comment le savoir, d'ailleurs ? Vous êtes en civil… Qu'ai-je pu dire qui vous a irrité ?

— Fermez-la et montrez-moi vos papiers ! »

Le pleutre sort sa carte d'identité d'un portefeuille aussi gonflé que son propriétaire. Je prends plaisir à la détailler lentement, tandis que l'homme pâlit et jette un regard inquiet vers son ami abasourdi.

« Vous êtes en zone militaire, sous contrôle légal du Gouvernement provisoire de la République française dont le chef est le général de Gaulle. Celui que vous insultez. L'ignoriez-vous ?

— C'est-à-dire que…

— Vos propos séditieux relèvent des tribunaux militaires.

— Mais je vais vous expliquer…

— Vous n'allez rien m'expliquer du tout. Je conserve vos papiers. Ainsi que ceux de votre ami dès qu'il me les aura confiés. »

L'autre abruti qui pensait que l'orage s'était concentré sur la tête de son acolyte s'empresse de me tendre sa carte d'identité.

« Je me réserve le droit de vous convoquer pour que vous justifiiez votre attitude devant les autorités.

— Mais enfin…

— Fermez-la. »

Je lui indique les jeunes soldats qui continuent de pavoiser tout en commandant de nouvelles boissons à un serveur sans âge.

« Seriez-vous prêt à réitérer vos propos devant ces Français-là que vous vouez aux gémonies ?

— Euh…

— Et lâche, bien évidemment ! »

De son portefeuille, je sors une liasse de billets que je jette sur la table.

« Tournée générale jusqu'à plus soif ! Et vous, décampez avant que je vous fasse coffrer ! »

Les deux idiots quittent précipitamment les lieux.

Un jeune soldat me rejoint.

« Un problème, monsieur ?

— Non : des éclaircissements. Je rappelle à certains que la croix de Lorraine a supplanté la croix gammée. Même ici. »

Plus aucune envie de traîner en ville. Je rejoins ma pension. En chemin, je déchire et balance les papiers d'identité des deux cons dans une poubelle.

Une question me tenaille : pourquoi Garnier m'a-t-il affecté ici ? Pourquoi ne pas m'avoir permis de me consacrer à la quête de ma famille en m'octroyant la liberté et le temps nécessaires ? N'importe qui d'autre, au sein du BCRA, aurait pu remplir cette mission : le Deuxième Bureau ne manque pas d'officiers à l'aise dans la jungle allemande. Je sens monter en moi l'impatience et l'impuissance. J'étais à ma place en Angleterre, je me sens inutile en Allemagne.

2

Dimanche 9 septembre

Il est neuf heures lorsque je quitte la pension de fortune. Dans l'entrée, la grosse femme en bigoudis, boudinée dans sa blouse de lin turquoise, me lance un sourire contraint, avant de me tourner le dos sans un mot pour filer en cuisine. Sur le pas de la porte, j'aperçois la Jeep qui m'attend, moteur allumé. Près d'elle, le capitaine Metzer : l'officier chargé d'accompagner mes pas dans cette Allemagne inconnue.

Gabriel Metzer est un Alsacien d'une trentaine d'années, baraqué, le cheveu blond et court. Une estafilade barre sa joue gauche. Sa fine moustache s'inspire de celle de Clark Gable. Il pousse la ressemblance jusqu'à arborer des Ray Ban. À sa hanche droite, je remarque l'étui de son pistolet d'ordonnance, ouvert sur un Colt M1911. Le genre d'homme qui assume sa virilité dans une contrée où les mâles étrangers font désormais la loi.

Metzer ôte ses lunettes de soleil et me salue en me tendant une main puissante. Je m'asseois côté passager après avoir jeté mon baluchon à l'arrière de la Jeep.

En douceur, l'Alsacien s'engage sur la route principale qui traverse Renchen. Nous ne croisons personne. Les Allemands restent cloîtrés dans leurs maisons aux toits pentus, alignées au cordeau dans un décor de conte pour enfants sages.

« Je vais vous faire découvrir le coin.

— Je ne suis pas venu en touriste…

— Rassurez-vous, j'ai un objectif : vous présenter un Boche à nous.

— Pardon ?

— Un collabo. Mais de notre bord. Ses renseignements valent de l'or et il a des comptes à régler. Ça tombe bien, les additions qu'il présente à certains de ses concitoyens correspondent aux nôtres…

— Quel est son pedigree ? »

Ce propriétaire terrien et négociant en vins est un ancien bourgmestre du Zentrum catholique, débarqué par les nazis en 1933 et embarqué à Dachau dans la foulée comme opposant politique. Les nazis l'ont ensuite envoyé dans un bataillon disciplinaire en Yougoslavie en 1941. Là-bas, il a réussi à déserter et à se livrer aux partisans de Tito. Il a combattu à leurs côtés contre les Oustachis et les SS. Les Yougoslaves l'ont remis aux Anglais il y a deux mois, à Ljubljana, en Slovénie. Avec un bras en moins et deux médailles en plus. D'après Metzer, son bras droit a été arraché par une grenade allemande. Le monde est mal fait.

« Sacré périple…

— Avec Hitler, les Boches auront vu du pays. Beaucoup trop, à mon goût.

— Est-on certain qu'il n'est pas admirateur de Staline après son passage chez Tito ?

— C'est un catholique du genre fervent. Pas le gars à honorer plusieurs dieux en même temps.

— Il est loin d'ici ?

— À une cinquantaine de kilomètres. Ce sera l'occasion de traverser un morceau de Forêt-Noire… Vous connaissez ?

— Pas du tout. »

La Willys parcourt de grandes plaines agricoles, où des paysans hâlés s'affairent aux récoltes. Les bras et les bêtes ont remplacé les machines. Du houblon, des blés, des vignes à perte de vue. Une brise légère atténue la chaleur du soleil. L'été peine à quitter les lieux.

Je m'étonne de ce calme qui ne correspond pas à l'idée que je me faisais d'une contrée effondrée.

« Ils n'ont pas tellement dégusté dans le coin. La guerre est restée aux portes des fermes. Beaucoup de ces péquenauds demeurent nostalgiques du Reich. Leurs pendules à coucou se sont arrêtées à l'arrivée de Hitler au pouvoir. Il faut se méfier du gentil laboureur. Qui vous dit qu'il ne planque pas un poignard sous sa chemise ou un pistolet-mitrailleur dans ses bottes de foin ?

— Ou que ma logeuse ne m'attend pas avec un rouleau à pâtisserie derrière la porte pour me faire rôtir ensuite dans son fourneau… »

Metzer sourit et j'allume ma cinquième cigarette de la matinée.

« Mais ça va changer quand on approchera des massifs forestiers. Là, ça a tapé. Les Boches se planquaient dans les bois avec leur arsenal. Quand l'aviation alliée l'a compris, elle a fait le nécessaire, vous verrez… »

La Jeep s'engage dans un chemin sablonneux qui s'enfonce sous une voûte sombre. Une cathédrale de conifères immenses. La pénombre s'impose, tranchant avec la luminosité quittée quelques secondes auparavant. Quelques rares rayons de soleil percent en oblique le sommet, accentuant l'aspect sinistre du massif arboré.

« Accrochez-vous, les sentiers sont dégueulasses. Regardez-moi ces trous ! Ce ne sont plus des nids-de-poule, mais des bauges à sangliers ! »

Sans ralentir, Metzer donne des coups de volant pour éviter les fondrières. Bientôt apparaissent les carcasses brûlées de convois mitraillés qui encombrent les bas-côtés.

« Voyez ces tonnes d'acier tordu : si j'étais plus finaud, je monterais une entreprise de récupération ! Parce qu'à un moment ou à un autre, il va bien falloir reconstruire tout ce merdier, non ?

— Ce serait plus sage…

— Mais on n'en est pas encore là… »

Des panneaux indicateurs, disposés par les troupes du génie, proposent des directions aux noms imprononçables. Les caractères latins surmontés de flèches directionnelles de différentes couleurs ont remplacé les lettres gothiques : l'exotisme de notre périple dans ces lieux si chers aux romantiques germaniques en pâtit.

« Vous parlez allemand, capitaine ?

— Le moins possible, colonel…

— Bien sûr, mais je veux dire…

— Est-ce que je le comprends ? Oui, je le parle, je le lis et je l'écris. Je le vomis aussi.

— Désolé, je ne voulais pas vous vexer…

— Je leur complique la tâche avec mon accent alsacien. Ça les emmerde et j'en rajoute. Il faut qu'ils comprennent qui sont les nouveaux patrons !

— Vous avez raison.

— Et vous, colonel, vous dégoisez dans la langue de Goethe ?

— Pas du tout. Je maîtrise l'anglais, c'est déjà ça !

— Ce sera utile pour discuter avec les Alliés : ils ne font aucun effort pour baragouiner en français…

— Je m'en doute… »

Metzer freine brutalement au sortir d'un tournant en épingle. À quelques mètres, un camion de transport de troupes, débâché, barre le chemin. Son moteur tourne au ralenti. Sur le plateau arrière du véhicule, un sergent-chef grille une cigarette, tout en observant à la jumelle l'orée du bois, son fusil-mitrailleur en bandoulière. Un poste radio grésille à ses pieds. Il est surpris par notre arrivée. « Le périmètre est bouclé, messieurs. Zone interdite. Des fugitifs sont dans le coin. Des Waffen SS. C'est dangereux. Faites demi-tour. »

Des aboiements de chiens déchirent le silence. Comme ceux d'une meute qui se rapprocherait de nous. Un homme nu et affolé émerge des hautes fougères à vingt mètres. Il hésite puis s'élance pour traverser la route sablonneuse.

Un coup de feu retentit, le type s'effondre. Il hurle en se tenant la cuisse droite. Le sergent-chef lâche son mégot et s'empare de son arme automatique dont il claque la culasse d'un coup sec. Un capitaine sort du bois en courant, fusil de chasse en main. Il s'approche du blessé, épaule et l'achève d'une balle dans la tête.

Embouchant une pibole, il sonne trois coups longs. Il s'agenouille, écarte le bras gauche du cadavre et porte son regard au niveau de l'aisselle avant de laisser retomber le membre. Il se redresse, met ses mains en porte-voix et hurle : « O ! » Il rentre dans les bois après avoir glissé deux cartouches dans son fusil.

Le sergent-chef, gêné, me dévisage : « Vous ne devriez vraiment pas rester là… »

À peine a-t-il achevé sa phrase que les chiens se remettent à hurler. Et un coup de fusil résonne, à quelques mètres de nous, dans les fourrés. Le silence qui suit est interrompu par trois longs coups de cornet.

Deux sous-officiers sortent des fourrés, fusil de chasse en bandoulière. Ils traînent par les pieds un mort tout aussi nu que celui laissé au milieu du chemin à vingt mètres. Ses tripes sortent du ventre. Trois rottweilers surgissent des bois et s'approchent du cadavre pour en lécher les entrailles. Les militaires les repoussent à coups de pied.

« Cette enflure était planquée dans un roncier ! Quand il a bondi devant les clebs, je lui ai mis une balle de panse : cette carne n'a pas eu le temps de moufter ! »

Les deux Français balancent le corps de l'Allemand à l'arrière du camion. Avant de repartir récupérer l'autre cadavre, l'un d'eux hèle le sergent-chef : « Robert, annonce la fin de la traque ! C'est le A qui nous manquait. »

Metzer me fait signe de rejoindre la Jeep. Puis il monte dans le véhicule et démarre. Un dernier regard vers le sergent-chef qui s'empare de son poste radio, et je saute dans la Willys qui opère un demi-tour violent.

Nous retrouvons la route principale, après une succession de bosses sur lesquelles rebondit notre monture. L'Alsacien accélère comme s'il voulait quitter les lieux au plus vite. Je le sens nerveux.

« Vous trouvez logique de traquer des fugitifs avec des fusils de chasse, capitaine ?

— L'essentiel est qu'on chope ces salopards !

— Et vous trouvez également normal que les Boches soient nus comme des vers ?

— Oh, ils sont rusés : pour se fondre parmi les civils, peut-être se sont-ils débarrassés de leurs frusques de prisonniers…

— Y compris de leur caleçon et de leurs chaussures ? Ce n'est pas très pratique pour courir en pleine forêt…

— Non, je vous l'accorde.

— Et que les militaires n'arborent pas leurs matricules réglementaires, j'imagine que vous trouvez ça banal ?

— Je crois surtout qu'on a d'autres priorités que se soucier de ce genre de détails… »

Metzer pile, dans un nuage de sable. Je manque de heurter le pare-brise qui, sous la vigueur du coup de frein, bascule sur le capot et éclate sous le choc. L'Alsacien fixe l'horizon et s'adresse à moi d'une voix blanche.

« J'ai merdé. Je me suis gouré de route. Nos cartes ne sont pas assez précises. Et la nuit, les Schleus changent nos pancartes en douce pour nous emmerder. J'aurais dû vérifier. Il fallait tourner plus tôt, à la première bifurcation, pas là… C'est de ma faute. Vous n'auriez pas dû voir ça.

— Voir quoi ? Cette… battue ?

— Appelez ça comme vous voudrez… Je vais vous mettre au parfum.

— Je vous écoute. »

Son attitude a changé du tout au tout. Ce n'est plus le cow-boy sympathique qui roulait des mécaniques. Taciturne et froid, il s'est raidi. C'est maintenant un guerrier.

« Bon, cela fait quelque temps que ça nous est revenu aux oreilles. Au début, je n'y ai pas cru. Mais des sources ont confirmé la chose en donnant des détails. Et puis, après tout, ces gars-là ne font rien de mal…

— Mais encore ?

— C'est le commandant américain d'un camp de prisonniers qui a inauguré le concours. Ensuite, les Tommies et certains des nôtres se sont pris au jeu.

— Quel concours ? De quel jeu parlez-vous ? »

L'Alsacien s'engage dans un long monologue. Explications et justifications sont inextricables. D'un ton froid, il raconte l'impensable.

En décembre dernier, lors de leur offensive dans les Ardennes, des Waffen SS ont exécuté les GI qui se rendaient sous leur poussée. Notamment près de Malmedy, en Belgique. Pas de prisonniers : tel était l'ordre du Führer. Les Allemands étaient pressés d'avancer.

Lorsque leur coup de poker s'est transformé en Bérézina, ils ont dû rebrousser chemin. Et les Américains sont tombés sur les cadavres congelés de leurs camarades. Ils en ont retrouvé d'autres un peu plus loin, avec le dégel. Près d'un millier de soldats abattus dans les prairies, certains brûlés vifs dans des fermes. La haine du Boche a pris une ampleur inédite. Il fallait se venger. La découverte des camps de Buchenwald, de Bergen-Belsen, de Dachau et de Mauthausen en avril a accéléré le processus : cette détestation s'est propagée plus vite que le typhus.

Un jeu a vu le jour. Entre gens de confiance. Pour extirper la haine des cœurs, et lui permettre de s'exprimer sans retenue. Ni témoins. Une simple distraction. On choisit des Waffen SS prisonniers – c'est le gibier. Avant d'être relâchés nus en forêt, ils sont drogués à la Pervitine, un dopant apprécié de la Wehrmacht et de l'Allemagne tout entière. Pour être plus vifs quand ils auront les chiens aux trousses. Le côté sportif de cette traque interdit l'usage du pistolet-mitrailleur : seul le fusil de chasse est autorisé. Pour donner une chance au gibier ?

L'aspect ludique parachève l'ensemble : les chasseurs reconstituent le mot le plus long. Constatant mon incompréhension, Metzer poursuit ses explications : durant les combats, les blessés SS étaient prioritaires sur tous les autres soldats. Ordre de Himmler. Le privilège de l'élite des assassins. Pour faciliter les transfusions, la lettre de son groupe sanguin était tatouée sous l'aisselle gauche de chaque Waffen SS.

« Il n'existe que quatre groupes sanguins : A, B, O et AB. Dès lors, le mot magique de ce petit jeu, c'est BAOBAB. Mais ça nécessite un gros paquet de Boches pour y arriver !

— Vous me charriez, Metzer ?!

— Non. Il suffit d'aligner les cadavres dans le bon ordre en leur relevant le bras gauche pour faire le mot. Ceux qu'on vient de voir ont dû se contenter d'un mot de trois lettres : BOA. C'est pour cela qu'on dit qu'en Forêt-Noire on trouve des boas dans les fougères et des baobabs au milieu des mélèzes. Voilà, vous savez tout.

— C'est abominable... »

Le capitaine fulmine. Je le sens prêt à m'attraper par le col du battle-dress pour me coller son poing dans la figure.

« Vous trouvez ? Les types sortis des taillis sont des ordures. Alors, franchement, entre le poteau d'exécution et la balade en forêt, le résultat est le même : une balle dans le buffet et hop, dans la fosse, avec une pelletée de terre du Reich sur la gueule !

— Nous perdons notre honneur de soldat à nous comporter de la sorte !

— Bon Dieu, de quelle planète venez-vous, colonel ? Vous savez qui sont les hommes qui chassent ces salopards ?

— Non, puisqu'ils protègent leur anonymat.

— Ce sont des héros !

— Vous m'en direz tant…

— Oui, des héros, colonel : ces gars ont crapahuté tout l'hiver en Alsace pour chasser les Boches et permettre, par exemple, à ma famille de rentrer chez elle après cinq ans d'exil forcé. »

Metzer est animé d'une colère froide. Cette rage fait écho à des souvenirs encore frais. Je suis le punching-ball idéal pour vider sa fureur.

« Ces types ont ensuite été allumés comme des quilles sur un champ de foire quand ils ont traversé le Rhin sur des canots pour neutraliser les nids de mitrailleuses boches ! Certains d'entre eux ont poussé jusqu'à Berchtesgaden, pour dessouder encore et toujours du nazi et visiter la garçonnière d'Adolf, avant même l'arrivée des Américains ! Ils ont tout subi, tout vu, tout connu. Deux gars sur trois ne sont pas revenus intacts de la boucherie… Alors, qui êtes-vous pour juger ?

— Changez immédiatement de ton, Metzer ! »

L'Alsacien n'a cure de mon courroux.

« Mais cela ne m'étonne pas de vous : dans un bureau londonien, la guerre est beaucoup plus cosy…

— Je vous interdis de dire ça !

— Vous m'interdisez de dire quoi ? La vérité ? Mais allez-y, alertez la Croix-Rouge ! Elle aura certainement du temps à consacrer à vos Fritz, entre deux colonnes de déportés à rapatrier et des blessés à sauver. »

En me lançant un regard noir, il déroule son propos, sans davantage tenir compte de mes objections. Un torrent sort de son lit.

« Ou mieux encore : écrivez aux familles de ces Schleus pour leur présenter vos condoléances. On a probablement leurs adresses. Du moins, si leurs proches sont encore vivants. Car à Londres, vous n'y êtes pas allés de main morte non plus ! »

Il porte ses coups, toujours plus fort.

« En février dernier, à Dresde, vos cibles n'étaient pas toutes militaires, que je sache. Il paraît que le phosphore et la thermite grillaient les Boches jusque dans les caves où ils se réfugiaient.

— Arrêtez ça, je vous dis !

— Pourquoi ? Cela vous gêne ? Des familles entières se jetaient dans l'Elbe pour échapper aux flammes mais, comme le fleuve brûlait aussi, ça ne servait à rien. Cramer dans la flotte, avouez que c'est moche ! Même Churchill a toussé dans son champagne quand il a connu le score final il y a six mois…

— Metzer, vous dépassez les bornes !

— Vous trouvez ? Moi, je ne crois pas. D'ailleurs, je vais vous dire : vous et vos copains de Londres avez eu parfaitement raison de fracasser la gueule de cette sale engeance jusqu'à ce qu'elle rende gorge. Comme ont raison aujourd'hui ceux que vous osez juger !

— Je n'en suis pas si certain…

— Arrêtez avec vos états d'âme de pacotille ! Vous n'êtes pas directeur de conscience, vous êtes dans le Renseignement. Comme moi. On observe, et quand c'est important, on transmet à Paris. On intervient seulement si la situation l'exige. Là, ce n'est pas le cas. »

Il se tait. Sa respiration se calme. Abasourdi, je demeure silencieux. Son regard s'est adouci. La tempête s'éloigne doucement.

« Avez-vous déjà tué, colonel ?

— Si j'ai déjà tué ?!

— Oui. Est-ce que vous avez tué des Boches autrement qu'en les faisant bombarder à trois mille mètres d'altitude ?

— Pas directement, non.

— Moi, si. Et c'est ce qui nous différencie : vous les tuiez en gardant les mains propres, quand je les trucidais en me salissant les pognes avec leur résineux. Cela ne vous rend pas meilleur que moi. Et je ne suis pas plus courageux que vous, non plus. Les circonstances ont voulu qu'on ne fasse pas la guerre de la même façon, voilà tout.

— C'est juste…

— Désormais, tout ça est en nous. À jamais. C'est le prix à payer.

— Je le sais pertinemment. »

À mon tour, je le fixe droit dans les yeux, il soutient mon regard. Il me tend la main. J'hésite un instant et lui tends la mienne.

Je décide de rompre la glace tandis que la Willys quitte le massif forestier et s'engage dans les coteaux viticoles. Au loin, des villages se dessinent dans la plaine.

« Capitaine, le mieux serait de nous supporter, à défaut de nous apprécier…

— Qui vous dit que je ne vous apprécie pas ? Nos caractères sont différents, voilà tout. Et puis vous avez un avantage sur moi, outre votre ascendant hiérarchique…

— Ah oui, lequel ?

— Un regard neuf.

— Un regard neuf ? Précisez votre pensée, Metzer. »

Metzer sourit. Il se détend. J'allume une cigarette.

« Garnier vous a certainement fait miroiter le paradis pour vous convaincre de venir ici ?

— En réalité, il ne m'a pas laissé le choix…

— C'est bien sa façon de faire : nous laisser nous dépatouiller dans ce merdier !

— C'est bien probable.

— Mais il compte aussi sur votre discernement pour piger certains enjeux. À condition de garder du recul, contrairement à moi.

— Pourquoi dites-vous ça ?

— Moi, je m'occupe des urgences. Vous, vous scrutez l'horizon. Ici, nous ne sommes pas en territoire conquis mais en terrain miné. Tout le monde aimerait nous voir échouer. Et pas seulement les Boches.

— C'était déjà le cas à Londres : nos alliés ont des idées derrière la tête qui ne sont pas celles qu'ils professent pour nous amadouer. Ça ne s'est pas arrangé depuis. Et les Fritz du coin ?

— Des lâches et des salauds ! Ils veulent échapper à leurs responsabilités en prétendant qu'ils n'ont rien su, rien vu, rien fait ou si peu. Une palanquée de faux-culs et d'assassins ! Certains sont récupérables, d'autres non. À nous de faire le tri. Un bon conseil : ne prenez rien pour argent comptant.

— Pas même avec vous ?

— Non. Je suis tenu de vous briefer jusqu'à un certain point.

— Lequel ?

— Jusqu'au moment où ma perception des choses risquera de brouiller votre vision de la situation. Et là, il faudra me le dire.

— Comme tout à l'heure ?

— Si vous voulez, colonel… »

Metzer éclate de rire. L'abcès est percé.

« L'idée est tout de même d'aller dans la même direction, Metzer ?

— Certainement !

— Et laquelle est-ce, selon vous ?

— Pour faire simple : celle de Garnier. Qui a déjà fort à faire dans nos services. De Gaulle n'accorde sa confiance qu'à ceux issus du BCRA, comme Garnier. Ou comme vous.

— Après tout, c'est sa création. À Londres aussi, c'était un panier de crabes…

— Pas étonnant. À leurs yeux, nous n'avons jamais été autre chose que des pions. Comme la 2e DB, et je sais de quoi je parle…

— Vous en étiez ?

— Oui, je l'ai rejointe en août de l'année dernière. Sur ordre de Garnier, justement.

— Décidément, il a le bras long…

— Direction l'Allemagne, jusqu'à la capitulation. Puis on m'a affecté ici. C'est pratique : j'habite à deux pas. De l'autre côté du Rhin.

— On vous a bien renseigné sur mon cas alors que je ne sais pratiquement rien de vous…

— Que souhaitez-vous savoir de plus, colonel ?

— L'essentiel. Pour le superflu, on verra comment évoluent nos rapports. »

Metzer me jette un regard en coin alors qu'on s'approche d'une bâtisse en bord de route. Ses murs sont constitués de troncs d'arbres et le toit fait de paille séchée. La Willys pile devant ce qui se révèle être une petite auberge, à quelques centaines de mètres d'un village.

« Chouette, un *Straußwirtschaft* !

— Un quoi ?

— Un *Straußwirtschaft*. Un petit boui-boui ouvert seulement à la fin de l'été et en automne, où l'on peut boire un coup et grignoter un morceau.

— Ça tombe bien : j'ai l'estomac dans les talons. »

En terrasse, deux vieux paysans sont assis à une table en bois. Ils devisent devant leur verre de vin blanc. Lorsqu'ils nous voient, le silence se fait.

Metzer s'adresse alors à moi à voix basse tandis qu'il coupe le moteur : « Regardez, colonel : une petite expérience qui vous en dira long sur l'ambiance… »

Il vient se planter devant les Allemands. Puis il lance un guttural « *Heil Hitler* » en exécutant le salut nazi et en claquant les talons de ses bottes. Aussitôt, les deux vieux bondissent de leur chaise et, à leur tour, hurlent « *Heil Hitler* » et tendent le bras droit. Juste avant de le baisser précipitamment.

L'Alsacien sort son pistolet et leur intime de se rasseoir. Les deux Allemands pensent leur dernière heure arrivée.

Le capitaine éclate de rire en rengainant son arme.

« Les mauvaises habitudes ont la vie dure. Leur patron a calanché il y a quatre mois, mais ils continuent de le saluer… Marrant, non ?

— Je dirais plutôt : pathétique.

— Et regardez ces deux cons : ils pissent dans leur froc, persuadés que je vais les descendre.

— Ce que vous ne ferez pas, rassurez-moi.

— Dans les westerns, on ne tire jamais sur les fantômes… »

Il prend une chaise et s'assoit à la table voisine. Je le rejoins.

Les paysans demeurent tétanisés, n'osant plus toucher à leur verre. Et encore moins se lever pour déguerpir.

Metzer ne leur prête plus aucune attention. Il hèle le restaurateur qui sort précipitamment de la bâtisse, un tablier sur son énorme bedaine et un torchon à la main. L'homme sue à grandes eaux. Il ne sait où porter son regard. L'Alsacien lui passe commande en allemand, sur un ton calme. Le restaurateur repart en cuisine.

« Vous soufflez souvent le chaud et le froid comme ça, capitaine ?

— Toujours. Ces salopards ne doivent plus jamais savoir sur quel pied danser. Ils ne doivent plus jamais savoir si, demain, ils mangeront en famille ou s'ils boufferont les pissenlits par la racine.

— C'est indispensable ?

— Et comment ! Cette incertitude mine leur sentiment de supériorité. Ça fait partie de la rééducation.

— Quelle rééducation ?

— La démocratisation, si vous préférez le nom officiel. Ces types ont vécu douze ans dans un monde où ils étaient la race des seigneurs et avaient le droit de vie ou de mort sur tout autre être vivant. C'est long ! Pour qu'ils redescendent sur terre, nous devons leur réapprendre à vivre. À coups de schlague. La partie éducative viendra après. S'ils sont bien sages…

— Cela risque de prendre du temps.

— Moins que leur Reich qui devait durer mille ans. Enfin, je l'espère. »

Metzer se retourne vers les deux paysans immobiles en hurlant : « *Raus ! Schnell !* »

Les Allemands quittent aussitôt les lieux et pressent le pas sur la route menant au village. L'Alsacien hausse les épaules et rit.

« Il est de tradition de faire une collation en fin d'après-midi. C'est la *Vesper*. Mais comme vous sembliez affamé, j'anticipe. »

Saucisses, truites fumées, jambon de Forêt-Noire et pain complet rejoignent la table rustique.

« Mazette, ils ne semblent pas souffrir du rationnement !

— De quel rationnement parlez-vous, colonel ? On n'est pas en France. Dans le secteur, les Schleus n'ont jamais manqué de rien. »

Inquiet et silencieux, l'aubergiste ne s'attarde pas et disparaît. Pour revenir avec une carafe de vin blanc et une bouteille d'alcool blanc : Metzer s'en empare avant d'en humer le contenu.

« Parfait ! Il n'a pas oublié le *Wässerli.*

— De quoi s'agit-il ?

— C'est une liqueur à base de fruits. À vue de nez, ce sont des mirabelles : trente-huit degrés, rien de bien méchant... Dans ce coin de Forêt-Noire, les distilleries poussent comme des champignons. Ils font également un excellent schnaps, le *Zibärtle*, à base de prunes sauvages. Il en a forcément dans sa cave. »

L'aubergiste demeure sur le pas de la porte, prêt à rappliquer au moindre grognement de Metzer.

« Que faisiez-vous avant la guerre, capitaine ?

— J'étais français ! »

Je souris : Metzer est plus fin qu'il n'y paraît.

« Plus précisément, professeur de mathématiques dans un lycée strasbourgeois. Ma famille est originaire de la Robertsau. En septembre 1940, nous avons été expulsés par les Boches : ils nous trouvaient trop français et pas assez allemands.

— Et où êtes-vous partis ?

— Direction la France puisque l'Alsace ne l'était plus. Une partie des nôtres a posé son baluchon en Dordogne, une autre dans le Puy-de-Dôme. Ce fut mon cas. L'accueil ne fut pas fameux. Là-bas, on nous prenait pour des Boches...

— Triste confusion.

— Et encore, nous n'avons pas été les plus mal lotis ! Peu de temps après notre expulsion, mes cousins ont été internés à Schirmeck, à une cinquantaine de kilomètres de Strasbourg.

— En prison ?

— Pire que ça, au Sicherungslager Vorbrück-Schirmeck : un camp de rééducation sous le contrôle du gauleiter d'Alsace. L'enfer pour mille cinq cents bagnards alsaciens et mosellans.

— Les salauds !

— Et comme si ce n'était pas suffisant, mon oncle et son épouse ont ensuite été transférés dans les régions conquises à l'est, en Pologne ou en Ukraine. À ce jour, je n'ai aucune nouvelle d'eux.

— Et vos cousins ?

— Des malgré-nous, selon la formule consacrée. En 1942, le gauleiter a appelé les jeunes Alsaciens à se porter volontaires dans la Wehrmacht ou les Waffen SS. Un échec total, hormis quelques excités convertis au nazisme et une poignée de chômeurs croyant échapper ainsi à la misère. Alors Hitler a imposé la mobilisation et la nationalité allemande à tous les jeunes. Et pour décourager les désertions, le gauleiter a introduit la *Sippenhaft*.

— La quoi ?

— La *Sippenhaft* : les représailles contre les familles.

— Comme partout…

— Oui. Ma cousine est devenue otage. Et mes cousins n'ont eu d'autre choix que d'enfiler l'uniforme boche pour rejoindre le front de l'Est afin d'éviter l'exécution de leur sœur… Bilan, ils se sont fait massacrer là-bas en crapahutant pour nos ennemis. »

Je reste sans voix face au calme froid du récit.

« Ne faites pas cette tête, colonel ! Ce n'est pas votre famille, c'est la mienne !

— Je saisis mieux les raisons de votre rudesse…

— Reprenez un peu de jambon, il est fameux ! »

Il me ressert copieusement, débouche la bouteille d'alcool et remplit deux verres. Il m'en tend un d'autorité et porte le sien à ses lèvres.

« Un *Wässerli* cul sec, c'est le trou normand du coin : idéal pour relancer la machine ! À la vôtre, colonel.

— À notre réussite !

— D’autres questions ?

— Une seule : comment avez-vous connu Garnier ? »

Metzer hésite. Peur de trop en dire ? Désir de conserver le mystère pour maintenir son emprise sur le bizuth que je suis ? Finalement, il s’ouvre. Puisqu’il parlait allemand, il avait trouvé un petit travail à la Kommandantur de Clermont-Ferrand : traducteur et interprète auprès des sociétés en affaires avec les occupants.

« Les Bougnats me prenaient pour un Boche, autant jouer le jeu à fond… »

Il en profitait pour transmettre à l’Armée secrète les copies des dossiers passant entre ses mains, *via* un ami mosellan, exilé comme lui dans ce coin d’Auvergne. Un matin d’août 1943, son contact était venu chez lui, catastrophé, juste avant qu’il parte travailler : la Milice épaulait désormais la Gestapo et elle le soupçonnait d’espionnage. Un de ses collègues, membre du PPF, l’avait dénoncé au SD : Metzer était grillé. Le Mosellan l’avait aussitôt fait monter au maquis. Là, il avait été présenté au colonel Marcheteau, un responsable de l’Armée secrète. Un gaulliste, camarade de promo de Garnier.

« J’ai pris du galon, combattu dans la région et Marcheteau en a parlé à Garnier. En août 1944, j’ai rejoint la 2e DB sur ordre conjoint de Marcheteau et de Garnier. La suite, vous la connaissez… »

Metzer se lève et rejoint la bâtisse en entraînant l’aubergiste à l’intérieur.

J’en profite pour fumer une cigarette en admirant le paysage alentour. Passe un convoi militaire américain. L’un de ses chauffeurs klaxonne et me fait un signe de la main, le pouce levé. Puis il hurle avec un accent épouvantable où se mêlent chewing-gum et Arkansas :

« Vive la France !!! Paris, c’est joli ! La Française, c’est gentille ! »

Metzer ressort de l'auberge avec un panier d'osier rempli de bouteilles.

« De quoi supporter quelques soirées trop solitaires ! On y va ? Notre contact risque d'attendre. On a pris un peu de retard…

— C'était pour la bonne cause ! »

Il pose le panier à l'arrière de la Jeep, entre deux jerricanes d'essence.

« On ne règle rien, capitaine ?

— Vous avez raison ! Où avais-je la tête ?! »

Metzer plonge la main dans son battle-dress. Il en sort un vieux paquet de chewing-gums qu'il jette sur la table.

3

Dimanche 9 septembre. Forêt-Noire

Des champs cultivés, des prairies verdoyantes et de vastes vergers serpentent à travers les vignobles. L'après-midi s'étire nonchalamment. La Jeep croise de petits convois militaires. Coups de klaxon, appels de phares en plein soleil, cris des soldats, tête nue et manches retroussées à l'arrière des camions débâchés, les armes calées entre les jambes. Une sensation de liberté adolescente. L'exploration grisante d'une terre inconnue, supposée hostile, et singulièrement indolente.

« On arrive bientôt ?

— Dans dix minutes.

— Vous semblez l'apprécier, votre collabo…

— On dit "collaboche".

— Va pour "collaboche". Et comment se nomme-t-il ?

— Rainer Belcher-Berger. Un type doté d'un bon réseau. Lui et ses amis ont permis de pincer une belle ordure. Wagner, ça vous dit quelque chose ?

— Je connais un musicien portant ce nom… Mais il est mort il y a une soixantaine d'années.

— Celui-là se prénomme Robert, pas Richard.
— Robert Wagner ? Non, ça ne me dit rien.
— Le gauleiter d'Alsace. Un nazi de la pire espèce !
— Celui qui a fait expulser votre famille ?
— … Et envoyé au casse-pipe mes cousins chez les Soviets, déguisés en Schleus. Tenez, j'ai toujours sur moi l'un des appels au meurtre qu'il faisait distribuer. »

Metzer sort de sa vareuse un papier plié en quatre. Je l'ouvre. C'est un tract frappé de la croix gammée.

« Je ne lis pas l'allemand, Metzer…
— Je cite, de mémoire : "Si un Alsacien me déclare : je ne suis pas allemand mais français, je lui réponds : tu n'es pas un Français, tu es un traître allemand. Tu es un traître à ton nom, à ta langue, à ta nationalité, à ton sang. On se débarrassera de toi, comme on se débarrasse de tous les traîtres. Signé : Robert Wagner". »

L'Alsacien retrace le parcours du fanatique hitlérien. En novembre dernier, lorsque la 2e DB était entrée dans Strasbourg, il s'était réfugié à Baden-Baden ; puis, lors de l'offensive allemande dans les Ardennes, il était revenu en Alsace : comme les troupes américaines avaient lâché Strasbourg pour remonter au nord contrer l'attaque, c'était la panique côté français.

« Libérés en novembre et menacés à Noël, dantesque…
— Mais l'armée française est restée, en désobéissant aux Américains. Ça a été violent : les Boches n'avaient plus rien à perdre ! Et Wagner y croyait toujours. »

Quand le psychopathe nazi avait compris que l'affaire était pliée, il était retourné dans le Bade, là où il avait commencé sa carrière politique dans les années 1930. Raison pour laquelle Belcher-Berger le haïssait.

« Il l'a fait interner avec sa femme quand ses copains ont pris le pouvoir. Et dans la foulée, il a fait assassiner l'un de ses meilleurs amis : un député modéré, un Juif, bardé de médailles. Un ancien combattant.

Comme Belcher-Berger. Et quand tout s'est débiné au début de cette année, Wagner a été nommé *Reichsverteidigungskommissar*…

— Traduisez, Metzer.

— Commissaire de défense du Reich. Il a mobilisé le Volkssturm et appelé au sabotage dans les régions occupées par les Alliés. En mars, lorsque les Alliés ont traversé le Rhin, il a fait exécuter les civils déployant des drapeaux blancs. Puis a appliqué le principe de la terre brûlée dans le pays de Bade et ordonné de résister « jusqu'au dernier couteau de cuisine ».

— Face aux chars, c'était présomptueux…

— Détrompez-vous. Les pires saletés, c'étaient les gamins : les *Hitlerjugend.* De petites ordures qui n'hésitaient pas à se jeter sous nos chenilles avec des mines collantes. Alors quand on en choppait un…

— Épargnez-moi la suite.

— Mais ça s'est vite calmé. Les Américains maniaient le lance-flammes avec dextérité. Ils testaient leur dernière invention : le napalm.

— Le truc gluant qui dégouline en brûlant tout.

— Oui. Ça puait le cochon grillé un peu partout.

— Normal. Les Américains adorent les barbecues. Et qu'est devenu votre Wagner ? »

L'Alsacien est heureux de ma curiosité : cela lui permet d'extirper sa haine avec gourmandise. « Honneur aux dames ! »

Après l'occupation de Karlsruhe, en avril dernier, sa femme et sa fille de douze ans ont été arrêtées et rapatriées à Strasbourg puis promenées dans les rues, une croix gammée peinte sur le front, des coups de pied aux fesses et des crachats sur la figure.

« Elles ont été jugées ?

— Non, les Fifis avaient une autre idée derrière la tête : l'épouse a été envoyée à Paris dans un bordel réservé aux troupes coloniales. Au bout d'une centaine de saillies, elle s'est suicidée. Quant à la fille, elle aurait été offerte à un proxénète qui avait rendu service aux FFI. Pas impossible qu'elle exerce ses talents naissants dans un bouge de Marseille ou d'Alger, à l'heure où je vous parle. »

Metzer me débite ces horreurs sur un ton calme auquel je suis désormais habitué. Sur les contreforts montagneux, les vignes lourdes de grappes mordorées sont une invitation à la sieste. L'Alsacien est moins bucolique. Il tient à achever son récit. Wagner s'était planqué en Forêt-Noire puis à Constance. Il était retourné chez lui à Lindach, où il se cachait dans une ferme comme domestique. Fin juillet, traqué par Belcher-Berger et ses acolytes, il s'était rendu aux Américains à Stuttgart.

« Les Yankees nous l'ont livré il y a peu : il est de nouveau à Strasbourg. Son procès est prévu au printemps prochain. Je prendrai une permission pour être aux premières loges lorsqu'on lui collera douze balles dans les fossés du fort de Ney. Si vous le souhaitez, vous pourrez m'accompagner…

— Chaque chose en son temps…

— On arrive. C'est la grande bicoque, là-bas. »

Le capitaine pointe l'horizon en direction d'une grosse ferme plantée au beau milieu d'un verger, entouré de vignobles pentus.

La Willys s'immobilise à l'arrière de la bâtisse, près d'un Kübelwagen : le concurrent de la Jeep, plus maniable mais moins robuste. Un tout-terrain idéal dans cette région vallonnée. La maison est un vaste chalet. Les murs sont constitués de troncs d'arbre soigneusement agencés. Le grand toit, pentu et revêtu de chaume, vient mourir sur le pré. L'entrée se trouve du côté de la colline.

Metzer saute de la Jeep, récupère deux jerricanes et me précède d'un pas vif. « Ici, l'essence, c'est de l'or. » Il pose les bidons devant la porte et pénètre dans la maison.

L'Allemand qui nous accueille est immense et chauve. La cinquantaine encore vive et les yeux bleu délavé, il nous tend sa large main gauche en souriant. Le visage paysan, tanné par le soleil, est parcouru de rides et marqué de cicatrices. La manche droite de la chemise de coton écru enserre un moignon. Une épingle à nourrice ferme le tissu à mi-bras. Un pantalon de treillis américain tombe sur des rangers. À la ceinture, un P38.

Habitué des lieux, Metzer s'assoit à la grande table de bois trônant au milieu de la pièce.

« On a du boulot. Notre hôte comprend le français. N'est-ce pas, Rainer ?

— Oui. J'ai souvent voyagé en France… comme négociant en vins ! »

Dans la pièce, un banc de pierre jouxte un poêle de faïence. Au mur, une horloge à coucou de Furtwangen scande le temps de son tic-tac mécanique et sonore. Dans l'angle d'une fenêtre, un petit autel, un crucifix et une statue de la Vierge témoignent de l'ardeur chrétienne du Badois. Seules concessions aux vicissitudes d'une époque troublée, trois mitraillettes américaines sont entreposées sur un râtelier de bois. Un émetteur radio déploie son antenne jusqu'au plafond et encombre une table d'appoint. Son grésillement indique qu'il demeure branché.

L'Allemand vient s'asseoir près de moi. Pour lui, ces lieux sont immuables. La ferme est une petite patrie. Sa transmission par les anciens assure sa pérennité.

« Le plus jeune hérite de la ferme, ce fut mon cas. L'argent est partagé entre les autres frères et sœurs, qui peuvent demeurer dans la propriété. Les miens ont préféré tenter leur chance dans le Nord. Leurs cadavres gisent maintenant sous les gravats… Hitler a précipité notre perte. Et Dieu nous a abandonnés. »

Une femme nous rejoint avec un plateau sur lequel une bouteille de vin blanc s'entoure de verres dépareillés.

« Colonel, permettez-moi de vous présenter mon épouse, Martha. »

Elle est grande et très maigre, les cheveux prématurément blanchis, les traits tirés. Elle flotte dans sa robe en mauvais tissu. Mais sa prestance fait oublier une quarantaine prématurément fatiguée tandis que son regard vert, presque translucide, soutient le mien. Ce fut sans doute une très belle femme. Désormais, c'est une ombre.

Alors qu'elle reprend son plateau après avoir posé la bouteille et les verres sur la table, sa manche se relève et laisse furtivement découvrir son avant-bras gauche. D'un geste sec, comme affolée, elle se rajuste. Rainer pose aussitôt sa main sur le bras de son épouse.

« Martha, cesse d'avoir honte ! »

Tétanisée, elle se fige tandis qu'avec une infinie tendresse son mari relève sa manche. Je découvre un numéro tatoué sur l'avant-bras décharné.

« Voyez, colonel ! Un souvenir de Dachau : matricule 1524. Pas Martha Messerling, épouse Belcher-Berger, non : matricule 1524. À l'appel, au travail forcé, pendant les fouilles au corps, durant les brimades, dans le dortoir, une seule identité : matricule 1524. Rayée de la carte, Martha Belcher-Berger ! Inexistante, Martha Belcher-Berger ! Matricule 1524, un point c'est tout.

— Tais-toi, Rainer, je t'en supplie ! »

La femme se met à sangloter mais l'Allemand poursuit dans une atmosphère sépulcrale.

« Les nazis ont fait de nous du bétail ! Pourtant, nous sommes allemands. Et bien davantage que le nabot autrichien qui les dirigeait ! Mais nous avions le tort de ne pas penser comme eux. Nous avions le tort de préférer Dieu à leur führer ! Alors, ils ont fait de nous des esclaves dans notre propre patrie ! »

L'Allemand, bouleversé, s'est brusquement tu. Des larmes coulent toujours sur les joues de sa femme. Délicatement, il les essuie avec ses doigts puissants et rajuste la manche de la robe pour masquer le tatouage.

Son épouse quitte la pièce sans un mot. Gêné, Metzer compatit. Pour donner le change, il prend la bouteille et remplit les verres. Notre hôte s'empare d'un verre pour porter un toast.

« Messieurs, je lève mon verre à la fin de ce cauchemar. Je lève mon verre à l'écrasement de ceux qui ont trahi mon pays, qui ont sali notre honneur, qui ont détruit nos familles et les vôtres, qui nous ont plongés dans le chaos et dans la honte. Ils ont avili l'homme et insulté Dieu. Ils ont assassiné l'Allemagne. À ceux-là, je souhaite l'enfer. » Il repose sèchement son verre, qui manque se briser en cognant la table. « Et maintenant, au travail, messieurs ! Je suis à vos ordres ! »

Depuis bientôt deux heures, Metzer et Belcher-Berger étudient des dossiers, recoupent des informations, scrutent des photos, analysent des documents dactylographiés et manuscrits, pointent sur des cartes des lieux-dits, des hameaux, des chemins, des voies navigables, des bois, des zones agricoles.

Tantôt enthousiastes, tantôt découragés par l'ampleur des opérations à mener, parfois complices lorsqu'un indice inattendu se fait jour ou que se révèle une piste nouvelle.

La table est envahie de cartes, de paperasses du Reich, de documents de la Wehrmacht, de pièces d'identité parfois tachées de sang et d'archives du gauleiter local. L'Allemand, méticuleux, n'hésite pas à parcourir certains éléments à l'aide d'une loupe pour y déceler ce que l'œil nu ne pourrait discerner.

Metzer note dans un calepin des hypothèses à vérifier tandis qu'il suggère à Belcher-Berger d'élargir certaines de ses recherches ou de trouver de nouveaux contacts pouvant mener à la capture de leurs cibles.

J'ai en face de moi deux chasseurs pistant leurs proies, choisissant d'en abandonner certaines pour en privilégier d'autres, selon des impératifs qui m'échappent encore. L'Alsacien procède ainsi à mon bizutage et me fait comprendre que mon noviciat débute.

Sur une feuille remplie de noms, Metzer barre les patronymes de ceux que Belcher-Berger annonce traités. L'Alsacien annote dans la marge les conditions de neutralisation de ces cibles : éliminées, livrées, suicidées. L'Allemand avoue son agacement lorsqu'il arrive trop tard dans la cache d'un gros gibier.

« Dans le coin, le suicide est encore fréquent parmi les faisans dorés. »

Les faisans dorés ? Des cadres nazis privilégiés, engoncés dans leurs rutilants costumes brun moutarde. D'où leur surnom. Profitant du malheur des autres, de préférence en famille, avec un train de vie confortable. Et sans courir de risques : ils préféraient envoyer les autres au casse-pipe. Eux paradaient dans les salons.

« Ce ne sont pas leurs scalps qui nous intéressent, mais leurs témoignages ou leurs archives. Ensuite, certains passeront par pertes et profits… »

L'Allemand acquiesce à la remarque de l'Alsacien. Puis il reprend ses explications.

« Ils ont cru jusqu'au bout à l'invincibilité du Reich et à l'immortalité de leur führer. Leur univers s'est écroulé dans un fracas incompréhensible. Beaucoup ont préféré conserver leurs rêves de grandeur en passant dans un autre monde.

— L'ultime version de "mon honneur s'appelle fidélité"…

— En quelque sorte, colonel. »

Belcher-Berger maudit cette lâcheté. À moins qu'il ne regrette de n'avoir pu exécuter lui-même le châtiment expéditif… Comme Metzer, il partage un goût certain pour la punition et fait montre d'une totale insensibilité dans la description de certaines de ses découvertes.

« Leur passeport pour l'autre monde a souvent été le cyanure. Là encore, c'était un privilège. Les capsules n'étaient fournies qu'aux meilleurs d'entre eux. C'était l'assurance d'une mort rapide.

— Pour certaines missions, nous dotions nos agents de ce type d'expédient.

— Certains en ont abusé en famille : c'est laid, cette bave blanchâtre s'écoulant de la bouche d'un enfant crispé dans la mort, les yeux vitreux. »

Metzer sourit. « Un *Hitlerjugend* en moins ! »

L'Allemand poursuit, avec un luxe de détails qui trahit sa haine de ceux qui ont fracassé sa vie et plongé *son* Allemagne dans le chaos : d'autres Allemands. Le cyanure se monnayait cher et est devenu difficile à trouver. Vint donc le temps des pendus, des suicidés par balle, au gaz, à la mort-aux-rats.

« Au moins, vous ne les avez pas dans les pattes quand vous fouillez leur repaire.

— Certes, capitaine, mais on perd du temps à retourner les lieux, alors qu'un interrogatoire permettrait d'aller à l'essentiel et de resserrer les mailles du filet… »

L'Allemand évoque certains fuyards disposant de complicités, de réseaux facilitant leur départ pour des horizons plus cléments ou délivrant des papiers qui rendent compliquée leur identification. Les gros poissons glissent entre les mains : eux ont les moyens de payer. Le menu fretin, lui, fait le gros dos en retournant à ses activités d'avant-guerre comme si de rien n'était.

« C'est le cas de mes voisins… »

Je m'étonne de sa mansuétude.

« Et vous ne bougez pas ?

— Pour quoi faire ? Ils me sont davantage utiles vivants que morts. Et ils savent que je sais.

— Que vous savez quoi ?

— Qu'ils m'ont dénoncé au gauleiter et exigé mon arrestation. »

L'Allemand était leur bourgmestre et leur adversaire politique. Élu catholique, il battait régulièrement le NSDAP hitlérien dont ils étaient membres ; l'accession au pouvoir de leur idole fut l'occasion de se venger. Lui savait ses heures comptées. Mais il n'imaginait pas un tel degré de folie et de perversion.

Les nazis avaient dissous son parti catholique en juillet 1933. Il fut destitué de ses fonctions et arrêté en septembre avec son épouse. Lui fut interné en octobre à Dachau, près de Munich. Peu après, elle rejoignait un autre camp non loin de là.

« Votre retour a dû leur causer un sacré choc…

— Ils étaient comme des vampires face à un exorciste doté d'un crucifix efficace, fourni par vos soins. »

L'Allemand tape la crosse du P38 pour appuyer son propos.

« Et comment se passe la cohabitation désormais ?

— Le mieux du monde. »

Belcher-Berger a suivi les conseils de Metzer : leur faire subir l'incertitude du lendemain. Dans son état, il a besoin de bras pour assurer récoltes et vendanges. Et ses voisins sont de solides gaillards. D'ailleurs, quand sa femme et lui ont été internés, ce sont eux qui ont repris les rênes de l'exploitation. À leur profit. Désormais, ils ont à nouveau un maître. Et ils obéissent sans broncher.

Le poste radio émet un grésillement. Belcher-Berger se lève aussitôt pour décrocher le combiné. Puis il fixe l'écouteur à ses oreilles. S'ensuit une conversation qu'il m'est impossible de comprendre. Le rythme rapide et saccadé me donne à penser que l'échange est important. Metzer, lui, suit avec attention. Belcher-Berger raccroche le combiné et nous rejoint.

« Züber ne va pas tarder. La pêche a été bonne.

— Züber ?

— Erich Züber est, si je puis dire, le bras droit de notre hôte. Un ancien flic. »

La nuit est tombée. Des fenêtres à croisillons, j'entrevois de rares lumières : celles des habitations disséminées en hameaux. Notre hôte a allumé des lampes à pétrole. Martha Belcher-Berger fait une apparition. Un chignon relevant ses longs cheveux gris et blancs libère une nuque fine, un port altier. Le cordon du tablier qui enserre sa taille en souligne la finesse excessive. Les manches de sa robe sont relevées sur des attaches délicates. Le tatouage d'infamie s'estompe sous la grâce naturelle qui se dégage de cette femme. Une survivante.

Avec timidité, elle nous propose de rester dîner. Son mari se tourne vers nous.

« Excellente idée. Qu'en pensez-vous, Messieurs ? »

Metzer acquiesce, sans attendre mon avis.

« Nous en serions enchantés. Et je tiens à vous remercier de votre hospitalité, Madame. »

Quelques minutes plus tard, l'Allemande pose un plateau sur une table d'appoint. Puis elle disparaît alors que son époux sort assiettes et couverts d'un buffet rustique.

« Merci, Martha ! Messieurs, servez-vous, je vous en prie.

— Votre épouse ne reste pas dîner avec nous ?

— Hélas, colonel, Martha est encore très fragile. Elle doit se reposer. Ordre du médecin militaire que le capitaine Metzer a eu la grande bonté de solliciter pour la soigner. Le vaccin de Cox et le traitement la fatiguent, elle a très peu d'appétit, veuillez l'excuser… »

Metzer intervient alors, gêné.

« Saloperie de typhus ! L'essentiel est qu'elle s'en sorte, Rainer. Votre épouse est courageuse, je lui tire mon chapeau.

— Merci, capitaine. Les somnifères l'aident beaucoup. Moins de cauchemars, moins de spasmes. Je prie Dieu pour qu'Il me rende la femme que les nazis ont abîmée. »

Sans attendre, l'Allemand me décrit ce que je m'apprête à déguster.

« Ce sont des *Brägele*, des pommes de terre sautées, idéales pour accompagner le boudin, la salade de bœuf et le saucisson de foie.

— Rainer, si ça ne vous dérange pas, je vais plutôt me concentrer sur les flammekueches et le *Bibliskäs* qui m'a l'air épatant ! »

L'Alsacien se sert alors une fine tarte flambée garnie de crème fraîche, d'oignons et de lardons puis il pose sur le coin de son assiette une belle part de fromage à la crème.

« Faites donc, capitaine ! Martha a gardé son tour de main. Pourtant, là où elle était, la cuisine était rudimentaire. Du moins, quand on lui permettait de lécher l'écuelle que pas même un cochon n'aurait approchée… »

L'Allemand ouvre la bouteille d'un vin blanc tirant sur le doré.

« Du *neuer süßer*, un vin très sucré. L'une de mes productions.

— Encore une que les Boches n'auront pas ! »

Metzer titille son hôte sans méchanceté. L'Allemand le sait, et sourit. Je perçois entre l'Alsacien et l'Allemand une estime silencieuse. Cette pudeur de durs à cuire me plaît. Ces deux-là se sont bien trouvés. Ils excellent dans ce que le pire a de meilleur : la fraternité de ceux appelés à faire le sale boulot pour permettre à d'autres de ne pas se salir les mains. Avec la conscience claire d'abîmer leur âme pour quelque chose qui les dépasse et leur semble juste. Avec un cynisme essentiel à leur survie. Pour dompter leur part d'ombre et la mettre au service d'un idéal qu'ils savent imparfait : la vie.

Il me faudra les rejoindre dans ces perspectives inconfortables : vivre dans une urgence violente, en préservant une certaine lucidité. Si c'est possible.

Un véhicule pile devant la maison, ses phares éblouissant la fenêtre près de l'entrée. Le moteur tourne, des portes claquent. Metzer porte la main à son pistolet. Belcher-Berger demeure d'un calme absolu. On tape à la porte. Un adjudant-chef de la gendarmerie militaire apparaît, casque blanc sur le crâne, mitraillette en bandoulière, une enveloppe de papier kraft à la main. Nous apercevant, il salue puis s'efface pour laisser passer un civil longiligne, portant un costume fatigué. Ce dernier tient contre sa poitrine une sacoche de cuir.

« Erich, nous t'attendions ! »

Belcher-Berger invite son compatriote à nous rejoindre. L'adjudant-chef dépose l'enveloppe sur la table.

« Nous repasserons chercher Züber demain matin. D'ici là, pas d'imprudence : ça bouge dehors. Là-dedans, vous trouverez les nouvelles fréquences radio, la carte à jour des points de contrôle du secteur et les laissez-passer que vous nous aviez demandés. Messieurs, bonne fin de soirée. »

Le gendarme salue et quitte les lieux.

« Je vous présente Erich Züber, mon "bras droit" comme l'a si bien dit le capitaine. Erich est un ancien inspecteur de la Kripo, la police criminelle. Je le connais de longue date et je crois pouvoir dire que c'est un ami. Il était en poste à Baden-Baden au bon vieux temps. Ses informateurs sont efficaces et ses tuyaux rarement percés. Accessoirement, il est protestant et vraisemblablement social-démocrate, même s'il n'a jamais osé me l'avouer.

— Nul n'est parfait…

— Erich a également un défaut : il ne parle pas un mot de français.

— Pas grave, je traduirai l'essentiel au colonel !

— Merci, capitaine. »

L'homme s'assoit et pose sa sacoche. Il déboutonne sa veste et dégage un Colt 45 de son ceinturon. Belcher-Berger lui verse un verre de schnaps qu'il boit cul sec.

Devant une carte d'état-major, Züber engage un long conciliabule avec Belcher-Berger. L'index de sa main droite suit des tracés colorés qu'il commente tout en répondant aux questions de son ami. Les Badois semblent excités. Metzer aussi. Notre hôte s'en ouvre en français pour satisfaire ma curiosité :

« Regardez cette carte, colonel. Züber l'a trouvée chez un type qui lui a échappé en se tirant une balle dans le crâne. Vous voyez tous ces tracés rajoutés au crayon rouge ?

— Oui, très bien.

— C'est un entrelacs d'itinéraires évitant les zones surveillées, les axes les plus fréquentés, et qui se hasardent dans des reliefs inamicaux.

— Tout pour opérer une fuite discrète.

— Züber pense qu'il s'agit d'une "route des rats" empruntée par du gros gibier…

— Je saisis…

— Et maintenant, regardez les autres tracés, là, en jaune : ce sont des itinéraires à ne suivre que la nuit venue et qui permettent de passer en Suisse.

— Metzer, comment pourrions-nous neutraliser tout ça ? »

L'Alsacien hausse les épaules, fataliste.

« On ne peut pas planquer un spahi derrière chaque sapin pour surveiller jour et nuit les allées et venues des fuyards.

— On aurait tort de lâcher ce morceau-là… »

Belcher-Berger intervient.

« L'hiver va ralentir cette fuite avec la neige et le froid. Peut-être faudrait-il miner quelques passages obligés dans les zones escarpées ?

— C'est jouable. Les artificiers de nos troupes de montagne stationnées dans le secteur peuvent le faire.

— Mais il y a plus intéressant encore, Messieurs : Erich a identifié certains passeurs.

— Des nazis ?

— Surtout des braconniers, des ouvriers agricoles et d'anciens forestiers qui connaissent la zone comme leur poche. Pour eux aussi, les temps sont durs : plus de travail et pas d'argent. Bosser en zone militaire occupée est impossible sans permis spécial.

— Je vous vois venir…

— Nous pourrions les retourner et les transformer en rabatteurs. Cela a un coût mais c'est rentable. »

Je souscris à cette idée.

Metzer s'empare d'une pochette de cuir sous la chemise de son treillis. Il en extrait des liasses de billets, enserrées dans des élastiques, et procède à un comptage méticuleux. Belcher-Berger replie la carte d'état-major pour la lui confier.

Züber sort un nouveau pensum de sa sacoche miraculeuse. Il provient de l'armée américaine, frappé de sceaux successifs soulignant son caractère confidentiel. C'est un document de quatre pages, tapé à la machine et agrémenté de notes manuscrites. Des codes syllabiques renforcent son caractère étonnant. Je m'en empare et conviens de sa nature explosive. Metzer surprend ma stupéfaction.

« Un problème ?

— Non, mais beaucoup de boulot. Je préférerais que nous en parlions en tête-à-tête… »

Belcher-Berger saisit l'allusion : il suggère à Züber de partager une cigarette à l'extérieur. Nous voici seuls, Metzer et moi.

« Comment ce type a-t-il mis la main sur ça ?

— C'est un excellent chien de chasse. Il a toujours un os à ronger ou une proie à rapporter. Et il obéit à ses maîtres sans aboyer. Hier, c'étaient les Américains, aujourd'hui, c'est nous…

— Et demain ?

— Demain sera un autre jour. Pour l'instant, Züber et Belcher-Berger sont utiles.

— Visiblement, nous sommes nombreux à partir à la chasse.

— Ce n'est pas si grave : c'est une région giboyeuse…

— Certes, mais hélas nous souhaitons nous offrir les mêmes trophées.

— C'est plus emmerdant.

— D'autant que nos amis ont une longueur d'avance et des moyens bien supérieurs aux nôtres.

— Alors, braconnons ! »

Des bouteilles vides colonisent un coin de la table. L'adrénaline nous maintient éveillés. Notre lucidité surmonte encore les assauts du schnaps de Belcher-Berger. Züber extirpe de sa sacoche un énième document qu'il tend directement à Metzer.

« Avec ça, on va pouvoir nettoyer plus vite ! »

Me penchant sur les feuilles manuscrites, je découvre des noms à consonance française.

« Des salauds bien de chez nous mais encore planqués dans le périmètre. Rien d'étonnant : Sigmaringen est à portée de canon d'ici…

— Ils n'ont pas tous décampé ?

— Pour aller où, colonel ? Non, ils sont piégés. Regardez : des miliciens, du PPF et du RNP par familles entières, et même quelques LVF ! »

Rien de stratégique : une nounou, un pâtissier, un garde forestier, un infirmier, une fleuriste, une femme de ménage, des ouvriers agricoles, deux ou trois cantonniers. Et même un fossoyeur. Des reconversions pathétiques. Des condamnés à mort en sursis. L'Alsacien fait la moue face à ces proies sans avenir.

« On fera plaisir à Paris en en rapatriant un ou deux. Mais il y a plus important…

— Précisez, capitaine.

— Garnier ne vous en a pas informé ?

— Mon départ a été un peu précipité…

— Dans un mois, de Gaulle fait la tournée des popotes ! Il compte rester quelques jours. Défilés militaires, bains de foule, discours, réceptions, remises de décorations, visite des environs et tout le toutim. Ce serait bêta de laisser dans la nature des fanatiques en bout de course qui pourraient le trucider. Ces dingues-là n'ont plus rien à perdre. Ils pourraient être tentés par un feu d'artifice final.

— Et comment comptez-vous procéder ?

— Un vieux classique : la technique du messager. On en choisit certains sur la liste. Hommes et femmes. Petites mains et gros bonnets. Dans différents coins. De nuit comme de jour. En public ou à domicile. On les secoue ou on les bute. Puis on le fait savoir aux autres. Ensuite, ça ne bouge plus.

— Bonne idée.

— Je sélectionnerai les noms et nos amis fritz feront le nécessaire : ces traîtres ne se méfient pas des Schleus, et pour cause ! »

Metzer s'adresse à notre hôte :

« Belcher-Berger, vous pourrez mettre vos hommes à disposition ?

— Züber les dirigera. Le travail sera bien fait.

— Je n'en doute pas. »

Züber est parti se coucher dans la chambre prévue pour lui à chacune de ses venues : pour des raisons de sécurité et de discrétion, les rendez-vous sont nocturnes. Il repartira au tout petit matin avec la gendarmerie. Comme un fantôme. Ou un messager.

Notre hôte suggère alors de nous héberger. Metzer n'y voit aucun inconvénient tandis qu'il se sert un verre de schnaps. J'émets des réserves de principe, tout en priant le ciel pour que l'Allemand ne les prenne pas au pied de la lettre – je suis fourbu.

« Permettez-moi d'insister, colonel. Ici, nous sommes superstitieux : la nuit tombée, la forêt s'agite, les fées bavardent, les sorcières vocifèrent, les magiciens apparaissent… Il ne fait pas bon s'aventurer dehors lorsque la nuit reprend tous ses droits.

— Des contes à dormir debout ! »

Le schnaps aurait-il eu raison de ce géant ?

« Connaissez-vous l'histoire du chevalier von Bärenfels ?

— Pas du tout. »

Durant la guerre de Trente Ans, von Bärenfels voulait contraindre sa sœur à se marier avec le chevalier von Steinegg. La jeune fille préféra fuir, traquée par les deux acolytes en furie. Une nuit, des gnomes lui indiquèrent une grotte où se réfugier. Ses poursuivants s'approchèrent mais furent écrasés par la chute de rochers et de stalactites.

« Et où voulez-vous en venir avec ces balivernes ? »

Le schnaps l'a terrassé !

« Cette grotte existe. Elle est située à Hasel, dans le sud de la Forêt-Noire.

— Je ne vois pas où cela nous mène… »

J'essaie de le raisonner. Mais il insiste.

« Démêler le vrai du faux est partie intégrante de votre mission, n'est-ce pas, colonel ?

— Exact.

— Alors, restez dormir ici. Le gendarme qui accompagnait Züber l'a évoqué à demi-mot. Comme on dit chez nous : le diable émerge des entrailles de l'enfer pour dérober les âmes égarées dans le coin. Les loups quittent l'ombre des grands bois et hantent les abords de la forêt. Et certains sont dangereux. Avez-vous entendu parler de la Werwolf, colonel ?

— Encore un conte de fées ?

— Hélas, non… »

Metzer intervient, comprenant ma suspicion.

« Je pense que vous devriez écouter attentivement notre hôte. »

Belcher-Berger part prendre, dans le tiroir d'un secrétaire, un calepin qu'il me tend. Sur sa couverture : *Werwolf. Winke für Jagdeinheiten. Januar 1945.*

« De quoi s'agit-il ?

— De la bible du parfait terroriste. Collection personnelle. Son ancien propriétaire est enterré sous l'un des mirabelliers de mon verger. Cela fait du très bon fumier. Züber l'a descendu alors qu'il venait me faire la peau. Il avait dix-neuf ans.

— J'avoue ne pas tout comprendre. »

En octobre 1944, Himmler créait la Werwolf afin de prouver que les Allemands préféraient mourir plutôt que se rendre. Goebbels avait trouvé le nom : il voulait ressusciter le mythe du loup-garou ; une référence à un roman d'Hermann Löns, qui racontait la geste de paysans combattant les mercenaires pendant la guerre de Trente Ans. Ils leur faisaient croire qu'ils étaient attaqués par ces créatures terrifiantes. La mystique germanique dans toute sa splendeur.

La Werwolf se constituait de petites unités encadrées par des Waffen SS. Elles étaient spécialisées dans l'infiltration des lignes adverses. Les zones d'action étaient surtout rurales, car facilement utilisables pour cacher des armes, abriter et nourrir les groupes Werwolf. C'était le cas dans le coin. Une station de radio diffusait quotidiennement de la propagande visant à recruter des volontaires et émettait des ordres à exécuter à tout instant du jour et de la nuit.

« Et ça a marché ?

— En partie. Il y a eu pas mal de sabotages et d'attentats. Des tireurs d'élite ont éliminé des officiers alliés et des Allemands prêts à se rendre. D'ailleurs, leurs instructions étaient claires, regardez… »

L'Allemand pointe du doigt une liste que Metzer, penché sur le calepin, me traduit.

« Couper les lignes de retraite et de ravitaillement ; attaquer les hôpitaux ; conduire des raids nocturnes ; détruire les installations militaires, civiles et industrielles ; exterminer les défaitistes.

— C'était voué à l'échec, vu les circonstances… »

Le Badois fait la moue.

« Certainement, colonel. Mais ces fanatiques ne s'arrêtent pas à ce genre de détail. La mort est leur métier. En mars, trois Werwolf ont assassiné le Dr Oppenhoff, le maire d'Aix-la-Chapelle, la première ville occupée par les Américains. Je le connaissais.

— Et vous croyez qu'il en subsiste encore dans votre coin ?

— Probablement. Il ne faut pas tenter le diable, colonel. Ils m'ont raté cet été, mais ils pourraient ne pas vous louper cette nuit…

— Bien, vous m'avez instruit et convaincu. »

Ce n'était donc pas le schnaps. La preuve : notre hôte en sert une dernière tournée puis part préparer nos couches. Alors que je fume une cigarette sur le pas de la porte, Metzer me rejoint, un PM à la main. Il l'arme et tire une longue rafale en direction des étoiles. Puis il se soulage contre le mur.

« Ne jamais les laisser dormir sur leurs deux oreilles. Toujours leur donner l'impression que la nuit peut être plus courte que prévu. La punition, colonel, la punition ! »

Au loin, des corniauds se mettent à aboyer, des lumières vacillantes apparaissent aux fenêtres de fermes proches. Puis le silence se fait de nouveau. Les lumières s'éteignent. La nuit recouvre tout de son linceul.

10 septembre

Nous nous levons aux aurores. Tout est silencieux. Les gendarmes sont passés prendre Züber un peu plus tôt. Belcher-Berger nous sert un copieux petit déjeuner. Son épouse dort encore. Les médicaments font leur office. Metzer fait un dernier point avec l'Allemand, tandis que je termine mon café.

Au moment de nous quitter, les poignées de main sont franches. La Willys laisse derrière elle un allié. Elle nous transporte jusqu'à Baden-Baden, à quatre-vingts kilomètres au nord-est. Engoncés dans des parkas pour supporter la fraîcheur matinale et la fatigue d'une nuit trop courte, nous restons muets. Metzer se concentre sur la conduite.

Le matin s'éclaircit. Les reliefs se découpent à l'horizon en une succession de tableaux figuratifs aux couleurs franches et aux formes nettes. Cette Allemagne-là m'étonne. Si distincte des clichés guerriers. Bucolique et immuable. Comme absente de sa propre déchéance. Ici, la nature domine l'homme. Le sol, l'eau, le règne végétal ignorent la bassesse humaine. La terre semble imperméable à la furie qui s'y déroulait il y a peu. La majesté des lieux fait oublier l'indignité de ses habitants. Un ciel dégagé nous accompagne jusqu'à la capitale de la ZOF.

Metzer entreprend de me la décrire. À sa façon. J'allume une anglaise et l'écoute tout en profitant de la sérénité des paysages.

« Avant-guerre, Baden-Baden était le Monte-Carlo de la Forêt-Noire. On y venait du monde entier pour se la couler douce. Les Alliés se sont donc entendus pour ne pas détruire cette oasis.

— Quitte à s'y installer, autant que ce ne soit pas dans des ruines.

— Exactement. Et contre toute attente, nous avons raflé la mise…

— Disons que des amis de circonstance se sont racheté une conduite en nous offrant ce joli petit coin… »

L'Alsacien me détaille maintenant les affres de l'assimilation, qui expliquerait, selon lui, l'ambiance délétère. L'assimilation est un tour de passe-passe : on donne à chaque fonctionnaire civil l'équivalence d'un grade militaire, avec uniforme et galons.

« Depuis, c'est un peu le bordel, colonel : des rigolos qui n'ont jamais monté un canasson arborent une culotte de cheval et font siffler leur cravache achetée à la coopérative militaire.

— Grotesque !

— Non : humain ! Le rêve de la vie facile est devenu réalité. Et c'est monté à la tête de certains… »

Metzer poursuit son explication : à tous ces fonctionnaires devenus, du jour au lendemain, commandants ou colonels, s'ajoutent des individus louches, dont certains occupent des bureaux et des responsabilités sans l'autorisation de qui que ce soit…

« Une véritable armée a été remplacée par une nuée de porte-galons. On a laissé venir les profiteurs et on a chassé les soldats. Seules comptent la débrouille et la combine. Vous le verrez vite… »

La ZOF, la plus petite des zones d'occupation en Allemagne, est la plus peuplée en occupants. À Baden-Baden, les Français seront bientôt plus nombreux que les autochtones. Cette ruée concerne également les épouses, mères, grands-mères, tantes, filles, cousines germaines ou par alliance, fausses secrétaires mais vraies maîtresses. Elles affluent pour rejoindre les nouveaux vainqueurs.

« Et avec l'arrivée des familles apparaît l'épineux problème de ces dames dont la conduite soulève les pires critiques.

— Pourquoi donc ?

— Elles sont capricieuses et détestables. Elles ne parlent pas un mot d'allemand. Mais elles exigent néanmoins qu'on les comprenne et qu'on satisfasse leurs exigences sans délai.

— Évidemment, ça peut créer quelques tensions…

— Surtout avec leurs maris qui ne pigent pas non plus un seul mot et qui perdent la face devant les Boches, à cause des excès de vanité de leurs moitiés. Ça les rend cons. »

Des barrages de la gendarmerie ralentissent notre progression. Des bouchons sporadiques se forment puis disparaissent après le franchissement des contrôles. Des piétons allemands présentent leurs papiers aux militaires soupçonneux. Ceux-là prennent plaisir à les faire patienter, le temps de vérifier l'authenticité des pièces produites.

« On approche. Tout le monde n'a pas la chance de pouvoir visiter Baden-Baden. Et surtout pas les Boches. Sauf pour de bonnes raisons.

— Lesquelles ?

— Faire la boniche chez l'occupant. »

Et soudain, Baden-Baden

1

Entre la Forêt-Noire, sombre et inquiétante, et la plaine lumineuse du Rhin, Baden-Baden apparaît enfin. Épargnée par les fracas. Figée dans le temps. À soixante kilomètres de Strasbourg. Une oasis, encaissée dans une vallée verdoyante. Un paysage féerique de forêts et de roches. Les sources vives jaillissent en plein cœur de la ville. Y coule nonchalamment l'Oos, une rivière d'opérette au lit charmant et au fond pavé. Sur ses rives, une promenade est bordée de saules pleureurs, de rhododendrons et de pelouses.

« Bienvenue en Zone d'occupation mondaine ! Chef-lieu, Baden-Baden. Rebaptisée Baderne-Baderne depuis que les galonnés y pullulent. »

Metzer me montre le Fremersberg qui surplombe la plaine.

« De là, par beau temps, on distingue le clocher de la cathédrale de Strasbourg ! Un chouette panorama, quand on a le mal du pays.

— Cela vous arrive ?

— Pas le temps. J'ai de quoi m'occuper ici… »

L'Alsacien reste évasif. Fait-il allusion à ses missions ou à sa vie privée ? Lui, si prompt à s'emporter, est discret sur sa personne. Volubile par nécessité, taiseux par pudeur ?

La ville est tout en longueur, sur plusieurs kilomètres. Elle couvre différentes collines jusqu'à son débouché dans la plaine du Rhin.

« De n'importe quel coin, on se retrouve vite en pleine forêt. Si vous aimez la nature et le grand air, vous êtes gâté. Sinon, il reste les thermes et le casino… quand les moyens vous le permettent. »

La circulation est dense. Et dangereuse. Les véhicules filent à toute vitesse malgré les panneaux incitant à la prudence. Des rues à sens unique, censées juguler l'ivresse de la conduite, provoquent des engorgements brutaux. Quelques policiers gantés de blanc tentent d'endiguer l'anarchie automobile. Sans conviction.

« Vu le nombre d'officiers au volant, les poulagas ferment les yeux sur les écarts de conduite pour s'éviter des ennuis… Les accidents sont nombreux. Prudence lorsque vous êtes piéton. »

L'Alsacien gare la Willys. Il me propose de poursuivre à pied. Le temps s'y prête. Un soleil hésitant entre l'été et l'automne salue notre arrivée. Nonchalance et langueur nous saisissent aussitôt.

« Je fais la visite dans les grandes lignes. Ensuite, direction votre QG, à quinze minutes de route.

— Il n'est pas en ville ?

— Non, ici tout est complet. Les Boches sont submergés et ce n'est pas fini. Une véritable invasion.

— Dans le bon sens, cette fois-ci.

— Viennent se joindre, à la farandole des privilégiés, des fonctionnaires chargés de faire marcher ce bousin…

— D'où arrivent-ils ?

— Certains de Paris où ils ont suivi un stage de trois semaines; d'autres de province, sans formation. Et on ne peut pas dire que l'amalgame prenne bien entre troufions et civils…

— Un vieux classique…

— Au début, ces missionnaires de la République se sont promis de faire revenir les Boches à la civilisation…

— Rien que ça…

— … et d'imprégner cette terre étrangère de culture française.

— Vaste programme…

— Je dirais plutôt : vaste plaisanterie ! L'ampleur de la tâche et l'insouciance locale ont rapidement transformé ces fervents patriotes en sympathiques vacanciers. Comme tout le monde. Baden-Baden, c'est la planque parfaite. »

Metzer me détaille les affres de cette colonisation anarchique. C'est un tohu-bohu incessant de commis sans chef, de bureaux sans secrétaire, d'administrations sans local, de locaux sans téléphone et de téléphonistes sans standard. On installe des bureaux dans les hôtels. Certains fonctionnaires rédigent leurs rapports et pointent leurs statistiques dans la chambre où dormirent Victor Hugo ou la reine de Hollande. Nombre d'occupants soignent leurs rhumatismes à l'établissement thermal.

« Et tout le monde bénéficie d'un ravitaillement pléthorique : on peut déguster des homards, du gibier, du foie gras… Vous allez vous régaler ! Aux frais de la princesse. » L'Alsacien me guide jusqu'à une grande mercerie. « Avant de poursuivre notre balade, il serait temps de vous déguiser. Et de greffer vos nouveaux galons. Colonel, c'est le meilleur des camouflages. Je vous attends dehors. »

La porte vitrée arbore une affichette : « Établissement sous la protection des autorités françaises ». La couture des insignes militaires, un enjeu de sécurité. La boutique est pleine à craquer. J'y surprends tous les accents, du Midi, du Sud-Ouest, de la Bourgogne, du Nord. On y parle français, même au personnel allemand – ce qui n'aide pas à la bonne compréhension des tâches à effectuer. Des tailleurs et des couturières côtoient des vendeuses virevoltantes et exagérément affables. Un commandant gascon, officier du train, y va de son commentaire, tandis que des jeunes femmes présentent leurs épaulettes aux couturières :

« Mesdemoiselles, c'est très simple : un galon pour une dactylo tapant avec un seul doigt ; deux à celle qui se sert de l'index et du médius ; trois à qui utilise aussi le pouce pour compter les pages. Et quatre pour celle qui lève le petit doigt en servant le café ! »

Je ressors colonel de ce brouhaha.

« Je vous avais prévenu…

— C'est pathétique !

— Les cons sont nombreux ici… Et tous ne sont pas boches !

— Je l'avais déjà constaté. »

Metzer rectifie un pli de ma vareuse. « Un colonel tout neuf… prêt à se fondre dans le maquis de la ZOF. »

Nous remontons la Langestraße et longeons de larges vitrines où des fresques rappellent les vertus du saint-émilion et la saveur du roquefort. Le patrimoine culinaire comme avant-garde culturelle. Le théâtre et les cinémas proposent les *premières visions*, avant même Paris, et en présence des vedettes. Les artistes font de nouveau le voyage en Allemagne. Mais sans risque de discrédit, cette fois-ci. Des affichettes annoncent également la venue prochaine de Destremau, Brugnon, Lesueur et Landry, des as du tennis mondial. Je m'étonne qu'ils viennent se perdre ici.

« Ce sont des matches d'exhibition, dotés de bons prix. Les champions y brillent à peu de frais et amassent un petit pécule par la même occasion.

— Ils auraient tort de se gêner…

— À Baden-Baden, nous avons repris à notre compte le vieux proverbe boche *Wie Gott in Frankreich*. "Comme Dieu en France." Mais à notre profit. »

Voisine du casino, la Trinkhalle est une longue galerie à colonnades semblable à un temple grec et ornée de fresques. Un peu plus loin, le théâtre est un chef-d'œuvre de velours cramoisi. À proximité, le Brenner, un imposant palace. Metzer évoque son livre d'or dans lequel figurent de prestigieuses signatures et d'autres plus compromettantes, parmi lesquelles celles des collabos qui y firent halte avant de rejoindre Sigmaringen.

Au gré de ces explorations, je constate la boulimie extatique de mes compatriotes : *on ne se venge pas des Boches, on se venge de la vie.* On profite jusqu'à plus soif de cette manne inespérée. On jouit de cette oasis au milieu du chaos. S'inventer une nouvelle vie. S'offrir un standing inaccessible, loin d'une patrie soumise aux pénuries. Profiter d'une respiration inattendue.

Metzer le supporte mal.

« Les gens s'enivrent de cette liberté que personne ne doit gâcher. Pour préserver leurs rêves, ils fourbissent leurs armes : contre les Boches, c'est la trique ; contre Paris, c'est l'éloignement.

— Voilà pourquoi Garnier tient tellement à ce que nous soyons sur place… »

La duplicité n'épargne personne. Baden-Baden est un théâtre à ciel ouvert où se joue un vaudeville permanent. Les costumes ne manquent pas. Les portes claquent et les quiproquos font florès. Les décors boursouflés et les architectures pâtissières magnifient les intrigues de couloir. La figuration germanique n'est pas moins extravagante que les premiers rôles français. Feydeau et Offenbach semblent s'être entendus pour faire de Baden-Baden un opéra-bouffe mâtiné de pièce de boulevard. Et c'est un plein succès : on joue à guichets fermés.

L'Alsacien est lassé de ce spectacle. Il espère que je serai celui qui lui épargnera cette fréquentation, pour se consacrer exclusivement à ce qu'il aime : satisfaire son appétit de baroudeur. « Et tout ça sous la houlette débonnaire de Kœnig et de Laffon. Évidemment, ça nous change de la folie des grandeurs de De Lattre avec ses feux d'artifice et ses croisières sur le Rhin… mais tout de même ! »

Emblématique de cette volonté d'implanter nos pénates dans ce coin de paradis : la construction d'une ville dans la ville, dans les quartiers ouest. Économats, cinémas, clubs militaires, boutiques, écoles et lycées poussent comme des champignons.

« Chacun a son cercle provincial, son club militaire. Histoire de ne pas se sentir trop dépaysé…

— Tant qu'à en profiter, autant se choisir…

— Grimpons un peu : dans le croquignolet, vous n'avez pas tout vu, suivez-moi ! »

L'Alsacien me précède jusqu'à une pâtisserie architecturale néoclassique posée sur une petite colline par laquelle on s'élève au-dessus de la ville, en empruntant des ruelles pentues et étroites, des escaliers à flanc de coteau et des sentiers arborés.

« Les thermes de Friedrichsbad. Jetez un œil à l'intérieur… »

Je déambule dans un décor de marbre, de mosaïques et de faïences peintes, de stuc et de fresques, de coupoles faussement ottomanes et de bassins de pierre sculptés.

« C'est l'Orient à peu de frais !

— Pour nous, c'est même gratuit ! »

Nous reprenons notre souffle dans une brasserie du centre-ville qu'il connaît bien. Toujours beaucoup de monde dans les rues. Des flâneurs pour l'essentiel.

La terrasse est bondée. Une marée galonnée. Parsemée de quelques touches de couleur : les épouses. Ou les maîtresses. On boit, on mange, on rit, on pérore, on se jauge, on se séduit. On vit.

Une serveuse endimanchée nous installe à l'intérieur et prend aussitôt notre commande : Metzer a parlé allemand.

« Vous comprenez mieux pourquoi les Boches sont fiers de leur patelin.

— Il ne leur reste plus que la splendeur décatie du passé…

— Ah ça, vous pouvez le dire : ils nous tarabustent avec Stéphanie de Beauharnais, la fille adoptive de Napoléon, grande-duchesse de Bade, histoire de nous mettre dans leur poche. Et comme si ça ne suffisait pas, ils embraient sur la famille impériale russe qui y venait régulièrement jusqu'en 1914, ainsi que quelques grandes plumes de là-bas : Tourgueniev, Gogol, Tolstoï, Dostoïevski…

— Que du beau monde…

— D'où l'église de la Transfiguration avec son bulbe doré, sur la Bertholdplatz.

— Tout ça est furieusement cosmopolite.

— Attendez la suite : les Anglais aussi ont succombé au charme de la bonbonnière, avec leur club de tennis et leur golf.

— Un Anglais sans pelouse ni raquette déprime vite dès qu'il est à plus de dix miles de son île…

— Même les Américains ont suivi le mouvement.

— Derrière chaque Anglais se dissimule un Américain… On l'a constaté ces derniers temps…

— Les Yankees ont donc construit de jolies villas un peu partout.

— Et la France dans tout cela ?

— Notre héros, ce fut Bénazet : il a lancé le casino, déridé la Forêt-Noire et réveillé les thermes. C'était il y a un siècle. Un pari risqué.

— Un aventurier ?

— Plutôt un homme d'affaires qui n'avait pas froid aux yeux. On l'appelait le roi de Bade. Rien n'était trop beau pour ses clients et ses invités. Le casino possédait même des jetons en or qui valaient plus que la mise. Et pourtant, rien ne disparaissait.

— De nos jours, ce ne serait pas la même musique…

— Vraisemblablement pas. »

Une dispute éclate à une table voisine, accueillant à déjeuner une quinzaine de convives, militaires et civils mélangés. Deux officiers s'invectivent – un jeune commandant et un vieux colonel.

« Certains se sont engagés dans la bagarre, d'autres se réfugiaient dans le placard ! Voilà ce qui nous différencie !

— Je ne vous permets pas !

— Cette vérité vous gêne ? Moi, j'ai toujours préféré sentir le soufre que la naphtaline…

— Ça ne m'étonne pas de vous !

— Hier, comme tout réactionnaire, vous défendiez le sabre et le goupillon. Et ici, vous leur préférez désormais le marbre et le roupillon !

— Taisez-vous ! Ce n'est pas un agitateur bolchevique déguisé en militaire français qui va me faire la morale !

— Répétez-moi ça, si vous avez encore de l'honneur ! »

Je m'attends à la confrontation physique entre ces deux coqs. Vont-ils se lever de table pour s'écharper devant un public conquis ? Non. On en restera aux mots. Ce qui n'étonne pas Metzer. « Baden-Baden favorise l'assoupissement des chairs et le ramollissement des cerveaux. Tout ça est très banal : ça n'ira pas plus loin. Ces deux-là n'ont que de la gueule… »

Bientôt, chacun reprend son repas, après s'être fait servir un verre pour se remettre de ses émotions. Comme si de rien n'était. Le brouhaha reprend.

L'Alsacien m'apprendra plus tard que cette joute était consécutive à un différend logistique opposant ces querelleurs, exerçant dans le même service. Un temps, le soufre du commandant avait dominé la naphtaline du colonel : un étage supérieur, davantage de téléphones et un impressionnant cheptel de personnels dociles. Tous membres du Parti communiste. Mais le vent avait tourné : la naphtaline avait pris sa revanche sur le soufre. Sans déménager le commandant de son étage respectable, on avait installé le colonel deux niveaux au-dessus. Mais avec un téléphone en moins. Et une secrétaire en plus, sa maîtresse. L'équilibre avait aussitôt retrouvé sa qualité principale : l'immobilité.

Je m'apprête à remonter dans la Jeep lorsqu'on m'interpelle.

« René ! »

Alors qu'il sort d'une boutique où il faisait des emplettes, je le reconnais aussitôt.

« Pierre ! Ça alors… »

Nous nous prenons par les épaules, dans une étreinte fraternelle.

« Pierre, voici le capitaine Metzer.

— Enchanté, capitaine !

— Metzer, je vous présente Pierre Bourdan. Un ancien de Radio Londres. « Les Français parlent aux Français », c'était lui.

— Entre autres speakers…

— Ne fais pas ton modeste ! Pierre était l'une de nos plus fameuses voix !

— Surtout la plus aiguë…

— Et que fais-tu ici ?

— Je rédige une série d'articles pour *Le Figaro*. Je dois interviewer Kœnig et Laffon et faire quelques papiers sur la ZOF. »

Metzer ricane.

« Il y aurait beaucoup à raconter…

— Et c'est bien ce que je compte faire ! »

Bourdan me fixe, rieur.

« Revoyons-nous vite, René. Je suis là quelques jours.

— Avec plaisir !

— Au fait, je me lance en politique.

— Ça ne m'étonne pas !

— À la députation. En octobre.

— Ton vieux démon t'a rattrapé…

— M'avait-il seulement quitté ?! Bien, René, je dois filer : un rendez-vous avec Kœnig.

— À bientôt donc !

— Disons demain : même lieu, même heure.

— Parfait, j'y serai, Pierre. »

Notre Jeep s'engage dans un maelström de véhicules. Non sans mal, nous quittons Baden-Baden par le nord-ouest. Les effluves saturés de la capitale font place à un air plus vif.

« Finalement, vous connaissez du monde ici !

— Une coïncidence, tout au plus… »

Une longue route nous conduit à un portail de fer forgé frappé des armes des propriétaires des lieux. Metzer klaxonne. Un vieux gardien sort d'une remise jouxtant l'entrée du parc. Il nous ouvre et nous salue d'un coup de casquette. Nous remontons une longue allée forestière. Soudain nous apparaît une immense résidence de grès rouge. La verrière du jardin d'hiver forme une saillie en façade. Par la droite, un chemin conduit à des vignes en aplomb d'une plaine infinie d'où l'on devine, au loin, la France.

« Nous y voilà…

— Il m'a l'air très bien, ce pied-à-terre… »

Avant de quitter notre véhicule, Metzer me retient par l'épaule.

« Juste une précision, colonel : votre logeuse n'est pas n'importe qui. D'ailleurs, elle le sait pertinemment…

— Une bêcheuse ? Une acariâtre ?

— Pire que ça. Une femme influente. La comtesse a ses têtes.

— C'est une comtesse ?

— Oui, une descendante des margraves, les anciens roitelets du coin. Et elle connaît du monde : Anglais, Américains, Français, Soviétiques, tous lui mangent dans la main…

— En quel honneur ?

— Le pays de Bade n'a aucun secret pour elle. Comme poisson-pilote, elle s'y entend…

— C’est donc une aide précieuse.
— Oui. Mais son cœur balance pour l’Oncle Sam.
— Et pourquoi donc ?
— Avant la guerre, elle était en affaires avec l’Amérique.
— Et quel est son point de vue sur la France ?
— La vieille morgue germanique prend vite le dessus lorsque vous discutez avec elle.
— Vous semblez bien la connaître.
— Elle tolère mon existence parce qu’elle n’a pas d’autre choix. Tant qu’on lui facilite la vie, elle nous supporte…
— Voilà qui promet une ambiance sympathique… Et pourquoi est-ce moi qui loge chez cette personne tellement épatante ? Je ne suis qu’un petit colonel parmi tant d’autres. Des occupants plus influents feraient des pieds et des mains pour s’installer ici. Question de standing.
— Ce sont les ordres de Garnier. En qui la comtesse a toute confiance. Pour des raisons que j’ignore.
— Que de mystères…
— C’est une mystérieuse, justement !
— Elle tolérera ma présence ?
— À condition que vous sachiez la manipuler. Et sans la dégoupiller. C’est une grenade : elle en a bousillé plus d’un. »

Je descends de la Jeep, suivi par l’Alsacien qui prend soin de défroisser sa veste et d’ajuster son calot. Nous approchons de l’entrée principale. Derrière une baie vitrée, je devine la silhouette d’une femme qui nous observe.

Dans l’entrée, nous faisons face à une rangée de personnel de maison, parfaitement aligné, le regard fixe et droit. Dix personnes, dont la plus jeune n’a pas vingt ans.

Une femme élégante nous rejoint, dans un tailleur bleu nuit qui souligne une silhouette élancée, des jambes fuselées et une poitrine satisfaite. De longs cheveux blond vénitien tombent en cascade sur les épaules. Un visage fin et des yeux d'un vert soutenu, une bouche finement dessinée, un nez aquilin, le teint naturellement hâlé. Dominant le tout, une expression déterminée, un regard qui plonge dans celui de ses interlocuteurs. Serait-ce donc cela, la race des seigneurs ? Son français est parfait.

« Bonjour, capitaine !

— Mes hommages. Permettez-moi de vous présenter le colonel Valenton.

— Bonjour, colonel. Comtesse Magdalena von Stepitz zu Welder.

— Mes hommages.

— Vous êtes ici chez moi. Je suis propriétaire des lieux et de tout ce que vous apercevez autour de vous. Jusqu'à l'horizon. L'Allemagne éternelle. »

Par une immense baie vitrée, elle m'indique les vignes et les plaines qui descendent vers le Rhin. Sur des milliers d'hectares. Des territoires épargnés et magnifiques.

Le décor est planté. Et la joute débute. L'Allemande engage la première lame. Selon son mouvement, je pourrai riposter sans risquer le fracas des caractères. Ou l'expulsion.

« C'est cossu…

— Dieu nous l'a confié il y a quelques siècles…

— Dieu lui-même ? Excellentes références ! »

L'Allemande ne relève pas la pique. Son silence poli suffit à répondre. Sa famille est ici chez elle depuis onze générations. Elle en est désormais la seule héritière, ses deux frères ayant disparu sur le front russe.

« Régulièrement, la guerre prélève son lot de mâles dans notre lignée. Cette fois, elle s'est montrée plus gourmande qu'à son habitude : me voilà seule à tenir notre maison et à gérer nos biens. » Ce qui, finalement, l'enthousiasme. « Depuis cinq ans, les Allemandes n'ont eu d'autre choix que de prendre en main leur destin puisque les hommes ont déserté le foyer pour guerroyer ailleurs. Cela a forgé une nouvelle personnalité féminine, plus encline à exprimer ses passions et à assumer ses responsabilités. »

Les limites sont posées.

La comtesse évoque sa vie d'avant le chaos. D'avant Hitler. Lorsque la république de Weimar donnait encore à l'Allemagne une apparence de normalité, agitée mais féconde. Malgré la saignée humaine de la défaite et l'entrave financière des réparations. Malgré les spasmes extrémistes et les litanies revanchardes. Jusqu'au krach boursier de Wall Street en 1929 et à sa réplique germanique, quelque temps après. Un séisme qui devait plonger le pays dans la misère et favoriser les fuites en avant fanatiques, les lâchetés individuelles et les folies collectives. L'une des étincelles qui favorisèrent l'incendie nazi.

« J'exerçais dans un cabinet d'affaires. À Berlin. Nos clients étaient américains et anglo-saxons. Tout s'est arrêté du jour au lendemain. »

Elle emprunte une allée en pente douce s'enfonçant dans un paysage forestier parfaitement entretenu. Metzer et moi la suivons.

« J'ai fait préparer un lieu qui devrait vous convenir. C'est à la fois calme et discret : mon pavillon de chasse.

— Votre pavillon de chasse ?! »

L'Allemande plante ses banderilles.

« La chasse est un sport très couru dans le Renseignement : vous ne serez donc pas dépaysé. Et c'est à seulement cent mètres.

— Si c'est la distance que vous jugez indispensable entre occupés et occupants, va pour cent mètres…

— Je déteste la promiscuité. Sauf lorsque je la choisis.

— Je saurai m'en souvenir. Un détail protocolaire : dois-je vous appeler Madame la comtesse ?

— Madame suffira. Les Français ont la fâcheuse habitude de trancher les têtes couronnées. Je me contenterai donc du statut de simple citoyenne. Ce sera moins risqué.

— Rassurez-vous, nous avons revu notre façon d'agir depuis quelque temps déjà. Plusieurs de nos chefs portent un nom à particule : de Gaulle, de Lattre de Tassigny, Leclerc de Hautecloque… Et ils ont la tête bien faite et toujours sur les épaules.

— Pour combien de temps ? Les communistes pourraient bientôt livrer votre pays à l'URSS – qui n'aura qu'à traverser notre no man's land pour prendre livraison de son butin. L'Armée rouge est rapide quand elle s'en donne les moyens.

— Je n'y crois pas une seconde.

— Je vous trouve bien présomptueux…

— Réaliste, tout au plus. Comme je ne crois pas non plus que l'Allemagne redeviendra une grande nation. Pas avant très longtemps.

— En êtes-vous si certain ?

— Oui. Ce n'est plus un pays mais un butin. Et personne ne renoncera à sa part du gâteau.

— Vous êtes donc là pour un moment ?

— Possiblement. Mais rassurez-vous, il m'arrive de m'absenter…

— Très bien. Mon personnel se tiendra à votre disposition. Toutefois, mes gens ne parlent qu'allemand.

— Le langage des signes fera l'affaire…

— Surtout, colonel, ne les brusquez pas. Ils sont au service de notre maison depuis toujours. Nous les considérons comme des membres de notre famille.

— À tout hasard, y aurait-il des nazis parmi eux ?

— Vous plaisantez ? »

L'Allemande se fige et me fusille du regard. Il est temps de riposter.

« Je me renseigne, c'est mon métier.

— Nous n'avons jamais considéré les nazis comme des créatures fréquentables. Ces voyous sont méprisables. Des brutes et des païens. Ces dégénérés n'ont jamais eu leur place ici !

— Et comment avez-vous supporté leur présence ces douze dernières années ?

— En les tenant à distance. Avec notre argent.

— Avec votre argent ?!

— La corruption rend les choses moins difficiles lorsqu'on dispose d'importantes liquidités. Il a suffi de les leur distribuer avec régularité pour qu'ils se montrent moins intrusifs.

— Je les supposais incorruptibles…

— Des hypocrites, oui ! Cette plèbe adorait l'argent et les passe-droits. Des incultes, des voleurs et des criminels. Quelle folie d'avoir confié le destin de la patrie à un peintre du dimanche pas même allemand, à un éleveur de poules totalement myope, à un boiteux obsédé sexuel et à un aviateur toxicomane et obèse ! Une clique de ratés, voilà tout.

— Vous prêchez un convaincu, Madame. Et votre description de Hitler et de sa garde rapprochée n'est pas pour me déplaire.

— Ici, dans le pays de Bade, il s'agissait surtout d'huiles du parti. Des pleutres. Et le casino exigeait quelque argent pour y pavoiser en bonne compagnie. Leur paie n'y suffisait pas…

— Contre votre tranquillité, vous financiez donc leur présence aux tables de jeu ?

— C'est cela. Dans les grandes lignes. Dans le détail, c'était un peu plus compliqué…

— Je l'imagine bien.

— Je pense vous avoir tout dit, colonel. Je vous laisse découvrir vos appartements. J'ai mieux à faire. »

« Je vous avais prévenu, colonel : c'est une coriace… »

Metzer s'esclaffe tandis que nous pénétrons dans une bâtisse de plain-pied. La pièce principale est tout en longueur. Ses murs sont encombrés de trophées, de tableaux de chasse et de râteliers vides. Le mobilier, rustique mais confortable, est disposé avec goût dans cet espace au milieu duquel trône une table immense. Celle des agapes des chasseurs. Une armoire à alcools jouxte une desserte encombrée de porcelaines. Des fauteuils revêtus de toile de Jouy sont rassemblés près d'une cheminée sous laquelle un homme pourrait se tenir debout. Quelques tapis sont pliés dans un coin. Une fine pellicule de poussière recouvre un bureau sur lequel des chandeliers argentés s'encroûtent dans la cire figée de bougies consumées.

« Ma foi, j'ai connu des carrées moins confortables !

— Et vous serez bien mieux ici qu'au milieu des combinards ! »

Lorsque je pénètre dans la plus grande des trois chambres, je retrouve ma cantine, au pied du lit. Cabossée – mais toujours cadenassée. Je suis admiratif : j'étais persuadé que mes voyages successifs auraient finalement raison de sa fidélité. Mais non : elle parvient même à me précéder. Je lui ai confié quelques traces de ma vie – archives et souvenirs glissés entre des vêtements pliés – et elle se fait un devoir de les garder près de moi. Un point fixe dans l'itinérance. Au-dessus du lit, une croix en argent sculpté me rappelle que je suis en pays catholique, parmi des gens fiers de leur foi. Cette croix-là, ils l'assument davantage que l'autre, la gammée, la maudite. Même si beaucoup l'ont vénérée aussi.

L'Alsacien m'accompagne dans la remise jouxtant le pavillon – un débarras dans lequel sont entreposés du matériel viticole et des empilements de hottes en osier. Une quarantaine de jerricanes d'essence sont alignés contre le mur.

« Je ne risque pas la panne…

— Jamais ! Et vous serez approvisionné régulièrement. Et voilà de quoi vous prémunir de tout danger. »

Il écarte l'un des empilements de hottes. Apparaît un râtelier alignant trois mitraillettes neuves et des caisses de munitions.

« Pour me défendre contre ma logeuse ?

— Elle a mille autres manières de vous faire la peau… Ces flingues-là, c'est pour les virées dans la jungle. Pour chasser l'ennemi en temps de paix, il faut des armes de guerre.

— C'est un dicton ?

— Non : un constat. »

Metzer se saisit d'une arme, vérifie son état de fonctionnement et la repose, satisfait. De retour dans le salon, il règle le poste émetteur qui trône, antenne déployée, près de l'entrée. Il me confie les codes de transmission.

« Avec ça, vous pouvez me joindre et contacter Paris sans froisser les oreilles indiscrètes.

— Merci pour tout. »

Sur le pas de la porte, Metzer se retourne. La nuit est tombée d'un coup.

« Vous disposez d'une Traction Avant, garée derrière le pavillon. Les clés sont dans votre chambre. Bonne soirée, colonel. »

Alors que je me sers un whisky en détaillant la décoration des lieux, on frappe à la porte. Je pose mon verre ; ma main droite rejoint, par réflexe, le Lüger coincé dans ma ceinture.

J'ouvre et me retrouve face à une femme d'une soixantaine d'années. Elle tient un grand plateau : carafe de vin, soupière, plats de service, pain, dessert. Derrière elle, je discerne un homme assez grand et sensiblement du même âge, une torche à la main et un chien en laisse.

Voyant mon pistolet, la femme a un mouvement de recul. D'un signe de la tête, elle me fait comprendre qu'elle aimerait déposer son fardeau ; je m'efface pour la laisser passer. L'homme demeure dehors. Il a posé sa torche et fait asseoir son chien ; il allume une longue pipe biscornue.

L'Allemande dresse la table puis me fait face : d'une poche de son tablier blanc, elle sort une enveloppe aux armes de la maison et me la tend avant de s'éclipser. C'est une invitation, rédigée en français. La proposition prend la forme d'une convocation : « Je vous espère demain à 19 heures. Je vous présenterai quelques amis. Vous resterez dîner. »

2

Mardi 11 septembre, treize heures

Je retrouve Pierre Bourdan attablé à une brasserie proche du Brenner. Il me présente un jeune type : Robert Scipion, journaliste de *Libération*. Un cruciverbiste qui ne lâche pas ses mots croisés : tout en discutant, il remplit un recueil de grilles. De temps à autre, il lève le nez.

« En six lettres, Messieurs : “TAPINE pour Adolf” ?

— Aucune idée, Robert…

— “PÉTAIN” !

— C'était donc écrit…

— Notez aussi l'anagramme de REICH : CHIER. Logique pour un régime de merde ! »

J'apprends que le plumitif a fréquenté les surréalistes, les frères Prévert et même Hemingway, lors de la libération de Paris.

« Quand il a su mon nom, il m'a lancé : “Scipion ? *I'm not Hannibal !*” Joli, non ?! »

Aussitôt, le garçon retourne à ses jeux. C'est mieux ainsi : le plaisir de retrouver Bourdan ne se partage pas ; nous avons vécu des années exaltantes. Un lien s'est tissé, incompréhensible pour tout étranger à nos péripéties britanniques.

Je connais Pierre depuis mon arrivée à Londres. Sous-directeur du bureau de l'agence Havas, il y était déjà en poste, installé avec Jeanne et leurs deux enfants. À l'époque, il s'appelait encore Pierre Maillaud. D'origine perpignanaise, petit et musclé, le teint mat, les cheveux châtains. Le timbre suave de la voix et une légère coquetterie d'un œil ajoutaient à son charme. Espiègle et batailleur, il aimait la nature et le sport autant que la lecture et la poésie. Fou de Shakespeare, volubile et parlant un anglais parfait, il devait connaître un parcours original. Nous sommes devenus amis. Les Français de la capitale britannique constituaient une colonie exotique, peuplée de clans hostiles. J'avais choisi le sien.

Le 18 juin 1940, c'est l'un des rares à entendre de Gaulle à la BBC. Il le rencontre le lendemain. Dans la foulée, il abandonne l'agence Havas qui rejoint Paris, pour intégrer la radio anglaise. Le 8 juillet, j'écoute sa première chronique : « Après Mers el-Kébir ». Brillant, précis, incisif. Il se fait appeler Pierre Bourdan pour protéger les siens : une évocation du Bourg-d'Hem, village creusois où il passait ses vacances. Avec Oberlé, Marin, Lefebvre, Schumann, Borel, Van Moppes et Duchesne, il anime une émission en direct, chaque soir, de septembre 1940 à juin de l'année dernière : « Les Français parlent aux Français ». Je le perds de vue lorsqu'il quitte Londres comme correspondant de guerre auprès de la 2e DB, débarquée en France le 1er août 1944.

« Qu'es-tu devenu alors, Pierre ? »

Il me détaille la suite de ses aventures. Toujours aussi rocambolesques. Pierre ne fait rien comme tout le monde.

En août 1944, il est arrêté par les Allemands avec deux camarades, attachés à l'armée américaine. Après une imprudence : ils ont quitté leur colonne pour être les premiers à entrer dans Rennes, précédant les troupes américaines. Mais celles-ci ont différé l'assaut : les Boches en ont profité pour quitter la ville en train avec mille prisonniers, le 3 août. Parmi eux, Bourdan. Par chance, personne ne l'a identifié. Grâce à la complicité de résistants, il s'évade dans la nuit du 5 août en sautant du train près de Saint-Martin-de-la-Place. Il reste caché auprès d'agriculteurs en Maine-et-Loire. Douze jours plus tard, il retrouve la 2e DB à Argentan et participe à la libération de Paris le 25 août.

« Tu aurais pu faire plus simple !

— Tu me connais, René : j'aime que ça bouge.

— Tu as été servi… Et maintenant tu te lances en politique, c'est ça ?

— Tout juste. Journaliste au *Figaro*, c'est bien. Mais les scribouillards sont légion ! Ma plume ne manquera à personne. »

Je lui rétorque le contraire : son style est inimitable et ses papiers frappent par leur pertinence.

« Mais je n'ai jamais cessé d'écrire, René ! »

Il a, depuis, publié quelques ouvrages : *Carnet des jours d'attente (juin 40-juin 44)* puis *Carnet de retour avec la division Leclerc*, son récit de la campagne de France au sein de la 2e DB. Sans oublier son clin d'œil à Londres : *Perplexités et grandeur de l'Angleterre*. Une grande plume de nos temps incertains.

S'aventurer en politique est une façon de surgir là où on ne l'attend pas. Son péché mignon.

« C'est Mitterrand qui m'encourage.

— Qui ça ?
— Un type rencontré à Londres en 1943.
— Cela ne me dit rien…
— Mais si : il s'occupait de mouvements de prisonniers. Aujourd'hui, il dirige l'UDSR, une formation de centre gauche.
— Pour un rad-soc' comme toi, c'est parfait !
— D'où ma décision de me lancer aux législatives. Dans la Creuse. J'y ai mes chances.
— Si ça continue, tu finiras ministre…
— Ne parle pas de malheur !
— Taratata ! Je suis sûr que tu y as déjà pensé… »
Pierre hèle une serveuse et nous offre une nouvelle tournée accompagnée de douceurs charcutières. Scipion jette un regard nonchalant vers la rue. Brutalement, il se lève et sort en courant de la brasserie, bousculant les consommateurs sur son passage.
« Qu'est-ce qui lui prend ?
— Aucune idée. Mais il va revenir : nous partageons la voiture mise à notre disposition par l'état-major pour nos reportages. »

Le retour de Scipion, dix minutes plus tard, ne passe pas inaperçu. Il pousse devant lui un escogriffe d'une quarantaine d'années, qui titube en se tenant le nez en sang. Le cruciverbiste le fait avancer jusqu'à notre table, devant les clients médusés. Les verres ne tintent plus, les couverts sont posés. Un silence stupéfait fige l'assistance.
« Voici Mathieu Soupiardet. Une vieille connaissance. Un confrère du torchon *Je suis partout*. Je dis un confrère mais je devrais plutôt dire un collabo. Il a balancé trois copains à la Gestapo dans son canard. Depuis, plus de nouvelles de mes amis… »

Le type reste muet. Bourdan fait alors montre d'un cynisme délicieux : « Si je résume bien votre situation : je suis partout, même dans la ZOF ! »

Scipion tape la tête de l'individu, qui demeure les yeux baissés et la main sur son nez cassé. Une paire de lunettes tombe de son front sur le sol. Ma botte droite vient aussitôt l'écraser. Je fixe l'énergumène hagard : « M. Scipion se trompe certainement ! La police militaire saura rétablir la vérité. »

Je me lève, le saisis par le paletot et l'entraîne hors de la brasserie pour le livrer à deux gendarmes en patrouille à qui je présente ma carte militaire.

« Messieurs, veuillez confier ce suspect à vos supérieurs. Pour interrogatoire.

— Un collabo ?

— Cela y ressemble…

— Promis, ils vont le bichonner, colonel, croyez-nous ! »

Le brigadier empoigne violemment l'escogriffe abîmé. Il le menotte et le pousse vers une Jeep mal garée. Son adjoint le suit en écartant les badauds intrigués.

Je retrouve Bourdan et Scipion qui descendent de grands bocks de bière moussue.

« Où en étions-nous, messieurs ?

— Nous t'attendions pour passer commande. »

3

Mardi 11 septembre, dix-huit heures trente

J'hésite : costume civil ou tenue militaire ? La comtesse doit encore avoir, parmi ses relations, quelques compatriotes : des nazis déguisés en êtres humains ; de vieux Prussiens nostalgiques de Guillaume II ; peut-être même des démocrates de Weimar ayant survécu aux hitlériens. Côtoyer un énième officier d'occupation ne devrait pas les inquiéter, c'est leur quotidien. Va pour la vareuse et la fourragère. Je cirerai mes bottes et gominerai mes cheveux. Comme tout le monde.

Je m'interroge : souhaite-t-elle mesurer ma capacité à vivre dans son monde et son espace vital ? Veut-elle m'impressionner avec ses soutiens influents ? À moins qu'elle ne s'en tienne au bon vieux code de politesse nobiliaire : inviter à sa table le militaire étranger égaré sur ses terres.

À dix-neuf heures, je franchis les portes de la salle de bal. Et j'ai aussitôt la réponse à mes interrogations : je suis un hôte de circonstance, offert à la curiosité éventuelle des invités. Qui n'en ont cure. Ce qui m'arrange.

Des militaires, des civils, des femmes en robe de soirée, un pasteur, et quelques personnages dont je ne devine pas immédiatement à quel clan ils appartiennent.

On parle anglais, français, allemand. Et même russe. Les idiomes jonglent et se répondent. Les gestes des mains comblent les lacunes de vocabulaire. Certains se connaissent, d'autres se découvrent. Quelques apartés réunissent des interlocuteurs soucieux de discrétion.

Une trentaine de convives papotent en dégustant des cocktails. Derrière une table recouverte d'une nappe pourpre, secouant d'un geste ample un siphon métallique, un barman crée ses élixirs devant quelques admirateurs curieux. On les goûte précautionneusement puis on les siffle d'un trait. Quelques femmes papillonnent parmi les mâles en représentation. Certaines osent un bloody mary ; d'autres, plus classiques ou moins libres de leurs gestes, se tournent vers les seules coupes de champagne. J'opte pour un whisky. Sans glace.

La comtesse me prend par le bras et me présente à quelques personnes qui m'accordent un intérêt distrait mais poli. Elle m'abandonne parfois puis me retrouve ensuite, selon son inspiration. J'apprécie l'anonymat qui m'autorise à approcher ces inconnus sans éveiller leur méfiance. Au sein de cénacles de circonstance, j'émets une phrase insipide afin que nul ne puisse imaginer que je suis quelqu'un de trop curieux ou de très intéressant.

« C'est donc vous ? »

Je tourne la tête. Une femme me dévisage. Quarante ans, une courte chevelure d'un blond presque blanc, une silhouette androgyne dans une robe fendue vert émeraude. Un cocktail bleu lagon en main, une olive noire en bouche. Son phrasé est distingué, son accent caractéristique : cette Anglaise parle un français parfait.

« Pardon ?

— Vous êtes bien l'hôte de Magdalena…

— En effet. René Valenton.

— Je le sais déjà…

— À qui ai-je l'honneur ?

— Julia. Mon prénom vous suffira. Magdalena m'a parlé de vous.

— En mal, j'imagine…

— Non : en français. Et lorsque Magdalena me parle d'un Français en français, c'est qu'elle le juge fréquentable.

— Je mesure ma chance…

— Et en effet, vous semblez agréable. Pour un Français, j'entends…

— Merci…

— Et plutôt bel homme. Ce qui n'est pas du tout ma tasse de thé. »

La femme soutient mon regard. Puis elle tourne les talons, pour rejoindre la comtesse, en se frayant un chemin parmi la multitude. Amie ou ennemie ? Curieuse ou rivale ? Quant à ses préférences sexuelles, je m'étonne que l'Anglaise me les avoue sans fard. J'en conclus que la comtesse est un esprit libre, assumant l'originalité d'une proche aux mœurs inhabituelles. Baden-Baden abriterait donc des personnes moins insipides et prévisibles que l'essentiel de ses occupants ? Enfin une bonne nouvelle.

La comtesse invite ses hôtes à rejoindre la table dressée dans un salon. D'autorité, elle place les convives en distillant, à chacun d'entre eux, un mot charmant. Elle fait un signe discret à l'une de ses domestiques qui part aussitôt en cuisine. Puis elle prend une coupe de champagne et fait tinter le cristal de ses ongles manucurés.

« Trinquons au colonel Granjeon. Grâce à lui, nous dégustons ce soir du civet de lièvre. Un gibier chassé sur mes terres… sans que j'en sois avertie, d'ailleurs. Qu'importe, l'essentiel est qu'il soit ce soir dans nos assiettes. À la vôtre, colonel. »

L'Allemande lève sa coupe, le sourire moqueur. Un officier du génie, quinquagénaire bedonnant, se dresse, rubicond. Il dodeline de la tête en saluant l'assistance d'un air faussement modeste. Son épouse, dans une robe bouffante de satin grenat, s'empourpre à son tour : voici son héros enfin reconnu, l'espace d'un instant et devant une assistance qu'elle juge très à son goût. Les convives trinquent à la gloire du Tartarin.

J'observe la tablée. Parfois, la comtesse devine mon jeu : elle me sourit alors, comme si elle lisait dans mes pensées. Comme si elle jaugeait la cartographie des convives que mon esprit échafaude. À ma droite, une Badoise discrète semble craindre que son époux ne se mêle à une quelconque conversation. Elle le surveille comme le lait sur le feu. L'homme, un élégant costumé, ne se fait pas prier pour donner son avis sur les pérorraisons de ses voisins. Sa chevelure blanche et sa voix, profonde et rauque, assoient son autorité. Il goûte à la liberté retrouvée d'une parole sans crainte. Dès qu'il intervient, l'épouse lève les yeux au ciel puis se recroqueville, comme une fleur se fanant. Alors, l'Allemand donne sa pleine mesure. Un dialogue s'engage avec un officier français. Le Badois est bientôt sur la défensive : l'incrédulité de son interlocuteur l'indispose.

« Mais, Monsieur l'officier, en ces temps-là, la curiosité était un défaut et l'aveuglement une qualité. Les nazis savaient tout de nous. Chaque Allemand leur appartenait, de la naissance à la mort. C'est ainsi qu'ils voyaient les choses. Et c'est ainsi que nous devions les voir aussi !

— Pourtant, tous ces gens qui disparaissaient autour de vous, vous deviez bien finir par vous en rendre compte. Et je ne parle pas que des Juifs ! Parmi vos voisins, vos collègues, vos amis, il y avait forcément des gens arrêtés par les hitlériens…

— Évidemment, mais le mieux était encore de faire comme si de rien n'était… Sinon, nous aurions été les suivants sur la liste.

— Et vos proches, tombés au front sur ordre de votre Hitler ?

— C'était différent : il s'agissait de défendre la patrie. On ne refuse rien à l'Allemagne.

— Votre patrie ne se défendait pas : elle agressait ses voisins et envahissait l'Europe entière !

— Nous ne voyions pas les choses de la sorte ! Enfin, Monsieur, que voulez-vous entendre de moi ? Que nous étions aveugles et sourds aux horreurs commises en notre nom ? Mais nous n'y aurions pas cru de toute façon : beaucoup d'entre nous étaient envoûtés…

— Et maintenant que vous le savez, qu'est-ce que cela vous fait d'appartenir à un peuple d'assassins ? »

Le silence accueille cette question pleine de fougue que l'Allemand vit comme une insulte. Il en reste coi. Un autre Allemand se dresse alors en jetant sa serviette sur la table. L'homme fixe l'officier qui a tancé son compatriote ; puis il balaie l'assistance avant de porter son regard sur un général américain, jusqu'alors dissimulé à ma vue par une matrone bien portante. Il ose une question.

« Messieurs, vous avez rasé deux villes japonaises au moyen d'armes horribles et causé des milliers de morts. Vous en fait-on le reproche ? »

L'Américain, cheveux en brosse et menton carré, se rengorge : il adore la bagarre avec les pieds-tendres.

« Non, *Herr* de mes deux. Et vous savez pourquoi ?

— Non…

— Car eux n'étaient pas Juifs ! »

Satisfait de son mot d'esprit, il éclate de rire puis laisse exploser une colère froide.

« Ces faces de citron n'étaient pas des êtres humains !

— Comment osez-vous dire ça ?

— Comment j'ose dire ça ? Parce que c'est nous qui décrétons désormais ce qui est bien et ce qui est mal. Vous, vous ne comptez plus pour rien ! *Kaputt !* »

L'Américain se dresse et vient défier l'Allemand à hauteur de visage.

« Est-ce bien clair dans votre sale petite trogne de Prussien, bouffeur de saucisses et massacreur de youpins ? *Go to hell, bloody bastard !* »

L'Allemand, stupéfait, se casse en deux pour saluer l'assistance et se retire. Son épouse le suit. Leurs pas pressés résonnent sur le parquet.

L'officier yankee, toujours agacé, se tourne vers la comtesse.

« Magdalena, qui est ce salopard ?

— Le bourgmestre d'une ville voisine, installé par vos amis français.

— Cela ne m'étonne pas : les Frenchies sont incapables de faire le ménage comme il faut ! Juste bons à crapahuter derrière nous, pour grappiller nos miettes et nettoyer notre merde !

— Toujours le mot pour rire et le sens de la nuance, Andrew… »

Cette saynète de western est réussie : le shérif, nerveux, éructe grossièrement tout en portant ses coups face à une assemblée sur le qui-vive. L'école d'Hollywood.

La comtesse riposte. Elle connaît bien ce cow-boy-là…

« Wastermullingen est aussi un ami de longue date.

— Un nazi honteux, oui !

— Pas du tout : c'est un catholique qui a toujours préféré le Christ à Hitler, ne vous en déplaise… Dès qu'on ose vous contredire, vous montez sur vos grands chevaux ! Mais le galop vous va si bien…

— Ce type a de la chance de se trouver sous votre protection.

— Et pourquoi donc ?

— Chez moi, je lui aurais déjà fermé sa grande gueule avec ça ! »

Il montre son pistolet d'ordonnance, un Colt 45 nickelé. Puis il tape du poing sur la table. Nous quittons le salon badois et changeons d'époque : nous voilà dans un saloon du Texas.

« Eisenhower avait raison : on aurait dû en buter davantage en rentrant ici ! Toutes ces bouches à nourrir, et dont il ne sort que des conneries grosses comme Goering !

— Andrew, ça suffit ! Que vont dire ceux de nos convives qui ne vous connaissent pas encore ?

— Je m'en fous !

— Vous allez encore passer pour *a very naughty boy* ! »

L'Allemande désamorce la colère du shérif, qui tire une dernière cartouche.

« On a fracassé les Japs à coups de bombe atomique pour épargner la vie de nos *boys* et en finir une bonne fois pour toutes avec ces macaques. Qu'y a-t-il de mal à cela ?!

— La manière peut-être…

— La manière ?! Mais vous en auriez fait autant contre nos troupes si, par malheur, vous aviez trouvé la recette magique avant nous. Voilà la vérité !

— Votre vérité – que tout le monde a bien entendue et parfaitement comprise. Le débat est clos ! »

L'Américain se rassoit et se renfrogne. Il aurait sans doute aimé poursuivre ce duel avec son Allemande préférée…

Celle-ci se fait servir une coupe de champagne et porte un toast en fixant le colérique : « À nous ! À l'amitié ! À la paix ! » Imperceptiblement, elle lance un regard vers Julia. « Et à l'amour ! *Prosit !* »

Tous lèvent leur verre.

L'escarmouche ne résiste pas à la qualité des mets et à l'appétit des invités. Les serviettes se déplient, les couverts sont dégainés, les verres se remplissent, les assiettes se vident. Certains dévorent, d'autres dégustent, quelques-unes picorent. Des regards se croisent avant de replonger sur leur pièce de gibier pour ajuster le coup de fourchette. La voracité des convives allemands ne trompe pas : ils compensent les restrictions et engrangent des réserves. Au cas où. Les autres, eux, savourent davantage : ils savent qu'ils mangeront à leur faim demain aussi. Sans attendre le dessert, la comtesse encourage ses invités à discuter de sujets qu'elle lance à la cantonade. Elle impose une seule condition à ces débats à bâtons rompus : la franchise.

Ce qui n'est pas évident pour certains : parler trop librement, c'est risquer d'être privé de dessert, de prendre la porte ou une balle. Pourtant, le général américain ne s'occupe plus des Boches : il discute avec son voisin britannique et son épouse espagnole. Des conversations s'engagent. Mais la barrière des langues atténue la profondeur des débats. Les platitudes laissent parfois s'échapper des accents de sincérité, des bribes de vérité. On se parle et on s'écoute. Une comédie humaine qui ne sert qu'une seule et même personne : la comtesse.

L'hôtesse des lieux invite son monde à rejoindre le salon où sont servis café, thé, fruits confits, mignardises et alcools forts. Cette abondance ne surprend pas ses invités : tous savent que cette femme de réseaux et d'affaires a ses entrées partout. Et jusque dans les réserves de l'occupant. Pour des raisons que chacun se fait un devoir de ne surtout pas vouloir connaître. D'un poste radio s'échappent des musiques jusqu'alors interdites en terre nazie : le swing de Glenn Miller, du jazz, des ritournelles rafraîchissantes. Mais aucune mélopée allemande : on ne joue pas la musique des morts sur les ondes de l'occupant. Quelques audacieux s'aventurent à danser. Un colonel soviétique invite l'épouse d'un homme d'affaires britannique. Celle-ci rejoint le Russe dans une chorégraphie improvisée, sous le regard intéressé de son mari : les Soviétiques sont des clients comme les autres. Et ils paient en or. Cela mérite bien une danse : aujourd'hui danseur, demain acheteur ?

Julia m'invite. Elle m'enlace sur une mélodie acidulée.

« Ce cirque vous plaît-il ?

— C'est pittoresque…

— Et parfois grotesque !

— L'un n'empêche pas l'autre.

— On s'ennuie tellement ici… Seule Magdalena sait nous distraire.

— Elle y parvient plutôt bien…

— Normal, je lui ai enseigné l'essentiel. C'est mon élève.

— Seulement votre élève ?

— Jaloux ?

— Observateur, tout au plus.

— Et peut-être même voyeur ?

— Vous me prêtez beaucoup trop de qualités… »

Elle resserre imperceptiblement son étreinte. Sa façon de me signifier que je suis digne de sa curiosité. Et de sa vigilance.

Les salons se dépeuplent. Je juge le moment venu de m'éclipser. Avant de quitter les lieux, je salue la comtesse. Son amie est à ses côtés, sirotant un gin. Me voyant, l'Anglaise s'esquive.

« Merci de cette invitation, Madame.

— Cessez avec ce “madame” : Magdalena suffira.

— J'aurais une question : pourquoi un tel dîner ? Les plaisirs de cette distraction n'expliquent pas tout…

— Je tiens à réunir tout ce beau monde autour de la même table.

— Mais l'embuscade n'est jamais très loin…

— Je tolère ces chamailleries : c'est le prix à payer pour qu'ils se parlent !

— Et de quoi ?

— De l'essentiel : qu'allons-nous faire de l'Allemagne ?

— Vous incluez les Allemands dans ce “nous” ?

— J'ai cette prétention, oui. Qu'avons-nous à y perdre ? Le néant est notre présent ; l'avenir sera forcément moins sombre…

— Rien n'est moins sûr…

— Sauf si nous le partageons avec certains.

— Lesquels ?

— Ceux qui nous donneront la chance de prouver que nous valons mieux que ce que les nazis ont fait de nous. Vous me jugez vaniteuse ?

— Non. Vous n'êtes dupe de rien. Pas même de vous. Me trompé-je ? »

Elle sourit. J'ose un baisemain.

« Magdalena, ne faites pas languir davantage votre amie Julia. »

Je rejoins le pavillon de chasse, une lampe torche en main. Les véhicules des derniers convives quittent les lieux. Le silence se fait. La forêt alentour s'exprime alors. Le vent dans les cimes des conifères, les appels des animaux nocturnes, le bruissement des grandes fougères balayées par l'air frais… Je fais quelques pas et m'allonge à même la mousse des sous-bois. Ma respiration ralentit, mes muscles se détendent. Je m'endors.

Affaires en cours et affaires de cour

1

Sur ordre de Garnier, influent même à distance, on m'a attribué un pied-à-terre pratique. Outre mon installation princière, me voilà doté d'une garçonnière badoise.

Metzer s'est chargé de trouver l'endroit parfait, après avoir négocié à sa façon : en tapant du poing sur le desk de la conciergerie et en secouant par le col un directeur obtus. C'est une soupente du Brenner, palace qui ne désemplit pas. La ruche des vanités.

Un bureau, un fauteuil, une chaise et une armoire. Aucun superflu. Cela me permet de me fondre dans la faune et de vaquer plus aisément à mes occupations en ville.

Je prends langue avec l'Organe de recherche des criminels de guerre. L'ORCG relève de la Justice, au sein du gouvernement militaire. Il possède, dans la ville, un bureau d'enquêtes et de recherches pour toute la ZOF. Il dispose également de plusieurs missions implantées en zone anglaise, à Bad Salzuflen, Hambourg, Hanovre et Düsseldorf; et en secteur américain, à Augsbourg, Munich, Dachau, Idstein et Ludwigsburg. Les contacts avec les Soviétiques se prennent, eux, à Berlin. Tout cela permet de tendre une toile d'araignée bien tissée.

Militaires et civils de l'ORCG m'aident à optimiser certaines missions : informations détaillées sur les criminels, contacts locaux, modalités de coopération avec les services alliés… Ils ont un coup d'avance sur les hommes de terrain. Outre leur vue d'ensemble de la situation, ils connaissent la finalité de leur mission. Un privilège dans la ZOF. De belles prises s'inscrivent au palmarès de ces « chasseurs de scalps », grâce à la mobilisation d'un gouvernement militaire soucieux de satisfaire Paris dans un domaine apprécié de tous les Français : la punition des Boches. Et en cette période électorale, « venger les morts » est un slogan fédérateur. Pour cela, il faut fournir du gibier de potence. La justice internationale est pressée d'agir et la justice hexagonale impatiente d'en finir.

Le général Kœnig met les bouchées doubles : il sait de Gaulle sensible à cette préoccupation. La France exige des coupables ? La ZOF les fournit ! Du petit ou du gros gibier, du crapuleux ou du fanatique, du symbolique ou de l'anecdotique, du militaire ou du civil, du profiteur ou du criminel de guerre. Et même quelques femmes. Un panel de la bassesse humaine. Cette belle réussite est due à la taille restreinte de notre territoire de chasse : il est mieux quadrillé et plus étanche que ceux de nos voisins. La coopération des autorités helvétiques facilite également les prises dans notre nasse aux contours si originaux.

D'intéressants prédateurs en font les frais : le fringant ambassadeur Abetz ; le pleurnichard ministre von Neurath ; l'arrogant général von Stülpnagel, ancien gouverneur du Gross Paris ; l'exécrable Rossum, chef des camps de concentration d'Allemagne du Nord ;

Hagen et Bickenbach, deux savants fous de l'Institut physiologique de Strasbourg… Quelques-uns devinent le sort funeste qui leur est réservé : Knochen, le chef de la police en France occupée, insomniaque et fébrile ; Bach, chef du camp de Schirmeck, dépressif et peureux ; Gehrun et Isselhorst, patrons de la Gestapo de Strasbourg, résignés à l'idée de retrouver bientôt leur ami Wagner, le gauleiter d'Alsace, en fâcheuse posture.

Une classification, censée constituer un filtre efficace, qualifie chaque suspect arrêté : « délinquant grave », « délinquant de moindre importance », « sympathisant » ou « complice », « personne exonérée ». Réussir à passer d'une catégorie préjudiciable à une mention moins compromettante est un objectif vital chez certains fébriles, au passé nazi trop évident. Et s'il faut, pour cela, produire des certificats de bonne conduite ou des formulaires Persil – leur lessive préférée –, obtenus au prix fort auprès de margoulins boches ou de magouilleurs français, va pour la combine. Le vice appelle le vice.

Malgré ces errances, les Français ont acquis une réputation redoutable auprès des nazis en fuite : la ZOF est le pire endroit pour se planquer. Et ceux qui s'y trouvent n'ont qu'une envie : s'en échapper. À tout prix. D'autant qu'au printemps prochain s'installera à Rastatt, en plein pays de Bade, le Tribunal général chargé des crimes de guerre. Et il faudra alors présenter à sa barre quelques criminels de guerre, bons pour le peloton d'exécution ou les travaux forcés. Reste à remplir les boxes des accusés. Les caméras seront là pour saisir ces instants justiciers : l'échec n'est plus une option quand le monde entier vous regarde.

Le jeune lieutenant pince-sans-rire et méticuleux de l'ORCG me présente un dossier, extrait d'une bibliothèque d'acajou. Il l'ouvre en prenant soin de lui faire une place suffisante sur le bureau. Des photos datées et classées accompagnent les notes dactylographiées relatives au fugitif : Rudolf Franz Ferdinand Höss.

« Les Britanniques ont commis une boulette et ils aimeraient qu'on leur donne un coup de main. Discrètement. »

Je parcours la fiche du nazi :

```
Rudolf Franz Ferdinand Höss - Officier SS
45 ans - Né à Baden-Baden - 1,78 m/85 kg.
Affilié au parti nazi en 1922 - Membre de
la SS en 1934.
Commandant des camps de concentration
et d'extermination d'Auschwitz-
Birkenau (mai 1940/décembre 1943, mai/
septembre 1944).
Augmente de sa propre initiative les
capacités exterminatrices d'Auschwitz
(Zyklon B).
```

« En quoi les Anglais ont-ils échoué, lieutenant ?

— Lors de la capitulation, ce Rudolf Höss se trouvait à Flensbourg. Mais il a été arrêté revêtu d'un uniforme de la Kriegsmarine, et les Anglais l'ont relâché par erreur…

— Ce ne sera pas le dernier qui passe entre les mailles du filet. Nous aussi, il nous arrive d'échouer…

— Absolument, colonel. Mais c'est ensuite que ça se gâte : après la libération du camp de Bergen-Belsen et l'interrogatoire de survivants, les Britanniques ont pris conscience de l'importance d'Auschwitz et du rôle de ce Höss. Depuis, leurs services de renseignement le recherchent et ils aimeraient aussi mettre la main sur sa famille pour l'obliger à se rendre.

— Je connais la méthode…

— Cherchez la femme, c'est bien connu.

— Bref, comme il est né à Baden-Baden, nos amis aimeraient qu'on vérifie s'il n'aurait pas quelques planques chez nous, c'est bien cela ?

— Oui. Et surtout, si par incroyable nous devions l'attraper, il faudrait le leur livrer vivant.

— Pour le produire à Nuremberg ?

— Oui, comme témoin puis comme accusé. Ensuite, les Polonais le leur réclameront. Mais comme coupable puis comme pendu.

— Ce salaud est très demandé. Je connais quelqu'un qui s'en chargera. »

D'autorité, je prends son dossier et le glisse dans ma serviette. Cette traque plaira à Metzer et à son acolyte badois.

***

Dans ma soupente citadine, je parcours les notes méthodologiques de dénazification, l'enjeu de cette fin d'année. On peaufine ses outils et on veut des résultats. Elle doit être exemplaire, ne serait-ce que pour tenir la comparaison avec celle engagée par nos alliés et qui prend des formes distinctes, car elle poursuit des objectifs parfois opposés aux nôtres. Cette différence d'appréciation se fonde sur un constat géographique : eux n'ont pas de frontière avec l'Allemagne. Loin des yeux, loin de la peur. Comme me l'affirme Morin que je croise régulièrement :

« Le nazisme, c'est dans la tête, Valenton.

— Mais on ne peut pas tous les décapiter, mon cher Morin…

— Les décapiter non, mais les rééduquer, oui !

— Comme chez vos amis soviétiques ? Ça ferait aussi beaucoup de morts…

— Commençons plutôt par la libération des esprits. »

L'officier de propagande sait choisir ses mots : Morin est un duelliste pratiquant davantage le fleuret que le sabre. Pour lui, seule l'éducation des jeunes Allemands signera le succès de notre occupation. Les faits ne lui donnent pas tort : soixante pour cent des enseignants du cru ont été congédiés du jour au lendemain, pour être remplacés par d'autres Allemands, triés sur le volet, et des professeurs venus de France.

Du passé faisons table rase. Dans les écoles et les lycées, de nouveaux manuels sont distribués aux chères têtes blondes, dans lesquels les pendules de l'histoire allemande ont été remises à l'heure de Paris : non, Hitler n'est pas Dieu et le Reich n'aura pas duré mille ans ; non, Juifs et Slaves ne sont pas des sous-hommes qu'il est sain d'exterminer ; non, il n'y a plus aucune raison d'être fier d'être allemand ; oui, la France est un voisin pacifique et une civilisation protectrice. Seule concession à la susceptibilité germanique : non, leurs ancêtres ne sont pas les Gaulois.

Dans d'autres secteurs, l'épuration est plus compliquée. Car ce n'est pas d'âmes pures dont on a besoin mais de bras disponibles : le manque de personnel qualifié impose d'être moins regardant sur le profil des employés recrutés pour relancer les machines. Or il faut remettre en marche cette satanée contrée, afin qu'elle pèse moins lourd dans la besace française, déjà pleine de nos propres malheurs. Un Boche qui bosse, c'est un ennemi utile et qui produit pour la France. Là est l'essentiel.

Pour surveiller l'ensemble, le gouvernement militaire diffuse un questionnaire de cent trente points : le *Fragebogen*. Chaque Allemand doit s'y soumettre. Je le parcours par curiosité. Parmi les questions posées, celle-ci : « Qu'avez-vous fait entre 1933 et 1945 ? » Une question grotesque. Et pourquoi pas : « Avez-vous entendu parler d'Adolf Hitler ? » ou « Saviez-vous que votre pays était en guerre ? » Quel Allemand oserait dire la vérité sur ses activités des douze dernières années, au risque de subir une classification défavorable ? C'est bien connu : les Allemands étaient des nazis qui s'ignoraient ; d'ailleurs, Hitler les tenait peu informés de ses écarts de conduite ; enfin, ils n'avaient pas d'autre choix que de lui obéir, sous peine de mort. La défense pavlovienne d'une Allemagne conjuguant lâcheté et perte de mémoire. Le credo d'un peuple dépassé par l'ampleur de ses crimes et qui refuse de reconnaître qu'il en est le coupable.

Je me remémore l'envolée de Thomas Mann dans son « Appel aux Allemands », que j'avais entendu à la BBC en août 1941 : « Du point de vue moral, le plus grand bienfait qu'on puisse faire au peuple allemand est de le compter parmi les nations opprimées. » Ce peuple-là le mérite-t-il vraiment ?

De multiples manœuvres d'évitement existent, comme la présentation d'une attestation d'honorabilité, sésame purificateur qui fait l'objet d'un trafic lucratif. Les moyens manquent pour vérifier sérieusement les réponses données. Surtout si l'Allemand suspecté n'est pas originaire de la ZOF : on accède rarement aux archives des autres zones. Tout cela occupe une nuée de fonctionnaires qui se sentent ainsi indispensables : la paperasserie est une montagne à gravir chaque jour. À la force du poignet, de la gomme et du crayon.

« Dénazifier » : le verbe est nouveau et sa signification, compliquée. Ce flou artistique encourage toutes les interprétations, toutes les opinions.

Pour certains esprits colériques, dénazifier est très simple : il suffit de tuer tous les Boches. Mâles, femelles, portées : tout doit disparaître ! La Bochie doit être rayée de la carte, son territoire partagé entre les vainqueurs. Un travail considérable. Et qui serait décrié dans le monde entier. Certes, se comporter en nazi pour punir des nazis tomberait sous le sens, si un soupçon d'humanité ne nous distinguait de ces nuisibles. Ces Français fâchés – souvent pour d'excellents motifs – doivent être ramenés à la raison : l'intérêt supérieur de la France n'est pas d'avoir une frontière orientale avec la Pologne et des fosses communes à perte de vue dans ce no man's land d'outre-Rhin.

D'autres envisagent le volet punitif de façon strictement profitable : il s'agit de couper des têtes, bien sûr, mais surtout de se servir sans vergogne dans ce garde-manger. Là aussi, tout doit disparaître : les usines quand on en trouve, les matières premières et les ressources naturelles quand elles sont nécessaires à la reconstruction de la France. Prendre tout ce qu'il y a à prendre et ne laisser sur place qu'une armée d'occupation sourcilleuse, bottant le cul des Boches et leur apprenant, à coups de badine, à saluer avec déférence tout Français qu'ils croisent sur leur chemin. À court terme, c'est rentable. À moyen terme, c'est compliqué. À long terme, c'est la guerre.

Enfin, quelques bonnes âmes, moins enclines à la rédemption par l'élimination ou la confiscation, imaginent possible le curetage des esprits afin d'extirper la tumeur nazie des cerveaux. Faire du Teuton un être humain comme les autres leur paraît envisageable. C'est un pari audacieux. Leur souhait d'une Allemagne pacifiée et d'une Europe pacifique, mues par une fraternité soudaine, les aveugle parfois. D'autant que si nombre de ces rêveurs sont respectables – et pour certains, écoutés –, il s'est infiltré parmi eux des staliniens calculateurs. Ces derniers ont changé d'avis sur ordre de Moscou : on ne rase plus l'Allemagne, mais on s'y taille la part de l'ours pour transformer les Boches d'aujourd'hui en communistes de demain. Puis, après-demain, en supplétifs des Soviétiques, quand l'heure sera venue d'asseoir davantage leur emprise en Europe. L'enfer est pavé de bonnes intentions.

L'Allemagne, même vaincue, demeure une épine dans le pied de la France.

***

Dans nos missions, ces perceptions si différentes s'expriment chez nos interlocuteurs. Je le constate avec Metzer lors d'un déplacement à Hüfingen, près de Donaueschingen, à cent cinquante kilomètres de Baden-Baden. Une bourgade du plateau de Baar, entre Forêt-Noire et Jura souabe, en lisière des grands bois.

Y est installé un camp d'urgence détenant des nazis depuis l'entrée de nos troupes en Allemagne. Et cette urgence dure toujours, six mois après la capitulation. Dans des conditions sanitaires minimalistes, s'y entassent des centaines de Boches, capturés par notre armée ou livrés par des Américains trop heureux de se débarrasser du fardeau. Le tout sous la férule d'un officier dont il se murmure que ses méthodes seraient expéditives. Les populations s'en émeuvent auprès des hommes d'Église et du bourgmestre installé par nos soins.

Dernier incident en date : l'exécution de quatre Waffen SS, extraits d'un train de prisonniers en provenance de Constance et débarqués en gare de Donaueschingen pour rejoindre le camp. Ils ont été abattus sur le quai, devant des civils pétrifiés. Motif invoqué : tentative d'évasion. Les cadavres ont été laissés sur place avec interdiction d'y toucher pendant vingt-quatre heures. En guise d'exemple et d'avertissement.

Il nous est demandé de vérifier ces faits et d'envisager une gestion moins problématique du camp et de ses résidents.

Metzer se gare devant le baraquement de commandement. La seule construction en dur, près d'un océan de tentes dans un piteux état. Nous croisons quelques détenus maigres et dépenaillés : tous baissent le regard. Un soldat leur hurle de déguerpir ; il arme sa mitraillette pour se faire comprendre. Metzer reconnaît son accent.

« Tiens, un Alsacien !

— Décidément, vous êtes partout !

— Et pas qu'ici : de nouveau en Alsace, aussi ! »

S'approche un commandant affable. Quarante ans, portant beau, des lunettes fines, une tenue impeccable sur laquelle on distingue la Légion d'honneur parmi de multiples décorations. C'est un officier de la Ire armée française, un soldat qui fut commandé par de Lattre.

« Messieurs, je vous attendais. Entrez, je vous prie. »

Nous pénétrons dans son bureau, spartiate, et prenons place dans un canapé défoncé. Il s'assoit sur un tabouret, face à nous. La pièce est parfaitement rangée. Le portrait officiel de De Gaulle ; sur une étagère, quelques souvenirs de la campagne d'Allemagne ; un grand drapeau tricolore posé contre un mur ; une armoire métallique ; un bureau encombré de dossiers. Et plus surprenant : une cinquantaine de photos d'identité militaires, piquées sur une planche de liège. L'officier anticipe ma question : « Mes camarades, tombés en Allemagne. »

Avec tact, je l'informe des faits qui motivent notre présence et lui pose quelques questions. Metzer note ses réponses sur un calepin. L'homme est calme et déterminé : il n'a rien à se reprocher, il exécute sa mission dans le respect des instructions qui lui sont données. Il justifie l'extrême discipline de son camp par la dangerosité des détenus : beaucoup de SS, de gestapistes et d'activistes nazis. Du gibier de potence qui ne manquera à personne.

Lorsque j'évoque les rumeurs d'exécution arbitraire de ses pensionnaires, le commandant se rembrunit. « Le camp accueille régulièrement de nouveaux prisonniers : des restes de la Wehrmacht qui transitent ici avant d'être répartis ailleurs, parfois aussi des types en attente de procès. Il faut bien que je leur trouve de la place ! Mon bazar n'est pas extensible à l'infini… Et je dois me débrouiller seul : à Fribourg, ils s'en moquent. »

Ce sous-entendu n'est pas un aveu mais un simple constat logique : dans un espace limité, on ne peut accumuler indéfiniment des stocks. Il faut donc libérer de la place – ce qui impose des arbitrages, dont il décide seul des modalités.

Alors que je lui demande de détailler ses méthodes, un sergent-chef entre dans la pièce, sans frapper. Il est en sueur, une mitraillette en bandoulière. Lorsqu'il nous aperçoit, il se fige. Le commandant le met à l'aise. « Vannier, je vous présente le colonel Valenton et le capitaine Metzer qui nous arrivent de Baden-Baden pour une visite de courtoisie. Que vouliez-vous me dire qui ne pouvait attendre ? »

Le sous-officier nous fixe, gêné. Puis il se tourne vers son commandant.

« La corvée de bois, commandant…

— Eh bien quoi : la corvée de bois ? » Son sous-officier hésitant à parler davantage, il lui tape chaleureusement sur l'épaule. « Poursuivez. Ces messieurs peuvent tout entendre : ils sont là pour ça.

— On vient de libérer soixante places, mon commandant.

— Parfait. Vous pouvez disposer. »

Lorsque le sous-officier a refermé la porte derrière lui, le commandant me jauge, bravache. Il sait que nous comprenons la signification morbide de cette escapade forestière sans retour.

« Cela vous pose un problème, colonel ?

— Mon avis personnel n'a aucun intérêt, commandant. Mais il est de mon devoir de vous informer que le gouvernement militaire jugerait urgent de faire évoluer vos méthodes. Aussi efficaces soient-elles pour faire face aux contraintes de place que vous rencontrez et qui sont incontestables… »

Je perçois son agacement. Il conserve un ton neutre mais son visage s'est crispé.

« Colonel, vous direz à Baden-Baden que nous faisons avec les moyens du bord et que leur leçon de morale est déplacée.

— Ce n'est pas un problème moral, commandant : c'est un impératif politique.

— Depuis quand l'armée s'occupe-t-elle de politique ?

— Depuis que le général de Gaulle le lui a demandé dans la ZOF.

— Je n'ai rien à me reprocher. Ma famille sert la France de longue date et quel que soit son gouvernement. Sauf lorsqu'il obéit aux Boches.

— C'est tout à votre honneur. Mais la politique actuelle, telle que le général de Gaulle l'entend dans le secteur, doit être désormais moins… heurtée. Cela pourrait nuire à nos intérêts.

— Je vois. » Il montre du doigt le tableau de liège. « Et eux ? Les Boches qui les ont tués, vous croyez qu'ils usaient de méthodes moins "heurtées", comme vous dites ? »

Metzer lève le nez de son calepin et s'adresse à l'officier, d'une voix inhabituellement douce :

« Mon commandant, votre famille a bien été victime de représailles pour faits de résistance à Angers ?

— En effet.

— Vos proches ont bien été déportés en Allemagne en février 1944, où ils ont disparu ? »

L'officier blêmit. Il ne s'attendait pas à ce rappel douloureux. Voilà un honnête homme confronté à sa part d'ombre.

« Quel rapport ? »

Je porte l'estocade à contrecœur : « Punir n'est pas se venger, commandant. »

Nous nous levons. Je pose la main sur l'épaule de l'officier. L'homme me fixe : derrière ses lunettes, ses yeux se sont embués.

Dans la Willys, le malaise s'est installé.

« "Punir n'est pas se venger" : mais où allez-vous chercher tout ça, colonel ?! Redescendez sur terre !

— C'est un simple rappel à l'ordre, Metzer. »

L'Alsacien hausse les épaules, dépité.

« Parfois, je hais mon boulot, colonel…

— Moi aussi, Metzer, mais il faut bien que quelqu'un le fasse.

— Si nous avions vécu ce que cet homme-là a enduré, nous aurions agi de la sorte.

— Vraisemblablement…

— À Baden, ils sont coupés des réalités !

— Ce ne sont pas les réalités qui importent : c'est l'avenir de la ZOF.

— Mouais… et à propos d'avenir, que risque cet officier ?

— Rien. Sa mutation loin d'Allemagne s'accompagnera d'une promotion de grade. Avec la solde en conséquence et les soucis en moins. C'est la meilleure manière de lui rendre service… »

L'Alsacien maugrée puis se tourne vers moi.

« Au fait, je serai absent demain : c'est l'enterrement de Martha.

— La femme de Belcher-Berger ?

— Oui.

— Ah, merde ! La maladie ?

— Non : le suicide. Elle ne supportait plus son tatouage. »

Deux jours plus tard, Metzer m'apprendra qu'à l'issue de la cérémonie, l'Allemand a été pris d'un accès de folie : il a abattu ses voisins et brûlé leur maison. Quand la gendarmerie est arrivée, il ne restait que des braises et des os calcinés.

Alors que je m'inquiète des suites à donner, l'Alsacien me rassure :

« Ni plainte ni enquête. Une poignée de Schleus en moins, ça ne défrisera personne, colonel.

— J'imagine bien. Et Belcher-Berger ?

— Il reste bourgmestre : on n'a rien à lui reprocher d'un point de vue administratif. Pour remplacer les bras manquants, on lui prête quelques prisonniers : des paysans de la Thuringe, des types de la Wehrmacht, pas des SS.

— C'est plus prudent.

— Et désormais, il supervisera la traque mais ne participera plus à la chasse. »

2

La fébrilité et la servilité persistantes des Allemands m'étonnent alors que l'occupation prend ses marques et qu'à l'improvisation nerveuse des débuts a succédé une organisation plus soucieuse d'efficacité et de sérénité. Plutôt que de rassurer les occupés, cette quiétude les taraude : serait-ce le calme avant la tempête ? À leur décharge, quelques légendes sont toujours colportées, tandis que le pays s'enfonce dans le froid et la faim. Mais après tout, pourquoi ne pas encourager ces peurs, gages de soumission et d'obéissance ?

Au sein des familles badoises, il se murmure que nos troupes coloniales seraient cachées en Forêt-Noire dans des bivouacs secrets, prêtes à déferler pour décimer les civils après leur avoir fait subir les pires horreurs. La propagande nazie a longtemps présenté ces hommes comme des sauvages qu'il fallait éliminer. Beaucoup d'entre eux furent assassinés par les Boches lorsque leurs unités se rendirent après la débâcle. Avant de les exécuter, les services cinématographiques de l'armée hitlérienne se faisaient un plaisir de les filmer en gros plan et d'accompagner leurs images d'allusions à la décadence raciale et morale de la France.

Des Noirs du Sénégal, de Haute-Volta ou du Dahomey, des Arabes d'Afrique du Nord, des Indochinois, des Tahitiens, des Kanaks et, pourquoi pas, quelques Hindous de Pondichéry. C'est d'autant plus ridicule que ces troupes coloniales ont été progressivement « blanchies » par l'intégration de FFI, pour des raisons d'efficacité : les soldats africains, orientaux ou ultramarins supportent mal la rigueur hivernale. Ils se seraient montrés moins performants au combat. Autant les remplacer par des Bourguignons, des Francs-Comtois, des Lorrains, des Alsaciens ou des Picards, mieux armés face au froid polaire de l'hiver dernier.

Pillages, viols, massacres, sacrifices rituels, orgies de stupre et de sang, sorcellerie, cannibalisme : l'imaginaire, fécond en ces périodes incertaines, nourrit pourtant la frayeur de l'occupé et l'encourage à se tenir tranquille. Comme absent de chez lui. Plus un seul Allemand ne se promène en forêt ou dans la nature. Et les autochtones respectent le couvre-feu au-delà du possible. Le soir, dans les rues de Baden-Baden, il est rare d'entendre parler allemand.

Une autre angoisse saisit la région : les Soviétiques auraient le projet d'exécuter autant d'Allemands qu'ils ont eu de morts. Quelques millions, donc. Les futurs sacrifiés seraient prélevés avec la complicité des Alliés, trop heureux de se débarrasser ainsi de prisonniers inutiles ou de civils indociles. Un crime silencieux puisque les seuls témoins en seraient les complices. Chaque Badois se pose la question cruelle : quand les Russes s'abattront-ils sur son foyer ? Alimentant cette hystérie macabre, des réfugiés fuyant l'occupation russe et s'échouant dans la ZOF témoignent d'atrocités hallucinantes.

Que croire ? Ce bobard que même les Soviétiques n'oseraient propager est problématique. Il est utile car, pour une fois, l'ogre insatiable ne serait pas français. Cela nous dédouane de nos propres excès. Et cela conforte dans leur choix les Allemands acceptant de se placer sous notre coupe, qu'ils considèrent comme une protection. Aussi mince soit-elle. Mais ce mythe est gênant : il provoque des paniques intempestives et encourage des exodes sur les routes déjà encombrées. Cela risque de perturber notre logistique.

Tous les talents des services de propagande tentent alors de rassurer les esprits affolés. Souffler le chaud et le froid sur les cendres encore chaudes du Reich est un art complexe. Il faut pondérer : ne pas nier le risque d'une punition foudroyant ce qu'il reste de l'Allemagne, sous notre regard absent ; mais le tempérer en insistant sur l'utilité de notre présence, les Français étant capables de négocier avec les Soviétiques l'ampleur de la correction. À condition que chaque Allemand se tienne à carreau dans la ZOF. Cela fonctionne : la phobie du bolchevisme vengeur rendrait presque francophiles les Badois, les Souabes et les Palatins. Les Boches font des efforts pour redevenir des Allemands.

***

Les Badois sont résistants au froid, moins aux pénuries. Sous le joug français, l'approvisionnement se complique avec l'entrée dans l'hiver : l'occupant mange beaucoup et il se sert sur place. Les Français ne voient rien à redire à ce bouleversement : il est temps de faire goûter aux Boches les plaisirs de la pénurie. Un juste retour de bâton. Dans les magasins comme chez l'habitant, les stocks fondent à vue d'œil. Le rationnement s'officialise. Son corollaire, le marché noir, bat aussitôt son plein. La loi militaire a beau être drastique, l'occupé trafique. Les chapardages sont quotidiens. Il faut bien vivre. Les autochtones testent le système D. D comme débrouille. Une spécialité française. Lorsque cela ne suffit pas, ils bradent les bijoux de famille et le superflu domestique. Mais le troc est rude et la peur d'être dénoncé ou détroussé encourage à la prudence.

Les Allemands apprennent à faire la queue devant les magasins, à batailler ferme avec un voisin dans la file d'attente ou à rentrer bredouilles des courses. Le B.A.-BA de toute occupation sensée. Néanmoins, dans les cabas, la pomme de terre n'a pas été remplacée par le rutabaga ou le topinambour : la situation n'est pas désespérée.

Il m'arrive d'observer les trocs improvisés, au coin des rues. Des échanges furtifs et inquiets. Des gestes rapides et des pas qui se pressent aussitôt achevée la transaction. Tout est à vendre. Même la vertu. La prostitution est un pis-aller.

Les femmes sont les premières victimes de cette situation. Elles dirigent seules leur foyer et se montrent des ménagères soucieuses d'alimenter leurs proches, coûte que coûte. Cela n'est pas sans risque : outre les arrestations, on dénombre beaucoup d'agressions. Parfois, un homicide rappelle aux audacieuses le danger du marché parallèle ou du sexe tarifé. Des bandes d'adolescents, orphelins ou exilés, sèment le trouble parmi les autochtones. Certains finissent mal : règlements de comptes, délations et traques furieuses de la police militaire déciment leurs rangs.

La dureté des temps révèle la dureté des gens : les Badois prennent en grippe les Allemands échoués dans leur contrée. Ces parias surnuméraires, manquant de tout, sont détestés : la concurrence des ventres est impitoyable. Parfois, la gendarmerie française calme des rixes entre Allemands. Un comble.

Un prélat catholique s'est officiellement plaint de ce chaos auprès des autorités. On lui a aussitôt remémoré son ancien grade de général SS à titre honorifique : hier un atout, aujourd'hui un handicap. L'homme de foi a baissé d'un ton. Puis nos services lui ont rappelé sa seule mission : convaincre ses prêtres de violer le secret de la confession pour livrer des informations sur leurs ouailles et permettre l'arrestation de paroissiens nazis trop bavards. Le paradis est à ce prix.

Le froid est un souci moins mal vécu que les privations. L'hiver qui s'annonce sera sévère mais les Badois sont équipés. On ressort les manteaux, parfois les fourrures, lorsqu'elles n'ont pas été vendues au marché noir. On s'économise. On rationalise. Le superflu n'existe plus. Se chauffer sera pourtant une gageure : le bois manque. À proximité de la Forêt-Noire, c'est rageant.

***

Au gré de mes pérégrinations dans Baden-Baden, je distingue les intrigues de cour de celles de chambre. Et j'y ajoute les intrigues de caniveau, logiques dans une ville d'eaux. Comme me l'a appris Metzer, les conspirations ne dépassent pas les mess, les clubs ou les cocktails. Elles ont pour enjeu la distribution des prébendes liées à cette affectation en pays de cocagne.

J'assiste chez beaucoup de mes compatriotes au passage de la vie humiliée et craintive à la vie somptuaire des parvenus, qui jouent aux aristocrates sans en connaître les codes et se rendent alors ridicules. Les chaussures cirées et les vêtements repassés par les Boches, le baisemain et les dîners avec personnel badois en livrée : on s'habitue à tout. Les mondanités sont les nouveaux faits d'armes. Rien d'autre que les plaisirs de tous ordres. Ou les agacements capricieux et égoïstes. On se défoule, on affabule, on pérore, on se pousse du col. Parfois, une beuverie trop sonore, un esclandre avec des autochtones indociles ou une liaison inopportune pimentent les conversations et nourrissent les gloussements. Tout sonne faux.

Dans les services administratifs, quelques fonctionnaires ont échappé aux purges de la Libération en bénéficiant d'un exil bienvenu : ils s'y recréent un anonymat à défaut d'une carrière. Ces anciens vichystes agacent leurs compatriotes, outrés par leur présence dans ce coin trop tranquille. D'autres les raillent en constatant qu'ils ont fui une ville d'eaux pour trouver refuge dans une cité thermale : ils les baptisent « les curistes ». Ces derniers cultivent une discrétion inquiète, en plongeant dans un océan de paperasserie qui les protège des tempêtes parisiennes et des vaguelettes badoises. Avec un peu de chance, ils obtiendront une affectation plus lointaine encore. L'Afrique ou l'Indochine ne serait pas pour leur déplaire. Le temps qu'on les oublie. Avec l'espoir, tout aussi lointain, de revenir enfin chez eux, dans cette France nouvelle qu'ils n'ont pas souhaitée mais qui pourrait, malgré tout, leur pardonner.

Les autochtones ne sont dupes de rien : ils dissimulent leur mépris sous un masque de politesse, des manières obséquieuses et des attitudes serviles. Beaucoup n'en sont pas moins détestables. La morgue teutonne n'est jamais loin. Elle apprend seulement à se faire plus discrète, le temps que les choses rentrent dans l'ordre et les Français, dans leur pays.

***

Je m'initie à l'idiome local avec un vieil Allemand recommandé par l'état-major et autorisé à enseigner sa langue aux occupants. Un privilège adoucissant la rigueur du rationnement et des interdits. Professeur d'université en retraite, le vieillard désargenté brade son savoir pour manger à sa faim. Ce précepteur, nostalgique de Guillaume II, m'accueille dans son appartement, niché dans une résidence coquette du sud de Baden-Baden. Cela sent la cire et l'absence : le vieil homme est soigneux et veuf. Le Badois m'apprend l'indispensable en me faisant déchiffrer la presse. Une méthode efficace.

Nos échanges sont l'occasion de percer davantage l'âme germanique, de discerner derrière des attitudes obséquieuses le fond de la pensée allemande. Dès qu'il évoque les contraintes subies depuis la capitulation – espérant voir sa situation améliorée sur intervention de son élève –, il n'omet jamais de les entourer de précautions oratoires, débitées sur un ton contrit : la culpabilité germanique, l'abomination nazie, la juste punition alliée. Un triptyque bien rodé. Entendu partout. Et dit par n'importe qui. Des regrets dont l'insincérité ne m'échappe pas. Ici, Français et Allemands maîtrisent, chacun à leur manière, la rhétorique et la duplicité.

À l'issue de ma première leçon, dans son salon encombré de bibelots, de livres et d'objets de curiosité, le vieux Badois me confie un dictionnaire franco-allemand, reçu lorsqu'il était lieutenant d'artillerie, en 1916, sur le front de Picardie. Il me conseille de le conserver. Sage conseil d'un ancien occupant à son successeur de l'autre camp, une guerre plus tard. Une passation inattendue. Mais un outil insuffisant pour déchiffrer entre les lignes cette mascarade humaine.

Les journaux sont réapparus. Le *Badisches Tagblatt*, qui, pendant douze ans, a encensé le régime nazi, ressort deux fois par semaine. Sur quatre pages, car le papier se fait rare. Des pages dûment censurées. L'encre bave des typographies débarrassées des caractères gothiques. Les nouvelles internationales illustrent l'ampleur du désastre nazi et la nature immonde de ses méfaits ; elles précisent la donne d'un monde nouveau et les conditions imposées à une Allemagne dépecée. Figurent les lois, décrets, ordonnances et arrêtés publiés par les autorités d'occupation. Il s'agit que les autochtones s'imprègnent des nouvelles règles du jeu et ne puissent prétendre les méconnaître. Les sanctions font l'objet de barèmes détaillés. On est tatillon. La dernière page est la plus lue : c'est celle des petites annonces, auxquelles s'adressent, d'un côté, une population ruinée, prête à vendre ou échanger n'importe quoi pour survivre, se nourrir, se chauffer ; et de l'autre, les Français qui organisent un troc profitable, ne souffrant guère de négociation. Tout ce qui ne se trouve pas dans les coopératives militaires se déniche chez l'habitant.

Et puisque l'Allemagne paie, la France peut enfin se montrer économe. Tout ce qui n'a pas d'ores et déjà été réquisitionné se vend à vil prix : fourrures, bijoux, tableaux, mobilier, appareils photo, linge de maison, vêtements, armes de chasse, chaussures et parfums… L'occupé manque de tout, l'occupant achète tout. Puisqu'il veut vivre au-dessus de ses moyens, persuadé qu'il a un rang à tenir, il recrute : « Famille française cherche bonne très propre pour cuisine et ménage.

Logement et nourriture assurés. Références exigées. Maîtrise du français appréciée. »

Autre témoignage d'une douceur de vivre déconnectée des réalités : les courses hippiques bénéficient d'encadrés avantageux. L'hippodrome de Baden-Baden connaît une affluence sans précédent. Les clameurs saluent les galops des pur-sang : Gazogène premier, devant Maquisard et Tonkin. Les Français peuplent les tribunes, les Allemands nettoient les écuries, les Alliés parient. Le tiercé gagnant ?

Je m'amuse de la présence des nombreuses missions alliées : Yougoslaves, Tchécoslovaques, Polonais, Belges, Hollandais, Anglais, Américains, Soviétiques, Luxembourgeois, Grecs, et même quelques Chinois. Il n'est pas rare de voir, dans les salons illuminés du Kurhaus et au milieu des robes de soirée et des smokings, des officiers étrangers aux tuniques chamarrées, constellées de décorations. Le jeu consiste à déterminer leur nationalité, ce que même les plus éminents spécialistes de la chose militaire et diplomatique sont bien en peine de faire. L'essentiel est que tout cela brille et resplendisse.

***

Je bois une grande chope de bière blonde à la terrasse d'un café proche du Brenner. J'en profite pour lire quelques notes transmises par différents services du gouvernement militaire. Et je pars d'un éclat de rire qui fait se retourner vers moi la table voisine.

Je viens de parcourir le barème d'attribution du personnel domestique aux huiles dotées d'un logement de fonction : pour le général Kœnig, vingt-cinq serviteurs à Baden-Baden, dix-huit à Berlin et vingt-cinq pour ses résidences secondaires dans la ZOF. D'autres privilégiés ne sont pas oubliés : cinq loufiats pour un conseiller politique, quatre pour un chef de service, trois pour un conseiller d'ambassade, deux pour un chef de cabinet ou un aumônier militaire. Du prestige pour l'occupant et du travail pour l'occupé. Un juste partage des charges. Je me remémore le personnel au service de la comtesse, et indirectement au mien : dix personnes. Joli classement. Juste derrière Kœnig. Merci, Garnier.

***

Il est vingt et une heures, ce 30 septembre, lorsque je sors fumer une cigarette sous la lune. Un bruit s'échappe de l'annexe où sont entreposés l'essence et les armements. La porte est entrouverte.

Je prends une lampe torche, saisis mon Lüger et pénètre à l'intérieur. On n'y voit goutte. Mais je perçois un mouvement. Je projette le faisceau de ma lampe vers les grandes hottes d'osier : derrière l'une d'entre elles, je devine une silhouette ramassée, se dissimulant maladroitement. Je m'en approche.

« Sortez de là !

— *Nicht schießen, nicht schießen !* »

Je m'attends à voir se déplier un Boche, et je découvre un enfant qui m'implore en levant les bras en l'air. Cinq ou six ans, fluet, tondu. Encapuchonné dans une pèlerine bleu nuit, il porte un bermuda trop grand pour lui. À ses pieds, des chaussons.

« Mais qu'est-ce que tu fais là ?

— *Nicht schießen, nicht schießen !* »

Tandis que je m'apprête à le relever, surgissent, précédés des faisceaux de leurs torches, le vieux garde suivi d'une femme arborant une coiffe de la

Croix-Rouge. D'autorité, elle s'approche de l'enfant qui demeure prostré.

« Ah, te voilà ! Tu nous en fais des misères…

— Qui est ce gosse ? »

La femme, énergique et sûre de son fait, relève le petit et me fixe, en détaillant ma tenue et en apercevant mon arme. Je m'empresse de la glisser sous ma vareuse.

« Un petit de notre colonie.

— Quelle colonie ?

— Celle de la Croix-Rouge. La propriétaire nous accueille quelques jours.

— Première nouvelle…

— Oui. L'une de ses amies dirige cette opération. Nous rapatrions des enfants français trouvés seuls dans les camps.

— Mais ce gamin parle allemand et il est terrifié…

— Ceux qui le gardaient n'aboyaient qu'en schleu. Et votre uniforme lui rappelle ses bourreaux. Voilà pourquoi il parle boche. Et voilà pourquoi vous lui faites peur… »

Le vieil Allemand tire une bouffée de sa pipe, en formant des volutes de fumée rondes avec sa bouche, dans le faisceau de sa lampe torche, pour faire sourire l'enfant. Le gamin se serre davantage contre la femme.

Clarisse Maesmeeker est infirmière en chef de la Croix-Rouge. C'est une trentenaire wallonne, blonde et athlétique, en mission en Allemagne depuis la capitulation : elle sillonne le chaos pour prendre en charge ces enfants et les rapatrier en France. Ses « petits rescapés », comme elle les nomme, font une pause réparatrice, le temps de se requinquer un peu. Pendant cette halte bienvenue, la Croix-Rouge tentera de retrouver leurs parents, s'ils en ont toujours. Ou un orphelinat, si des places se libèrent.

« Pour eux, la vie démarre mal. Mais elle aurait aussi pu être plus courte. Dans l'horreur, il y a des paliers… »

Je regarde l'enfant, prostré, qui ne lâche pas son jupon. Puis, dépassé par une fulgurance insoupçonnable, je fouille nerveusement ma vareuse et sors une photo de mon portefeuille. Sans plus réfléchir, je la montre à l'enfant en la lui collant nerveusement sous le nez.

« Regarde. Le petit, là, tout blond, tu l'as déjà vu ? Il s'appelle Victor, ça te dit quelque chose ? Regarde bien… »

L'enfant se met à hurler de terreur. La Belge se rue vers moi.

« À quoi jouez-vous ?! Vous avez perdu la tête ?! »

Elle me prend la photo des mains. Je prends conscience de ma stupidité coupable. Une bouffée délirante ? Depuis peu, mon désarroi surgit sans s'annoncer. Le désespoir et la culpabilité se répondent alors et brouillent toute raison.

« Je suis désolé ! Je ne sais pas ce qui m'a pris…

— Bon sang, ce petit est assez traumatisé comme ça, colonel ! »

Je me penche vers l'enfant pour le consoler. Il s'écarte, porte ses bras en protection de son visage, dans un hurlement de terreur : « *Nicht schießen, nicht schießen !* »

La femme le serre plus fort contre elle. « *Nein, Nicolas, nicht schießen !* Calme-toi… Éloignez-vous, vous l'effrayez !

— Pardon, petit, pardon… »

Je recule, dépassé par mon comportement. Elle lui caresse la tête et me rend la photo après l'avoir regardée.

« Comment voulez-vous qu'il se souvienne ? Son cerveau peine à différencier la réalité du cauchemar. Ses blessures sont intérieures, mais elles n'en sont pas moins profondes.

— Bon Dieu, je suis désolé.

— N'en parlons plus. Le petit sur la photo, c'est votre fils ?

— Non, pire que ça. »

Arrive la comtesse, essoufflée.

« Que se passe-t-il ? »

La Belge la rassure avec autorité.

« Ce n'est rien, Madame : nous avons retrouvé l'enfant qui manquait à l'appel. Il s'était caché ici…

— Mais pourquoi ? J'ai donné des instructions pour qu'ils soient tous confortablement installés et qu'ils ne manquent de rien ! Mes gens sont à votre entière disposition…

— Il est victime de terreurs nocturnes. C'est notre gosse le plus difficile, l'un des plus cabossés… »

L'Allemande s'agenouille pour faire face à l'enfant, qui tourne la tête et tremble nerveusement. Elle caresse sa joue. Il repousse sa main.

« Comment se nomme-t-il ?

— Nicolas. Pour l'instant.

— Pour l'instant ?!

— Oui, c'est le prénom que nous lui avons choisi. Il ne parle à personne. Sauf pour hurler sa peur en allemand ou crier “je veux ma maman” en français. Tout ça n'aide pas à connaître son identité, encore moins à retrouver sa famille… Il est français, c'est tout ce qu'on sait pour l'instant. »

L'infirmière baisse d'un ton.

« D'ailleurs, nous ne savons même pas s'il lui reste de la famille.

— Et si vous ne la retrouviez pas ?

— Dans ce cas, il deviendrait pupille de la Nation. Mais on n'en est pas là. Il faut rester un tantinet optimiste. » À la question de l'Allemande, elle relève la manche gauche de la pèlerine : l'avant-bras de l'enfant révèle un numéro tatoué. « Avec ça, on pourra peut-être l'identifier. »

Elle caresse la tête du petit bonhomme. « Allez, viens avec moi, Nicolas, on va aller faire un gros dodo ! *Komm…* »

L'enfant hésite puis lui donne la main. Ils quittent les lieux, le vieil Allemand les précédant avec sa torche pour leur ouvrir le chemin vers le manoir.

« Vous avez des enfants ? »

Je suis surpris par la question de la comtesse. J'esquive en catastrophe.

« Pas à ma connaissance…

— On apprend beaucoup d'eux. Et réciproquement.

— Celui-là est déjà adulte : il sait à quoi s'en tenir.

— Vous voulez dire qu'il sait déjà que l'homme est un loup pour l'homme ?

— Oui. Et il se souviendra longtemps de ses morsures… »

L'Allemande part sans un mot, me laissant seul, plongé dans mes pensées.

Je ressors la photo de ma veste. Sous la lampe torche, je scrute le visage heureux de ma sœur, tenant son fils dans ses bras. Je la retourne : 16 juillet 1939. Date du premier anniversaire de mon neveu. Une famille hier, un vide aujourd'hui.

Comment le gamin aurait-il pu reconnaître Victor ? Sur le cliché, c'est encore un bébé blond. Six ans ont passé depuis. Une éternité. Ou un long enfer.

Conserver cette photo est une douleur plus qu'un souvenir. À quoi bon ? Je prends mon Zippo et porte sa flamme sur le cliché. J'écrase les cendres sur le sol. Ces sourires, je ne les mérite plus.

***

« Un bon Boche est un Boche mort. Et s'il meurt à notre place et pour la bonne cause, c'est encore mieux !
— Vous avez raison, capitaine.
— Ces Schleus sont une aubaine : nos effectifs sont décimés. Pouvez-vous l'admettre, colonel ?
— Plus que vous ne semblez le penser. Mais nous marchons sur des œufs et vous devez en tenir compte, voilà tout… »

Le capitaine tape du poing sur son bureau en éructant. Long comme un jour sans pain, sec comme un coup de trique, ce trentenaire blond aux yeux trop clairs n'apprécie guère que le Renseignement mette son nez dans les affaires de son corps d'élite. Excédé par mes questions, les supposant préjudiciables à la réputation et à l'exemplarité de la Légion étrangère, il fige son regard dans le mien. L'homme est sincère jusque dans son emportement : il défend avec ses tripes ce qu'il considère comme sa famille. Et sa famille a besoin de sang neuf pour poursuivre le combat là où la France l'appelle.

Pour autant, je dois expertiser ce recyclage d'Allemands « bons pour le service » : le risque est grand de transformer cette intention louable en un fiasco politique. Le genre de bourde que de Gaulle ne supporterait pas. Deux écueils s'annoncent, que semble ignorer mon interlocuteur courroucé. Si cela fuite, les Alliés profiteront de l'aubaine pour contrarier nos intérêts et restreindre notre liberté d'action. Au passage, ils nous adresseront une leçon de morale : tout ce qui peut nuire à la France est une bénédiction pour nos amis d'aujourd'hui, qui seront nos concurrents demain. Ce recrutement entouré de mystère peut leur servir de cheval de Troie. De même faut-il se prémunir des réactions de l'opinion allemande qui s'alarme de ces enrôlements impromptus, compte tenu de l'engouement massif des candidats à l'oubli. Comment expliquer que, pour extirper le militarisme teuton, on expédie des Allemands au combat ? Et pour le compte de la France, par-dessus le marché. Pour les vaincus, c'est le salut par la fuite ; pour les vainqueurs, le pardon par le sacrifice. Une « dénazification » difficile à défendre.

Je rappelle à l'officier légionnaire la teneur d'une note du gouvernement militaire, en date du 29 septembre ; elle concerne la création de l'organisme qui remplace les sites de recrutement clandestins ouverts dans la ZOF : le Centre de Kehl. Celui-là même où il me reçoit.

> Il est interdit d'installer en territoire étranger des organismes de recrutement de la Légion. Toutefois, Kehl étant rattachée à la dixième région, un Centre de transit et de criblage y est créé, en accord avec le ministère de la Guerre. *Toutes les précautions seront prises pour camoufler ces activités.*

J'insiste sur ce dernier point. Le capitaine me fait un topo de la situation : l'urgence valide ses initiatives.

Depuis 1940, le nombre d'engagements s'est effondré. La Légion est principalement constituée d'anciens républicains espagnols, d'Allemands antinazis, d'Italiens antifascistes et de réfugiés politiques d'Europe centrale. Des guerriers motivés. Mais après les campagnes de

France et d'Allemagne, les effectifs ont fondu : dix mille morts. Une hécatombe.

« Nos troupes sont exsangues. Il faut les renforcer. On nous attend pour d'autres barouds.

— Je le sais.

— Ces Boches-là savent déjà se battre. Il suffit qu'ils changent de vareuses et d'adversaires… Croyez-moi : on sait les dresser !

— Le souci, c'est la discrétion de ces incorporations ! Rien ne doit filtrer. »

Le capitaine l'admet volontiers : nombre d'Allemands échangent leur statut de prisonniers contre un voyage loin des lieux où ils ont sévi.

« Les candidats viennent de toute l'Allemagne. Certains se transforment en rabatteurs. »

L'idée n'est pas idiote : qui de mieux qu'un nazi pour convaincre un autre nazi d'aller se faire tuer pour un nouvel employeur ?

On est peu regardant sur l'âge et le pedigree du futur képi blanc. Mineurs, chômeurs et déracinés sont les bienvenus. Cela fait énormément de monde. La sélection est cruelle.

« Seuls les plus fiables sont gardés.

— Et les autres ?

— Dehors à coups de pied au cul. La Légion n'est pas l'Armée du Salut. Quelques-uns claquent durant les tests. On peut se le permettre : les candidats affluent !

— C'est bien le souci…

— Comment cela, colonel ?

— Il serait judicieux de réduire le flux.

— Déjà ?

— Déjà. Paris est formel. »

Le capitaine défend sa cause en vantant l'efficacité de ses méthodes d'exfiltration puis d'incorporation. Destination : les camps de la Légion étrangère.

Première halte : Strasbourg ou Metz. Ensuite Marseille. Puis l'Afrique du Nord. Et de là-bas, un viatique pour l'Indochine. L'officier me détaille l'encadrement.

« Beaucoup de nos sous-officiers sont alsaciens ou mosellans : ils parlent leur langue et les Schleus les craignent. Avec eux, les tests sont un enfer.

— Ça ne me choque pas une seconde...

— Et l'examen d'aptitude à vivre dans les pays chauds n'est pas non plus piqué des hannetons : on les vaccine contre les maladies tropicales, en leur injectant des doses de cheval.

— Prêts pour le casse-pipe...

— Et silence dans les rangs. »

La Légion leur offre la possibilité de mourir plus tard que prévu. Ou d'échapper à une existence de paria.

« Qui refuserait une seconde chance, colonel ?

— Mais la Légion ne doit pas se transformer en filière d'évasion !

— S'engager chez nous, c'est comme s'évader pour rejoindre la mort : un aller simple.

— Il n'empêche. Et officieusement, ces recrues ne doivent pas représenter plus de cinq pour cent de vos effectifs.

— Impossible ! On frise les vingt pour cent...

— Je le sais. Raison de plus pour cultiver une discrétion de sioux ! »

Quant à savoir comment l'amalgame va prendre entre ces recrues et les légionnaires jusqu'alors chargés de les combattre, c'est une question que l'officier balaie d'un revers de main : « Les contrats courent jusqu'à la tombe : leurs chefs ne feront pas de détail en cas de désobéissance. C'est marche ou crève avec une baïonnette dans le dos. De toute façon, il y a peu de chances qu'ils reviennent : on les envoie en première ligne face aux niakoués.

— Et cela nous arrange, je suis d'accord. Tant que tout cela reste discret…

— J'ai bien compris, colonel. »

La rédemption par le sacrifice est une vieille recette qui satisfait tout le monde, gagnants pressés et perdants déboussolés.

Pressentant que notre rendez-vous s'achève et satisfait de la tournure pacifiée qu'il a prise, le légionnaire sort d'un tiroir de son bureau une bouteille de whisky et deux petits verres. Il les remplit et m'invite à trinquer. Je tempère son ardeur en sortant d'un maroquin un dossier que je dépose sur son bureau.

« J'aimerais également vous montrer ceci… »

Il repose son verre et s'en saisit. Sur des dizaines de pages sont listés des noms et des prénoms, des dates et des lieux de naissance, des grades dans la SS. Le tout s'accompagne de photos d'identité récupérées dans les archives nazies.

« De qui s'agit-il ?

— De types à intercepter s'ils voulaient s'engager chez vous. »

Il se penche sur le listing et dodeline de la tête, tandis que son index suit les lignes du document pour n'en omettre aucune.

« Uniquement des Schleus ?

— Essentiellement, hormis quelques pièces rapportées. Et tous de la Das Reich. »

Le légionnaire se raidit.

« La division blindée SS ?!

— Celle-là même… Nous aimerions récupérer quelques spécimens.

— C'est un ramassis d'ordures ! Ils n'auraient pas leur place chez nous !

— J'insiste, capitaine. Soyez très vigilant. »

Il se replonge dans les listes, en tournant lentement les pages. Embêté. Nerveux.

« Bien… Je fais le nécessaire. »

Il prend son téléphone.

« Sergent, un dossier à diffuser aux recruteurs. C'est urgent…

— Et confidentiel… »

Je préfère insister. Il acquiesce tout en répétant mes mots.

« Et c'est confidentiel ! »

À peine a-t-il raccroché qu'un sous-officier pénètre dans le bureau. Il me salue, s'empare du dossier que lui tend son chef puis disparaît. Sa tête me dit quelque chose.

Le capitaine connaît l'épineux dossier de la Das Reich, cette division qui a commis les pires atrocités en France durant son repli du sud à l'est du pays. Chacune de ses haltes était un chemin de croix pour les populations. Un parcours sanguinaire, de Nîmes à Oradour-sur-Glane en passant par Tulle. Des unités féroces, constituées de malgré-nous alsaciens et, surtout, de Badois. Ce qu'il prétend ignorer.

« Capitaine, beaucoup sont rentrés dans leur famille : ils ont été relâchés par les Américains qui les jugeaient trop jeunes pour être internés.

— Ils auraient mieux fait de les estourbir.

— Mais ils ne l'ont pas fait. Les SS sont donc retournés à leurs labours comme si de rien n'était. Dans le coin. Depuis, des rumeurs prétendent que nous nous vengeons. »

Bruisse la loi d'Oradour, une loi du Talion, dont la bourgade thermale de Freudenstadt, en Forêt-Noire, aurait été la première des victimes. C'était en avril, lors de l'assaut du général de Castries, un militaire que le légionnaire apprécie.

« Un sacré bagarreur ! La Légion lui a parfois prêté main-forte.

— Castries est indiscutablement efficace… peut-être même trop, aux yeux de certains.

— Ceux qui le critiquent sont des salauds : nous combattions le diable et il n'était pas disposé à nous faire de cadeaux ! Tous les coups étaient permis. »

Le fait est. Frappes d'artillerie, bombardements à basse altitude, combats violents à la suite du refus de reddition de la garnison, incendies, destruction des habitations, fuite éperdue des civils. Il s'est raconté que les Français vengeaient leurs villes martyres traversées par la Das Reich et ses Badois. Cette punition serait la première d'une longue liste de représailles, dont on ignore les prochaines cibles. Ce qui rend les populations fébriles, encore aujourd'hui.

« La ville a brûlé, d'accord. Mais pas ses habitants.

— C'est un progrès, capitaine !

— Mais dire que c'était pour venger Oradour, quel baratin dégueulasse…

— Cette rumeur est infondée, je suis d'accord. Mais elle est tenace.

— En revanche, Oradour, ce n'est pas une rumeur.

— Exact, c'est un crime de guerre. Voilà justement pourquoi nous recherchons des SS de cette unité.

— Et que comptez-vous faire de ces salauds ?

— La France aimerait les juger.

— On peut s'en charger…

— Merci, capitaine. Mais les ordres sont formels : Paris les veut vivants. Pour les livrer à la Justice.

— Comme vous préférez… »

Nous trinquons. Son whisky est excellent.

« À la vôtre, colonel. »

Il me salue. La poignée est virile, signe que les choses sont bien claires entre nous.

Alors que je quitte le bureau, je me rappelle enfin où j'ai croisé son subordonné : en Forêt-Noire, juché sur un camion, une mitraillette à la main, surveillant une partie de chasse à l'homme. Je me tourne vers l'officier de la Légion.

« À tout hasard, auriez-vous entendu parler des baobabs de la Forêt-Noire ? »

Je le sens tiquer. Mentir est un métier. Et ce n'est pas le sien.

« Des baobabs ? Sous cette latitude ? Ils doivent être coriaces !

— Ou dissimulés sous les conifères…

— La nature est imprévisible…

— Surtout la nature humaine. »

Il est temps de rentrer à Baden-Baden. Et d'espérer des miracles.

***

Occupation et délation vont de pair. Les Allemands nous écrivent beaucoup pour dénoncer leurs voisins ou leurs ennemis. Parfois des membres de leur famille. Non pour se racheter une conduite mais pour se débarrasser d'un proche encombrant. Pour apparaître, auprès de l'occupant, moins nazis qu'ils ne le sont.

Collaboration et pardon semblent, eux, incompatibles.

Je prends la Traction Avant et passe chercher Metzer devant le Brenner. Le froid s'est abattu d'un coup sur l'Allemagne. Les Jeep sont moins à la mode. Direction Donaueschingen.

« Le colonel du secteur est emmerdé : c'est un frileux qui craint la bourde. Il préfère se défausser sur nous. » L'Alsacien m'explique le topo. L'officier a reçu la visite d'un capitaine parisien disposant d'un ordre de mission particulier : lister les Français décédés dans le secteur avant la capitulation.

« Des bruits ont circulé : le type fouinait partout. Et il s'intéressait surtout à un tout autre sujet…

— Lequel ?

— Les Français présents dans la zone. Exclusivement les civils. Pas impossible qu'il piste quelqu'un. Pourquoi ? Aucune idée. Mais il a peut-être commis une bourde…

— Poursuivez, vous m'intéressez.

— Le colonel a tiqué sur la collection impressionnante de médailles arborée par le capitaine. Surtout l'une d'entre elles : compagnon de la Libération.

— Et il ne l'est pas ?

— On a fait vérifier à Paris. C'est pour cela qu'on va sur place : pour leur donner les résultats. Qui sont dans cette enveloppe reçue hier. Suspense ! »

Il extrait de la poche extérieure de sa vareuse une enveloppe qu'il décachette. Il en sort un premier document issu du cabinet de De Gaulle. Affaire sensible. Traitée par la garde rapprochée du chef du Gouvernement. L'Alsacien émet un sifflement admiratif.

« C'est non : le gus n'est pas compagnon de la Libération. Ni capitaine. Voilà qui devient passionnant… »

Metzer se transfigure aussitôt en chasseur bientôt proche de sa proie : son cou se raidit, son rictus se fige. Il est déjà prêt. Il sort un second papier : le pedigree de l'affabulateur. Fourni par les Renseignements généraux. L'Alsacien est estomaqué : « Ce salaud a bossé pour la Gestapo et bousillé des maquisards. Un Breton du Bezen Perrot, vendu aux Schleus. Ensuite, il s'est enfui chez eux, le temps qu'on l'oublie. Et quand il est rentré à Paris en septembre 1944, il a fait gober ses bobards aux FFI. Comme il leur était impossible de vérifier, ils l'ont même nommé capitaine : un baratineur d'exception, notre client !

— Quels cons ! Et que fait-on du gus ?

— C'est précisé sur la fiche, colonel : À ÉLIMINER. »

Dans une pièce nue, le type campe sur ses positions : tout cela est un immense malentendu. Il hausse le ton, menaçant d'avertir d'hypothétiques contacts parisiens. Inutile d'insister : on ne tirera rien de ce salaud.

Je rejoins l'Alsacien dans le bureau voisin. Metzer me tend son pistolet : « À vous l'honneur. » Mon acolyte croit bon de me donner un ultime conseil : « Ne croisez pas son regard. Et ne tergiversez pas. »

Je pénètre dans la pièce, fonce vers l'homme fumant une cigarette, les mains menottées. Je colle le canon de l'arme contre son crâne. Et je tire. Le type s'affaisse, une rigole sanguine coule derrière son oreille et s'élargit sur le col de sa vareuse. Le mégot tombe au sol, encore allumé.

Je restitue l'arme à l'Alsacien. Nous n'échangeons pas un mot.

J'ai tué un homme. Pas même un Boche, juste une ordure. Cela suffira-t-il aux yeux de Metzer ? Bizutage réussi ? La mort se joue de mon existence. Tout me ramène à elle : la disparition de mes proches comme sa banalité dans l'exercice de mes missions.

Le colonel du secteur, lui, a retrouvé la sérénité : un problème de moins, et peut-être de futures étoiles à son képi pour saluer sa perspicacité. Il nous remercie chaleureusement de ce dénouement rapide. Deux caisses de Johnnie Walker atterrissent sur la banquette arrière de l'auto. Un plein comme un autre.

V comme victoire. Ou visite.

1

Mercredi 3 octobre. Baden-Baden

Il est quatre heures du matin lorsque retentissent deux coups de klaxon. J'ajuste ma cravate, achève ma tasse de café, glisse le Lüger dans la ceinture de mon costume et sors du pavillon avec un baluchon. Un froid de canard m'oblige à rehausser le col de ma veste tandis que j'aperçois Metzer au volant d'une Hotchkiss 617. Un monstre d'élégance. Sellerie en cuir fauve, parements en acajou. Rien ne manque. Pas même l'essence. Car ce bolide doit consommer avec gourmandise. D'où la présence de jerricanes sur les sièges arrière.

« Mais qu'est-ce donc que cette limousine ?

— Un emprunt.

— Vous voulez dire : une réquisition ? »

Je sais Metzer rétif au strict respect du cadre légal de ses interventions. J'imagine que le propriétaire de la Hotchkiss n'a pas eu son mot à dire : l'Alsacien sait se montrer ferme et convaincant.

« Trois jours d'excursion dans les deux bonnets du soutif, ça mérite un peu de confort, non ? »

La voiture démarre dans un crissement de pneus destiné à me réveiller tout à fait. Direction Sarrebruck. À cent soixante kilomètres.

Sarrebruck

Huit heures du matin. Il fait jour lorsque le train en provenance de Paris entre en gare de Sarrebruck, décorée de drapeaux tricolores et de banderoles. La capitale du bassin houiller de la Sarre, occupée par les Américains en avril, a été remise à la France début juillet.

Sur le quai, un détachement militaire, en grande tenue et au garde-à-vous, attend que le train s'immobilise. Les portes s'ouvrent, les ordres fusent : « Présentez armes ! »

Le général de Gaulle salue la foule les deux bras levés. Ce fameux grand V dont les Britanniques se gaussent de longue date : « Churchill, lui, réalise cet exploit avec deux doigts : la taille du V est inversement proportionnelle à celle de la participation à la victoire. » Le chef de l'État mène son voyage officiel au pas de charge. Il a quitté Paris en pleine campagne électorale. Dans trois semaines se déroulent les premières législatives de l'après-guerre.

Tout bouge donc. Même de Gaulle.

« Reposez… armes ! »

Plusieurs ministres l'accompagnent, ainsi que le nouveau chef des armées, de Lattre de Tassigny. L'ancien locataire de la ZOF. Le roi Jean, de retour en son royaume. Mais sous la tutelle ombrageuse de son mentor. Pas de croisière pharaonique sur le Rhin, ni de soirées somptuaires, cette fois-ci. Le général Kœnig, Émile Laffon – l'administrateur général de la ZOF – et l'ensemble des dignitaires ont fait le déplacement pour accueillir tout ce beau monde. La liesse est également au rendez-vous. Convoquée au même titre que les huiles occupantes.

Metzer scrute chaque visage, observe chaque mouvement. Il se glisse au milieu des civils et des militaires sans jamais me perdre de vue. Je reste persuadé que rien de fâcheux ne se produira : nul n'a intérêt à ce que cette visite dégénère. Et certainement pas les Allemands.

Sur les murs, aux vitrines des boutiques et dans les lieux publics, des affiches bilingues détaillent les modalités à suivre pour que chacun exprime sa joie à la vue du général de Gaulle. Gendarmes et soldats sont armés jusqu'aux dents. Des mesures préventives ont été prises pour écarter les gêneurs. Prisons et camps de détention débordent. Civils et militaires s'y mélangent. Comme dans la foule le long du parcours officiel. Il n'y a donc rien à craindre. C'est aussi l'état d'esprit du chef de l'État. Il est détendu, souriant, parfois même touché par cet accueil, oscillant entre curiosité et enthousiasme.

Je me suis placé à cinq mètres devant lui, précédant son service d'ordre. Je me faufile le long des badauds retenus par un impressionnant cordon de sécurité. Le brouhaha est intense. Une marée de petits drapeaux tricolores s'agite à son passage. Des parents portent leurs enfants sur les épaules afin de leur permettre de suivre la procession.

Tandis qu'il s'apprête à rejoindre les véhicules officiels, l'homme de Londres fait soudain un crochet pour s'approcher de moi. Il me sourit et me tape sur l'épaule : « Alors, Valenton, ces congés ? » Sans attendre ma réponse, il rejoint le cortège, me laissant pantois.

Metzer qui m'a rejoint émet un sifflement admiratif : « Vous connaissez du beau monde ! »

De Paris, l'équipe de Garnier nous a briefés. Pour préparer le terrain, les télex ont longuement crépité.

Le général Kœnig, Émile Laffon et leurs collègues redoutent cette confrontation avec le chef de la France. D'autant qu'elle prend la tournure d'une visite d'inspection : l'anarchie qui règne dans la ZOF a provoqué, la semaine précédente, un débat houleux au Conseil des ministres. De Gaulle veut que Baden-Baden applique scrupuleusement les directives de Paris : la ZOF est une zone d'occupation, pas une colonie de vacances ! Il exige aussi des Allemands qu'ils se tournent vers la France pour préparer l'avenir : sa conception des territoires jouxtant la France implique la division durable de l'Allemagne.

Visites des lieux et rencontres avec les civils, défilés militaires et revues de troupes, remises de décorations, réceptions officielles et réunions de travail : tout est minuté, tout est codifié. Seule exigence inédite : de Gaulle tient à rencontrer le plus d'Allemands possible. Au protocole de faire le nécessaire. Et aux huiles de la ZOF d'encaisser cette entorse à la bienséance.

À l'hôtel de ville de Sarrebruck, où il reçoit la pléthorique colonie française ainsi que les élus municipaux allemands, c'est à ces derniers que de Gaulle s'adresse avec insistance : « Nous sommes à vos côtés. Le gouvernement français est prêt à vous aider. » Dans l'assistance, je croise quelques regards étonnés et surprends des chuchotements courroucés : pourquoi une telle empathie ? Ne serait-il pas plus sage de *se servir* avant de *servir* ? Si de Gaulle veut palabrer avec les indigènes, c'est son affaire. Tant qu'il ne marche pas sur les plates-bandes des nouveaux occupants qui se pensaient à l'abri des privations et du chambardement français. On s'habitue vite à l'indolence, de ce côté du Rhin.

Il est temps de reprendre la route afin de garder une avance raisonnable sur le périple du chef de l'État.

Tandis que Metzer pilote la berline, je consulte le programme, pour indiquer à mon acolyte les haltes qu'il nous faut faire afin de vérifier certains points de sécurité.

À Trèves, qu'occupe le 2e régiment de zouaves, des milliers d'écoliers s'apprêtent à applaudir de Gaulle sur son passage. Un immense drapeau tricolore flotte déjà sur la Porta Nigra. Metzer n'est pas surpris par ce décorum.

« Dans ce coin, la sympathie pour la France est instinctive : les Mosellans n'ont jamais aimé les nazis.

— Moins que les Sarrois, j'ai l'impression.

— Mais plus que les Alsaciens. »

La vieille rivalité entre Alsaciens et Mosellans surgit dans les propos de Metzer.

Il est ensuite prévu qu'à la nuit tombante le cortège pénètre dans Coblence, aux trois quarts détruite. Des projecteurs seront allumés pour permettre aux voitures de longer la haie de soldats qui présenteront les honneurs. Très peu de civils aux balcons, ceux-ci étant réduits à l'état de gravats. Mais beaucoup de monde sur les trottoirs défoncés.

Disposant des copies des discours, je peux d'ores et déjà savoir ce que de Gaulle annoncera à l'hôtel de ville : « Le monde change et désormais il y a toutes les raisons pour que vous soyez plus près que loin de nous. »

Plus près, d'accord, mais pas trop près non plus ! Le fait est qu'on les côtoie quotidiennement. Mais chez eux. En France, cette coexistence espérée relève de la fable : aucun Français n'a envie de croiser un Allemand. Même en civil. Mais c'est le propre de De Gaulle d'imaginer l'impossible.

Je m'arrête sur une phrase énigmatique : « La France n'est pas ici pour prendre, elle est ici pour faire renaître. » L'ambiguïté n'est pas mince : nous réquisitionnons tout ce qui est possible de l'être, nous nourrissons un personnel considérable sur les ressources de la ZOF qui ne se suffit pourtant pas à elle-même. Et ce comportement devrait être envisagé par les Allemands comme une renaissance ! Il leur faudra faire un effort intellectuel particulier pour parvenir à cette conclusion optimiste.

Je suis surpris par la densité du programme. Il faut la santé. De Gaulle aurait-il arrêté de fumer avant d'affronter cette épreuve sportive ?

Ce périple ressemble à un quadrillage militaire : toute la ZOF est inspectée. De Coblence au nord à Fribourg au sud, de Sarrebruck à l'ouest à Mayence à l'est. Sans oublier Baden-Baden, au centre. Toutes les provinces de la zone française : Sarre, Palatinat, Hesse, pays de Bade, Wurtemberg, Fribourgeois.

Demain, 4 octobre, à sept heures, le convoi partira en longeant le Rhin. Il arrivera en fin de matinée à Mayence, dévastée. Rapide visite à la vieille université qui avait appartenu à la France et aux remparts élevés par Vauban. Puis de Gaulle précisera sa pensée : « L'hiver sera très rude. Mais dans le courant de l'année prochaine, très certainement, un soulagement se fera sentir. Nous sommes à l'aube d'un monde nouveau. »

Souhaitons que ses prévisions météorologiques pessimistes ne caractérisent pas le climat entre occupants et occupés.

Metzer m'observe tandis que je suis plongé dans les documents et la carte du parcours, tout en gardant un œil sur la route que notre bolide avale sans faiblir.

« Vous apprenez le programme par cœur ?

— Pratiquement…

— Moi, je pense le maîtriser.

— Alors une colle, Metzer : après Mayence, où filera le patron ?

— Neustadt.

— Exact.

— Au milieu de Boches qui auront froid et faim, qui craindront toujours autant l'occupant. Et à mon avis, l'accueil deviendra de plus en plus réservé au fur et à mesure qu'on s'éloignera du Rhin.

— Pourquoi ?

— Les Boches sont surpris que leurs voisins se mettent soudainement à les aimer. Et à les protéger contre eux-mêmes ! Ils flairent le piège…

— Lequel ?

— Lisez le discours prévu pour Fribourg… Vous comprendrez… »

Je saisis le texte : « Nous avons des raisons de croire que des liens entre les pays de Bade et la France d'une part, entre le Wurtemberg et la France d'autre part, pourront se renouer comme ils le furent autrefois. »

« Diviser pour régner est un principe qui a fait ses preuves, Metzer.

— Bien sûr. Mais regardez son intervention à Baden-Baden. C'est l'apothéose. »

Je m'empare du texte et le lis à voix haute. « Établir la France ici, cela veut dire d'abord donner à la France la disposition des territoires qui, de par leur nature, font corps avec elle. J'entends par là ceux de la rive gauche du Rhin, le Palatinat, la Hesse, la Prusse Rhénanie et la Sarre. Ces contrées qui sont toutes dépendantes les unes des autres, ce Palatinat qui prolonge notre Alsace, cette Hesse qui est à l'endroit où arrivent sur le Rhin ces vallées qui nous mènent avec le Main et vers le Danube, cet Eifel, qui en fait, est le prolongement de nos Ardennes et encore cette ville de Cologne par où passe la ligne la plus courte entre Paris et Berlin, ces pays doivent faire corps avec la France. »

« Évidemment, pour les nostalgiques de Bismarck, c'est la douche froide… De Gaulle n'y va pas avec le dos de la cuiller.

— Il souhaite démanteler ce coin d'Allemagne, voilà tout ! En faire des confettis !

— Et qu'en pensez-vous ?

— Il a raison. Pour nous, Alsaciens, avec les Boches comme voisins, nous ne dormons que d'un œil. Là, nous pourrions enfin roupiller tranquillement.

— À condition que nos amis américains et anglais acceptent d'avaler aussi ce somnifère… »

Je m'amuse maintenant des contorsions diplomatiques. La ZOF étant constituée de deux entités séparées par un couloir américain, il ne saurait être question de le traverser : de Gaulle en fait une question de principe. Il n'a toujours pas digéré la manière dont les Américains l'ont traité. Leur méfiance et le mépris de Roosevelt à son encontre l'ont meurtri. Un détour par l'Alsace permettra de gagner Baden-Baden.

Avant d'atteindre cette dernière, le cortège s'arrêtera près de Sasbach pour une brève cérémonie à la mémoire du maréchal de Turenne, tué là en 1675. Son monument a été détruit par les nazis en 1940. Un nouvel obélisque porte à sa base l'effigie en relief du héros. Il est prévu que le 1er régiment de cuirassiers qui porte le nom du maréchal lui rende les honneurs au côté des spahis.

Une respiration avant de plonger dans le grand bain. Qui, à Baden-Baden, est un marigot peuplé de vieux crocodiles *sur le retour*. Des alanguis qui pourraient se retrouver *sur le départ*, si de Gaulle l'estimait indispensable. Le chef de la France aime rebattre les cartes et il a encore quelques atouts dans la manche.

Vendredi 5 octobre. Baden-Baden

Ce vendredi, la capitale de l'Allemagne française est en pleine effervescence : *Der General de Gaulle kommt !* Puisque Coblence, Mayence, Trèves et Fribourg lui ont réservé un bel accueil, Baden-Baden doit être à la hauteur.

Et ça commence mal. Le colonel Moutenet, gouverneur de la ville, me confie une mission. Je note sa nervosité inquiète. Il sait qu'ici on remplace facilement un colonel par un autre. Les stocks semblent inépuisables. Mais le gouverneur se verrait bien rester à son poste. La place est bonne et les avantages sont nombreux.

« Valenton, vous allez m'ôter une épine du pied ! »

Lorsque je quitte son bureau, j'hésite entre la consternation et le rire. Mais quand j'explique à Metzer le service demandé, nous optons pour le fou rire.

La capitale de la ZOF ne dispose d'aucun drapeau français digne de ce nom. Or il est question de décorer la grande salle d'oriflammes tricolores et de recouvrir l'escalier d'honneur d'un tapis de velours. Mais, là encore, pas de tapis. Tout a été pillé. Un contretemps fâcheux.

Metzer et moi sommes donc chargés de trouver une carpette providentielle et l'étoffe nécessaire à la confection des drapeaux. Sur ordre de Moutenet, le maire et quelques agents municipaux nous accompagnent. Très vite, la politesse ne suffit plus et la réquisition s'impose. Les Allemands ne sont pas prêteurs. Du moins lorsqu'il leur reste encore des draps. Pour dormir. Pas pour pavoiser. Après de multiples visites dans les demeures en vue, nous parvenons à réquisitionner de belles tentures et d'épaisses descentes de lit. Tout est ensuite confié à des couturières, elles aussi réquisitionnées, pour réaliser des patchworks tricolores aux dimensions convenues. Une trentaine d'Allemandes se retrouvent dans une pièce du gouvernorat militaire pour repriser, coudre et piquer, sous la garde des gendarmes.

Durant nos pérégrinations, Metzer découvre un immense tapis dans les annexes de l'hôtel du Baden-Hof. Des militaires le transportent aussitôt jusqu'au Kurhaus pour le faire installer sur les marches de l'escalier. Quelques heures plus tard, le gouverneur aura l'heureuse surprise de découvrir un drapeau tricolore flottant dans la salle de réception et un escalier d'honneur revêtu d'un tapis cramoisi.

Mais toujours rien sur le parcours du convoi. L'Alsacien propose de s'absenter quelques minutes. Le temps que je boive une bière.

« Un souci, Metzer ?

— Non. Mais une solution, peut-être… »

Trente minutes plus tard, le capitaine freine sèchement devant la terrasse où je sirote une seconde blonde et fume une énième cigarette. À l'arrière de la Willys, il soulève un grand et lourd drapeau tricolore orné d'une croix de Lorraine.

« Où l'avez-vous trouvé ?

— Un souvenir du passage de la 2e DB. Il était stocké dans une école désaffectée. J'avais peur qu'on l'ait ramené en France. Mais non : il est resté ici. Comme moi. »

L'Alsacien interpelle quatre ouvriers de la voirie, occupés à nettoyer la place. Lorsqu'il leur explique la tâche qu'il souhaite leur confier, ils font la moue. Metzer hausse le ton. Aussitôt, les Allemands se serrent à l'arrière de la Jeep en posant le lourd drapeau sur leurs genoux.

Arrivé au château de Baden-Baden, l'Alsacien s'engouffre dans le bâtiment principal avec ses ouvriers et l'étendard d'apparat. Quelques minutes après, j'observe les Allemands se relayer pour atteindre le sommet du donjon, au péril de leur vie, sous les ordres de Metzer. La progression est lente, les gestes sont malhabiles, les silhouettes crispées, les mains agrippant la lourde étoffe tricolore tout en assurant leurs prises aux pierres saillantes. Le vent se prend dans les plis du drapeau. Quelques passants se sont arrêtés pour profiter de ce numéro de voltige. Des mères cachent les yeux de leurs enfants, imaginant la chute des pauvres bougres. Une vieille dame se signe en haussant les épaules.

Une demi-heure après, le drapeau flotte en haut du donjon. Et les Allemands sont toujours vivants. Ce qui les conduit à suivre Metzer pour planter trois plus petits drapeaux sur la pointe du clocher de l'église. Toujours au péril de leur vie. Toujours sous les ordres de l'Alsacien. Un quart d'heure après, l'affaire est réglée. Et comme les Allemands sont encore et toujours vivants, Metzer leur offre des cigarettes anglaises. Pour service rendu à la France. L'Europe est en marche.

Il est temps de rejoindre le Kurhaus : de Gaulle réunit civils et militaires pour les recadrer. « Rien n'est plus important que l'aspect de nos troupes, que la façon dont elles se comportent et j'entends par là non seulement dans les revues, mais encore et surtout dans les exemples de la vie de chaque jour. Il faut graver dans les yeux et dans la mémoire des populations allemandes les exemples de la France, la façon dont nous vivons et dont nous nous comportons. »

Un temps, les gradés croient l'orage passé puisque de Gaulle évoque l'attitude espérée des soldats plutôt que les turpitudes de certains officiers. Mais de Gaulle se veut juste : reproches ou compliments, tout doit être partagé. « Évidemment, ce qui est valable pour la troupe l'est aussi pour l'officier ou l'administrateur… »

Puis il se lève : il est pressé de quitter ce panier de crabes. Et de fumer une cigarette. Le pince-fesses est rapidement abandonné par le chef de la France. Soudain, les huiles constatent la disparition du messie. Parti rejoindre Strasbourg. Les langues se délient, les boutons de col se défont. Loin de la raideur gaullienne, la ZOF peut de nouveau respirer. Autour du buffet, on s'enorgueillit ou l'on se flatte. Chacun y va de son compliment ou de son anecdote. Des épouses endimanchées se jaugent :

« Et vous, votre époux, dans quelle arme ?

— Le génie.

— Cela ne m'étonne pas, il est tellement brillant… »

Mon statut n'aide pas à la confidence. Pour beaucoup, nous sommes les taupes de Paris et les oreilles du patron.

Pourtant, un colonel, la quarantaine guillerette et la bouteille de champagne en main, s'approche de moi.

« Une coupe ?

— Volontiers.
— À tout hasard, vous étiez à Fribourg ?
— Oui. Pourquoi ? »
Il me jauge.
« Entre officiers, je vais vous confier un petit miracle… »
Me voilà prêt à entendre des balivernes.
« Un secret militaire ?
— En quelque sorte.
— Je vous écoute…
— Jusqu'à la visite du général, nous considérions les Fritz comme quantité négligeable.
— D'accord. Et donc ?
— À Fribourg, nous avons été convoqués avec les autochtones. Et de Gaulle a commencé par serrer la main… aux Fritz. Depuis, on en fait autant.
— Ce n'était pas le cas auparavant ?
— Certainement pas ! Quand l'un d'eux venait dans mon bureau, il se tenait à trois mètres de moi au garde-à-vous et sans broncher.
— On ne pourra donc pas vous suspecter de fraternisation…
— Oui, mais désormais, nous nous serrons la main ! Pour un Français, la poignée de main, c'est important, non ? »
L'aviateur me dit cela avec l'intonation mystique de celui qui a eu la révélation. Le message christique l'a transfiguré… Le voilà converti à la parole gaullienne.
« On frise l'entente cordiale, en effet…
— Oh, un Allemand reste avant tout un Boche. Mais sait-on jamais ! Vous n'êtes pas d'accord avec moi ?
— Je vais y réfléchir… »
Je m'éclipse.
Tandis que j'allume une cigarette, une main tapote mon épaule.

« La Propagande salue le Renseignement !

— Morin ! »

Dans sa tenue d'officier, Morin est un autre homme. La prestance militaire lui sied plutôt.

« Bonsoir, Valenton. Alors, vos impressions sur la visite du grand chef ?

— Les vôtres d'abord…

— Elles sont plutôt bonnes. Avec tout de suite un bémol…

— Le contraire m'aurait inquiété !

— De Gaulle s'est conduit comme le roi de Prusse Frédéric II visitant ses provinces…

— Certes, mais notre monarque, lui, est républicain.

— Je l'espère ! Pour le reste, sa main tendue aux Allemands est audacieuse. Et j'y crois. »

Sa sincérité ne m'empêche pas de le bousculer.

« La transformation d'un communiste en gaulliste est une alchimie impressionnante : la ZOF réalise des miracles !

— Mais Valenton, on peut tous partager cette ferveur si française. De Gaulle l'incarne bien. Pour l'instant. »

Morin a un petit côté gaullien dans sa façon de dire les choses. Je le sens ému quand il évoque la possible réconciliation franco-allemande : effacer ainsi la salissure nazie sur l'histoire d'amour qu'il entretient avec ce pays et assumer sans honte sa germanophilie l'enchante.

« Morin : soyez sans illusions !

— Pourquoi dites-vous ça ?

— J'ai jeté un œil sur les journaux allemands, contrôlés par vos services… Et si je m'en tiens au *Freiburger Nachrichten*, le voyage providentiel est présenté de façon laconique : "Nous devrons compter longtemps encore avec la France, un pays qui est à nouveau grand et fort."

— On a effectivement connu enthousiasme moins austère. »

Et nous partons dans un éclat de rire, qui me vide de mes tensions et le soulage de ses contradictions. Morin et moi poursuivons notre discussion tout en goûtant aux vins que le personnel sert avec une régularité métronomique.

2

Il est minuit lorsque Metzer me dépose au pavillon. Les pneus de la limousine crissent sur les gravillons en faisant demi-tour tandis que le faisceau de ses phares balaie l'allée forestière. Bientôt, la nuit engloutit le vaisseau automobile.

Tandis que je glisse la clé dans la porte, la comtesse me surprend. Une apparition fantomatique.

« Sympathique, ce voyage d'agrément dans vos colonies d'outre-Rhin ? » D'un mouvement leste du talon, elle écrase sa cigarette puis se plante devant moi. « À ce propos, vous n'embrassez jamais vos prises de guerre ?

— Qu'en penserait Julia ?

— Elle en sera ravie : je n'ai aucun secret pour elle. »

L'Allemande se colle à moi. Ses lèvres font taire toute résistance. Nous franchissons l'entrée du pavillon de chasse, enlacés et titubants.

D'un coup leste de sa botte, elle claque la porte puis m'entraîne dans le salon. Nos baisers se font plus profonds. Nos mains libèrent les corps de leur emprise de tissu. Elles parcourent nos peaux. Elles s'aventurent puis s'égarent, caressent et saisissent ; elles suspendent leur frénésie lorsqu'un gémissement surprend leur gourmandise. Nos regards encouragent nos défis et nos abandons.

Magdalena est nue. Sa bouche embrasse, lèche, mord et goûte. Elle s'adosse à un mur et m'attire. Je m'agenouille et ma langue vient se poser sur sa toison moussue. Imperceptiblement, elle écarte les cuisses et m'encourage ainsi à la goûter davantage. Ses soupirs se font plus longs, son souffle est saccadé. Elle pose ses mains sur ma nuque pour guider mon exploration. Bientôt, un spasme la gagne, ses cuisses se resserrent autour de mon visage. Sa jouissance l'a surprise. Alors, elle s'allonge à même le sol. Elle s'ouvre tout à fait, et d'un regard fiévreux plongeant dans le mien, elle m'invite à la prendre. Elle impulse de ses mains sur mes reins le rythme qu'elle veut donner à cette possession. Se décidant à me chevaucher, elle pose ses mains sur mon torse. Ses seins brûlants me frôlent. Elle s'empare de mon sexe et le glisse lentement en elle. Des mouvements de son bassin, elle maîtrise mon excitation, nourrit mon désir et finit par libérer mon plaisir en le conjuguant au sien. Une respiration calme la gagne.

Magdalena me précède dans la chambre après s'être libérée de notre étreinte. Entre grâce et impudeur, toujours sur le fil, ses gestes sont d'une sensualité instinctive. Blottie, elle caresse mon torse. Sa nuque est douce sous ma main. Puis elle engloutit ma verge tout en glissant ses doigts contre mes lèvres afin que je les lèche. Elle les porte à son sexe. Elle se caresse, appliquée à ce que ma jouissance rejoigne la sienne au moment précis où elle le voudra bien. Le plaisir nous électrise. Elle s'effondre sur mon torse. Notre somnolence repue s'achève lorsque la clarté du matin s'insinue dans la chambre. Magdalena s'étire et se redresse. Et d'un bond, elle saute du lit pour se rhabiller. Sur le pas de la porte, elle se retourne vers ma nudité apaisée.

« J'ai aimé vous regarder danser avec Julia. Soyez à moi. Même dans les bras d'une autre. »

Dehors, il fait jour. Un soleil pâle salue son départ.

L’étrange planète

1

Lundi 5 novembre

Huit heures du matin. Le comité se tient dans les bureaux d'Émile Laffon, l'administrateur général, le bras civil du général Kœnig. L'horaire matinal me fait penser qu'il s'agit de choses sérieuses. Ce qui n'est pas toujours le cas : ici, la réunionite fait plus de victimes que le typhus. L'ennui y est mortel.

Maquillée sous un ordre du jour banal – « Enjeux scientifiques pour 1946 » –, la session se fait sans secrétaire de séance ni dactylo. Une vingtaine de personnes sont présentes. Au côté d'officiers et de hauts fonctionnaires, un aréopage de savants s'enthousiasme des opportunités de la ZOF : outre le cadre délicieux du Monaco badois et la géographie cordiale de l'Allemagne du Sud, la présence de sites de recherches et la capture de cibles sensibles aiguisent les appétits et nourrissent les espoirs.

Émile Laffon rappelle l'instruction du général de Gaulle, en date du 17 mai : « Il y aura tout lieu de transférer en France les scientifiques ou techniciens allemands de grande valeur pour les interroger à loisir sur leurs travaux et éventuellement les engager à rester à notre disposition. » Puis il précise la doctrine. « L'idée est simple : promouvoir une immigration éclairée et de valeur honorable. Honorable au sens de rentable. » La formulation polie fait ensuite place à des considérations plus directes. « Chaque scientifique rejoignant la France correspond à une diminution du potentiel allemand et à une augmentation du potentiel français. C'est aussi simple que cela. »

Ingénieurs, techniciens, docteurs, chercheurs, professeurs… tout est bon à recycler pour rattraper notre retard : après cinq années de pillage, la France nécessite un coup de pouce. La matière grise ? Une matière première moins immédiatement exploitable que le charbon, l'acier ou le bois, mais essentielle pour soutenir l'essor d'une grande puissance. Ce que notre vieil empire républicain aimerait demeurer encore un peu.

Un officier de l'état-major lève la main. Comme à l'école. Sans doute impressionné par la densité savante saturant l'atmosphère.

« Existe-t-il des priorités particulières ? »

Émile Laffon se montre péremptoire.

« Mieux vaut la qualité que le nombre ! J'ajoute qu'il nous faut agir vite. Car lorsqu'un gouvernement allemand verra le jour, il fera alors tout son possible pour stopper cette hémorragie humaine et contrer ce préjudice scientifique.

— Il ferait beau voir que les Schleus nous reprochent quoi que ce soit ! Tout le monde se sert déjà, des Américains aux Soviétiques en passant par les Anglais. »

Un officier n'a pu retenir ce cri du cœur. Vite tempéré par l'administrateur, plus onctueux que jamais.

« Certes, général. Mais eux ont gagné la guerre. Ils ont tous les droits.

— Nous aussi avons gagné la guerre, monsieur l'administrateur !

— Dans des proportions moindres. Et de façon plus tardive. Nos alliés ne manqueront pas de nous le rappeler et de s'offusquer de nos abus. Ne serait-ce que pour masquer les leurs. Cela s'appelle la politique… »

Le tri se fera donc au gré des circonstances et des besoins. La morale est un fardeau trop encombrant en période de disette.

Laffon laisse la parole à un fonctionnaire au phrasé monotone, qui débite des évidences en lisant sa note.

Opérations en cours : Repérage et démontage d'usines et de laboratoires par des équipes spécialisées, transferts ferroviaires, routiers ou aériens en France, exploitation des archives des scientifiques nazis, missions d'exfiltration en zones non françaises, remise en marche de certains équipements civils sensibles sous contrôle militaire… Attention : le temps et les talents sont comptés car plusieurs milliers de scientifiques ont déjà été « exportés » en URSS et aux États-Unis.
Modalités : La section T, chargée de la collecte du butin dès l'entrée de l'armée française en Allemagne, a fait place à une section d'information scientifique où sont représentées toutes les armes, le CNRS naissant et le CNET. Elle établit des rapports chiffrés, rédige des fiches personnelles sur les cibles logistiques ou humaines à débusquer.
Des procédures dites d'extrême urgence recensent les façons d'opérer face à la concurrence.

La chasse est ouverte et tous les coups sont permis. Dans cette épreuve contre la montre, nos pires ennemis sont nos alliés.

Le verbe vif, Émile Laffon évoque le cas du professeur Schardin, l'un des patrons du centre de recherche de la Luftwaffe à Berlin : jusqu'au bout, ce nazi bon teint encadrait des ingénieurs afin de créer une ultime arme miracle. Replié à Biberach dans le Wurtemberg, il a été fait prisonnier par la 1re DB, le 7 mai. « Il était hors de question de l'expédier devant un tribunal pour crime de guerre. Ne surtout pas gâcher ! » En compagnie d'une trentaine d'autres chercheurs, il a été transféré dès le lendemain au sein du laboratoire de recherches balistiques et aérodynamiques de Saint-Louis, dans le Haut-Rhin. « Dans un courrier destiné à sa famille, notre type n'a rien trouvé de mieux que de préciser, je le cite : "Ce 8 mai, le travail a repris"... Le jour de la capitulation du Reich ! »

L'administrateur général est fier de son effet : l'assemblée demeure silencieuse. Le mercenariat serait-il l'avenir de la science ?

« Quelles garanties leur donner pour qu'ils se livrent à nous ?

— Celle d'échapper au procès ou au peloton. Ce me semble un geste commercial avantageux...

— Et pour les autres ?

— Ils ne sont pas en position de négocier : il n'y a plus de travail en Allemagne...

— Rien ne leur interdit de se vendre au plus offrant !

— Dans ce cas, nous saurons user de méthodes de conviction plus expéditives. Parfois, la politique de la terre brûlée a du bon. »

L'évocation d'opérations d'exfiltration ou d'élimination ne tarde pas à surgir. Laffon rappelle les impératifs : « L'efficacité dans la discrétion ! »

Étant concerné, j'ose une intervention. « Un scientifique qui ne serait pas nazi, cela nous intéresse également ?

— Nul n'est parfait ! Va pour ce genre d'Allemands aussi… »

Laffon regarde maintenant sa montre : dix heures. Le moment sacré de la collation. Et des apartés. D'un signe, il invite les participants à rejoindre le buffet.

Chou à la crème en main, grosses lunettes d'écaille et fine moustache, un homme de petite taille me prend par la manche.

« Permettez-moi de me présenter : professeur Yves Rocard, physicien.

— Enchanté. Colonel Valenton.

— Très pertinente votre remarque sur les chercheurs qui n'ont pas fricoté avec Hitler, colonel. Ils devraient être prioritaires !

— Mais il semble qu'on veuille privilégier les savants fous…

— Nécessité fait loi.

— On tentera néanmoins de vous fournir quelques chercheurs fréquentables en quête d'un honnête travail à l'étranger, professeur.

— Tant qu'ils ne sont pas non plus communistes…

— Nous ferons en sorte de l'éviter.

— J'en connais qui seraient heureux de faire d'une pierre deux coups : recruter des têtes pour leurs recherches et des militants pour leur paroisse. »

Il me désigne discrètement Frédéric Joliot-Curie, le patron du nouveau CNRS, occupé à discuter avec Henri Moureu, un éminent chimiste qui a étudié les V2 tombées près de Paris et a visité l'usine Mittelwerk-Dora, où étaient fabriquées ces bombes volantes. Un communiste et son compagnon de route.

Les législatives du 21 octobre ont tendu les relations : des escarmouches éclatent souvent derrière une cordialité de façade. Tout est devenu politique. Ici comme partout ailleurs, l'unanimité de la Résistance a volé en éclats. Si la réélection du général de Gaulle à la présidence du GPRF semble acquise le 13 novembre prochain, beaucoup craignent qu'il cède aux communistes, sortis renforcés des urnes, des ministères sensibles. Dans le viseur de ces quincailliers amateurs de faucilles et de marteaux, figurent l'Intérieur, la Guerre et les Affaires étrangères. Rien que ça. Même Moscou n'en exigeait pas tant de ses redevables hexagonaux. Mais ces derniers ont le vent en poupe. Et ils souhaitent faire table rase du passé. On ne peut pas non plus le leur reprocher : c'est leur programme depuis toujours. Conquérants et convaincus : des qualités prêtes à nous prendre en défaut.

Je m'apprête à m'éclipser après avoir englouti une pâtisserie qui pourrait être un paris-brest si elle ne croulait pas sous la chantilly, noyée dans l'eau-de-vie : un « paris-baden » ?

« Ah, colonel ! Perrignot, contrôleur général des armées. Comment se porte le Renseignement ? »

L'officier supérieur se plante devant moi, ses trois étoiles parfaitement lustrées. Le genre de prétentieux qui ne maîtrise qu'un seul dossier : celui de son fauteuil.

« Le Renseignement se renseigne, mon général...

— Très drôle ! Encore bravo pour la sécurité de De Gaulle lors de sa venue. Vous deviez être sur les dents...

— Ce fut plus simple que prévu : les foules allemandes ont conservé leur enthousiasme légendaire pour l'uniforme et il a suffi de briefer quelques anciens vichystes pour leur éviter de crier “Vive Pétain !”. Rien de bien difficile… »

Il tousse nerveusement puis se reprend.

« Tout de même, de Gaulle se montre surprenant… »

À son air pincé, je devine l’agacement. La vieille baderne continue de déverser son fiel.

« Pour tout vous avouer, certains officiers supérieurs dont je suis s’inquiètent de son tropisme pour la culture et l’éducation des Boches.

— Vous faites allusion à la réouverture des universités ?

— Entre autres…

— Occuper, c’est aussi savoir s’occuper, mon général.

— Sans doute, sans doute… Mais franchement, cette future radio avec des programmes culturels en allemand : ne pensez-vous pas qu’il y a d’autres priorités ? L’armée s’interroge… »

J’hésite : dois-je rétorquer à ce précieux ridicule que de Gaulle, lui aussi, s’est interrogé – et même agacé – lorsqu’il a appris que de nombreux chars, mobilisés lors des défilés organisés en son honneur, étaient pilotés par d’anciens mécaniciens de la Wehrmacht, faute de tankistes français, trop tôt démobilisés ? Une bourde imputable aux services du militaire qui me fait face, plongé dans les affres d’une réflexion abyssale. Je me contente de le moucher.

« Mon général, je suis persuadé qu’en doublant la ration de médailles et en multipliant les parades, on taira vite cette interrogation existentielle… »

Il est temps de quitter le contrôleur général, cramoisi et bouillonnant, pour respirer l’air vif des rues de Baden-Baden.

***

Je me plonge dans les nomenclatures transmises par Paris et les listes que m'adressent régulièrement Metzer et Belcher-Berger. L'ambition est de dresser un profil-type du scientifique digne d'intérêt. J'annote le document du BCRA listant les impératifs liés à ce recrutement.

`1/ « Qualités professionnelles »`

On choisira les plus utiles à défaut des moins compromis.

`2/ « Absence de tares physiques et mentales »`

Après une décade de nazisme, quel Allemand n'est toujours pas taré ?

D'autres alinéas relèvent plutôt de l'incantation téméraire :

`3/ « Volonté de se fixer en France »`

Avec une arme pointée sur la tempe, s'exiler chez l'ennemi est envisageable.

`4/ « Doivent être éliminés tous ceux ayant eu un rang ou une fonction quelconque dans les organisations nationales-socialistes »`

Autant stopper la traque illico presto…

Par chance, un addendum vient à mon secours :

`5/ « Les simples membres feront l'objet d'une enquête pour déterminer le degré de leur activité. Ceux ayant eu une attitude purement passive peuvent être admis à poser leur candidature »`

On élargit les mailles du filet mais on complique le pilotage du chalutier.

Et enfin, le Graal :

`6/ « Sauf circonstances exceptionnelles »`

Enfin, le passe-droit ! L'exception sera donc la règle. On revient de loin…

Ces « circonstances exceptionnelles » permettent de ratisser large et d'user de subterfuges pour parvenir à nos fins. Il suffira ensuite d'opérer le tri : les recyclables à rapatrier ; les condamnables à livrer ; les irrécupérables à éliminer. Je m'amuse à classifier ainsi les Allemands présents sur les listings de Metzer et de Belcher-Berger. J'y repère une pleine poignée de professeurs Nimbus à croix gammée. La plupart recyclables. Hormis une dizaine d'entre eux bons pour la justice. Ou la balle d'un Lüger.

On tape à la porte. Elle s'ouvre sur une silhouette immédiatement reconnaissable. James Crowley est un cador du MI6 avec lequel j'ai réussi quelques missions. Un grand escogriffe d'une quarantaine d'années cultivant ses allures d'officier de l'armée des Indes. Favoris, moustache et sourcils épais, tignasse rousse savamment coiffée, chevalière à l'auriculaire rappelant ses origines nobiliaires, tenue militaire impeccable qu'on devine confectionnée sur mesure chez un tailleur de Savile Row.

« James ! Pour une surprise… Qu'est-ce que tu fais dans le coin ?

— La même chose que toi, René : notre bon vieux job !

— Comment as-tu su que j'étais à Baden-Baden ?

— Même réponse : grâce à notre bon vieux job… » Il pose son postérieur sur le bureau. « Et si on allait se boire une bière ? » Il me montre le portrait du général de Gaulle, au-dessus du bureau. « J'ai des trucs à te dire qui n'ont pas vocation à être entendus par d'autres. Pas même par Charlie… »

La petite brasserie est déserte. Une serveuse s'approche et prend la commande : Crowley maîtrise un allemand parfait – atout que je ne lui connaissais pas.

Remarquant mes cinq barrettes, il pousse un sifflement admiratif.

« Belle promotion, René. Mes félicitations !

— Oh, c'est surtout un camouflage… Ici, les officiers seront bientôt plus nombreux que les hommes de troupe.

— C'est très gaulois, cette armée mexicaine…

— Tu n'as pas tort : les Allemands racontent que chaque nuit un lion quitte la Forêt-Noire pour rejoindre Baden et y dévorer un colonel français. Le lendemain, personne ne remarque l'absence du colon, tant l'espèce prolifère. »

Le Britannique pose une enveloppe sur la table.

« De quoi s'agit-il ?

— C'est un renvoi d'ascenseur. Paperclip, ça te dit quelque chose ?

— Vaguement… »

Faire celui qui sait, sans réellement savoir. Ou jouer à celui qui ne sait pas, tout en sachant pertinemment. Une *private joke* de nos années londoniennes. Une façon élégante de nous échanger des informations et de croiser nos sources. Sans en avoir l'air.

« Ça tombe bien… » Selon Crowley, les Américains sont persuadés qu'un conflit mondial éclatera en 1952. « Sans les nazis, cette fois-ci. »

Ce détail ne m'avait pas échappé.

« L'URSS est prête à tout pour nourrir sa progéniture internationale. Y compris à ingérer nos vieilles carcasses de démocraties décaties. »

Le Britannique nourrit un anticommunisme churchillien, empreint de principes mais ouvert à tous les excès.

« Et pourquoi 1952 ?

— C'est le temps estimé par Washington pour que les Russes maîtrisent l'arme atomique : il leur manque encore quelques cartouches pour tenter le diable.

— Sept ans de malheur pour préparer l'apocalypse.

— Exact. Ou peut-être moins. L'idée est de se faire peur sans se faire dessus : l'atome est un truc tout petit mais très méchant.

— Pas de Hiroshima intempestif.

— Si possible. Chacun doit savoir que s'il joue au con le premier, ça ne l'empêchera pas d'y passer ensuite.

— L'équilibre de la terreur ? Enfin un monde meilleur !

— Rappelle-toi le dicton, René : une guerre réussie est celle qui prépare bien la suivante !

— Et nous, là-dedans ? »

Dans ce jeu de massacre, Français et Anglais seront des victimes expiatoires, placées aux premières loges.

« Autant disposer de munitions. Pour participer au feu d'artifice.

— La France a déjà réfléchi au problème. Pas plus tard que ce matin.

— Je suis au courant… »

Crowley n'a pas perdu la main. Comme il n'a jamais perdu ma trace. Je lui présente nos ambitions. Ce qui ne le bluffe pas outre mesure.

« Tout le monde est sur le coup, René. Même les Argentins !

— Tu m'en diras tant…
— Perón, leur Hitler à rouflaquettes, est fana du Fw 190.
— Ce danseur de tango a bon goût !
— Oui. Il adorerait se constituer une flotte de coucous agressifs : il invite donc les ingénieurs aéronautiques à Buenos Aires, tous frais payés. Il a envoyé des émissaires dans le coin pour séduire le chaland. Les Fritz sont partants.
— Question dépaysement, difficile de rivaliser.
— On a dû mettre le holà : nous avons appris la brasse coulée dans le Rhin aux hommes de la pampa. Toi, tu n'as pas tous ces problèmes d'intendance…
— Vu le coin minuscule que vous nous avez laissé comme pourboire…
— C'est petit, mais c'est joli ! Et après ça, les Boches osent nous reprocher Dresde et Leipzig… Quels ingrats ! On n'a même pas rasé ta zone touristique ! »
Lorsque je lui précise que notre gouvernement a dépêché quatre cents missions scientifiques dans le Reich, il dresse l'oreille.
« C'est culotté mais risqué : à Vienne, on a récupéré le cadavre d'un de nos chercheurs, jugé trop curieux par les Soviétiques.
— Ah ça, *verboten*, René : ne jamais marcher sur leurs plates-bandes.
— Qui ont la dimension d'un grand parc botanique !
— Et c'est justement la raison de ma visite : je déteste piquer dans le garde-manger du voisin. Surtout si ce voisin est un ami. C'est ton cas. D'où cette enveloppe : ta cueillette sera bonne.
— James, un proverbe français dit qu'on ne doit jamais divulguer un coin à champignons. Même sur son lit de mort.

— Ton proverbe s'applique-t-il au champignon atomique ? » Puis il se penche vers moi. « Retrouve-moi à l'endroit indiqué. Sans te tromper de cible. Et maintenant, parlons de choses vraiment sérieuses ! »

Crowley est un type attachant qui m'a grandement aidé à Londres : cryptage et décryptage, analyses techniques, préparation des missions, choix des cibles, intox de l'ennemi, coups tordus, retournements d'agents doubles. Un touche-à-tout génial dont la nonchalance agaçait ses collègues plus besogneux. Je n'ai pas non plus oublié sa sollicitude lorsque, faisant fi des suspicions entre Français et Britanniques, il m'associait à son cercle d'amis pour tromper ma solitude londonienne. Il avait poussé la bienveillance jusqu'à m'introduire auprès de sa famille, vieille noblesse du sud-est de l'Angleterre, aux traditions délicieusement surannées. Et dont il se moquait ouvertement.

Il me considère également comme celui qui lui a épargné des soucis liés à sa vie chahutée. J'ai témoigné sous serment face à ses accusateurs de l'état-major pour confirmer sa présence à mes côtés lors d'une soirée durant laquelle, en réalité, il avait rejoint Turing, un type tout aussi farfelu que lui – un mathématicien capable de casser les codes d'Enigma à l'aide de calculs d'une ampleur inédite. Un homosexuel dans le collimateur de certains parangons de vertu. J'ai conservé de cet épisode le cadeau qu'il m'avait fait pour récompenser ce faux témoignage : *Un mari idéal*, une pièce d'Oscar Wilde qui malmène conventions et institutions victoriennes.

« Toujours pas marié, René ? Toujours pas d'enfant ?

— Non, toujours pas.

— Ce n'est pas faute d'avoir tout tenté pour te sortir de ce pétrin ! »

L'Anglais avait été un redoutable entremetteur, me présentant avantageusement à celles de ses amies qu'il jugeait capables de fréquenter un Français sans craindre l'opprobre : un spécimen exotique supportable pour la bonne société dont il était issu, comme toutes celles qu'il s'évertuait à glisser dans nos conversations. Ou dans mon lit. J'avais cédé à son amicale pression et à celle, davantage volcanique, de son amie Shirley Berrington. Mais je n'étais jamais parvenu à me convaincre qu'une vie de couple ou une paternité me rendrait meilleur ou, à tout le moins, normal.

« Pour ne rien te cacher, René, j'ai cru un moment que tu étais de ma religion…

— Anglican ?

— Non : hétérosexuel converti à l'amour de son prochain. De préférence, du même sexe.

— Même pas, James. Désolé…

— C'est un regret… » Il est heureux de son effet : la surprise se lit sur mon visage. « Je file. On se revoit bientôt. D'ici là, discrétion absolue. J'ai déjà assez de casseroles aux fesses, je n'aimerais pas tomber sous le coup d'intelligence avec l'ami. »

À peine l'ai-je salué qu'il enfourche un side-car BMW, toujours doté de sa mitrailleuse MG42 mais repeint aux couleurs britanniques.

Je m'interroge sur ce renvoi d'ascenseur inattendu, craignant la manipulation. Mais je décide de jouer la partie. L'audace fera la différence. Ou pas.

Dans un petit bois surplombant Baden, je brûle les papiers après les avoir mémorisés : des archives, quelques photos, des notes manuscrites. Se dessinent l'identité de la cible, sa localisation et ses réseaux. Je piétine les cendres jusqu'à leur dispersion en particules infimes.

2

Mercredi 7 Novembre.
Lac de Constance. Près d'Uberlingen.

Six heures du matin. Un ciel noir. Et un froid souabe. Le clapotis des vaguelettes s'échouant sur les galets est horripilant. Qu'importe, le rendez-vous est prometteur. Et mon accoutrement correspond à ce qu'on s'attend à voir : un officier américain. Metzer n'est pas mal non plus en ordonnance de l'US Army. L'Alsacien demeure silencieux dans la jeep à l'étoile blanche. Je préfère me dégourdir les jambes en fumant une américaine. Un tabac rustique aux fibres mal dégrossies. Rien à voir avec la saveur des anglaises.

Soudain, dans le chemin encaissé menant à notre crique, surgit le side-car de Crowley. Tous feux éteints. L'Anglais coupe le contact. Du berceau de la moto, s'extirpe un type engoncé dans une parka. Je saisis ma lampe-torche et la braque vers l'inconnu : dans son faisceau, se dessinent une haute silhouette fatiguée, une quarantaine gagnée par la calvitie ; sous la parka, une veste élimée, une chemise crasseuse et froissée ; un pantalon trop court laisse deviner des pieds nus dans des brodequins maculés de boue séchée. Une bête traquée me fait face. La promesse de Crowley s'incarne enfin.

Le nazi s'adresse au Britannique dans un anglais guttural :

— *Est-ce à cet officier américain que je dois me livrer ?*

Crowley acquiesce. L'Allemand me salue d'un mouvement sec de la tête. Dans ses oripeaux sordides, cette attitude obséquieuse est grotesque. Puis il se présente :

— *Professeur Herman Rettenmayer, major-général de la SS. Auriez-vous l'obligeance de m'offrir une cigarette, colonel... colonel...*

— *Colonel William Stewbacker.*

Mon anglais volontairement encombré de chewing-gum ne m'a pas trahi ; je lui tends le paquet de Marlboro. Le nazi peine à se défaire de sa morgue :

— *Colonel, me feriez-vous l'honneur de vous présenter davantage ?*

Crowley m'avait prévenu de sa suspicion. Je m'exécute :

— *Je suis un officier de la Joint Intelligence Objectives Agency, chargé de vous conduire en zone américaine puis de vous transférer hors d'Europe.*

Je lui parle sèchement : il se méfierait d'un interlocuteur trop conciliant. Le Boche mord à l'hameçon :

— *Parfait, colonel. Chez vous, de quelle latitude d'action disposerai-je ?*

— *De celle que nous voudrons bien vous octroyer.*

— *Mais encore ?*

— *Vous serez soumis au secret, sous peine de mort.*

— *C'est un principe honorable et logique.*

— *Et vous exécuterez les travaux confiés sans en connaître la finalité.*

— *C'est, en revanche, regrettable ...*

— *En échange de quoi, vous vivrez loin de ceux qui aimeraient vous voir jugé et pendu.*

— *Et où tout cela se déroulera-t-il ? Je connais si mal votre pays...*

Je m'attendais à ce petit test : prêcher le faux pour savoir le vrai est une vieille manie dont les nazis n'ont pas l'exclusivité. J'esquive le piège grossier :

— *Pourtant, vous vous y êtes rendu en mars 1937, si je ne m'abuse ?*

— *Oh, mais c'était seulement pour répondre à une invitation. Un colloque scientifique. Quelques jours tout au plus.*

— *À Boston, pour parler balistique, c'est bien cela*?

— *Tout à fait.*

Ma précision le rassure : des gens sérieux, ces Américains. Dignes d'accueillir son talent. Je continue mes explications :

— *Cette fois-ci, Rettenmayer, vous passerez par Fort Hunt en Virginie.*

— *Un centre de recherche*?

— *Non : un sas de décontamination. Pour vérifier votre utilité.*

— *Mon utilité ?!*

Le nazi, vexé, se raidit. Je poursuis d'une voix blanche :

— *Oui, pour votre nouvel employeur : les États-Unis d'Amérique. Et selon ce qu'en penseront nos experts, vous serez affecté au Nouveau-Mexique ou au Texas.*

— *D'autres camarades seront présents ?*

— *Pas impossible. Benzinger, Lippisch, von Ohain, von Braun, Tessmann, Ambros... ces noms vous parlent, sans doute ?*

Il esquisse un sourire, son regard s'illumine :

— *Les meilleurs d'entre nous !*

— *Mais un dernier conseil : seuls les chercheurs qui trouvent nous intéressent.*

— *Et les autres ?*

— *Les autres finissent mal. Très mal.*

Le nazi se renfrogne. Je porte le fer dans la plaie :

— *Si ce deal ne vous convient plus, nous vous livrons aux Français : nous sommes ici chez eux.*

— *Je le sais bien.*

— *Et leurs patrouilles sont fréquentes. Un coup de klaxon pourrait suffire à les alerter…*

— *Jamais ! Nous aurions dû anéantir ces misérables lâches, ces dégénérés. Comme nous l'avons fait avec les Juifs et les slaves !*

Crowley interrompt enfin l'escarmouche :

— *Rettenmayer, crachez le morceau plutôt que de déblatérer vos conneries ! J'ai fait ma part du job. Et le colonel Stewbacker s'apprête à faire la sienne.*

Le nazi capitule. Le Britannique lui tend une feuille et un crayon : l'Allemand griffonne une adresse, accompagnée d'un mot signé de sa main ; puis il sort de sa vareuse une pièce d'identité, celle de *savant du Reich*. Crowley glisse le tout dans sa poche droite.

Après avoir étudié la carte des environs avec Rettenmayer, le Britannique saute dans la jeep au volant de laquelle Metzer demeure imperturbablement silencieux. Direction : un corps de ferme isolé, à une quinzaine de kilomètres. Près de Ravensburg.

Dans moins d'une heure, tout devrait être réglé.

Me voici seul avec Rettenmayer. Par précaution, je sors le Lüger de ma ceinture. L'Allemand se montre aussitôt rassurant, dans son anglais métallique :

— *Inutile, colonel, je n'ai aucune raison de fuir ou de vous tuer : vous êtes mon passeport pour l'oubli.*

J'extirpe mon paquet de cigarettes, lui en offre une puis allume la mienne. Sans un mot. Ce tête-à-tête impromptu me laisse songeur : je l'observe, il me fixe, nous fumons.

Soudain, le nazi engage un long monologue. Comme s'il récitait les chapitres de son existence face à un inconnu dont il apprécie le silence : l'Américain qu'il imagine que je suis et qui devrait le sauver. Rettenmayer bute parfois sur des mots anglais qu'il peine à trouver pour décrire précisément ses ressentis. Mais, obstinément, il s'épanche :

Ses études à l'université de Cologne et sa rencontre avec Greta, l'amour de sa vie, une étudiante en physique bien plus douée que lui et qui deviendra sa femme puis la mère de leur fils Klaus ; leur engagement commun au NSDAP hitlérien en 1928 puis leur ascension fulgurante dès l'accession à la chancellerie de leur idole, cinq ans après ; la belle vie à Munich, dans une villa mise à disposition par le parti ; les concerts à la maison : lui au piano, sa femme au violon, son fils au hautbois ; les recherches scientifiques menées en couple dans des laboratoires parfaitement équipés ; l'étude de l'atome rendue enfin possible par des moyens sans précédent…

— *Rien ne nous résistait, pas même l'atome ! Nous allions réaliser le serment de notre führer : l'anéantissement de la lèpre judéo-bolchevique et de la dégénérescence occidentale pour asseoir notre emprise absolue sur le monde. Et puis...*

Son exaltation s'éteint brusquement ; il s'assombrit avant de poursuivre son soliloque sur un ton dépité : la guerre qui s'éternise, les fronts démultipliés et les revers démoralisants, la disparition de son fils, mort au combat ; la lente agonie du régime puis les combats sur le sol allemand, un cauchemar jusqu'alors impensable ; la mort inexplicable d'Hitler, la fuite éperdue dans un Reich exsangue ; la séparation d'avec son épouse dont il n'a eu des nouvelles que récemment, grâce à des contacts discrets avec les occupants anglais :

— *Tout se négocie, de nos jours...*

Alors, son visage s'éclaire de nouveau :

— *Et la Providence me fait signe* : *vous en êtes la preuve, colonel Strewbaker* !

Il espère une réaction, je demeure silencieux. Ce mutisme assoit mon ascendant sur ce misérable hère, gangréné par le déni des réalités et l'absence de remords. En se fendant, sa carapace n'a rien révélé qui m'attendrisse : ce type demeure une crapule sans foi ni loi, un salaud imbu de lui-même.

Mais il vaut de l'or.

Le ronronnement de la Jeep brise un silence pesant : Metzer et Crowley sont de retour. Le véhicule stoppe devant moi. Le Britannique en descend et braque sa lampe-torche vers le siège arrière :

— *Chose promise, chose due : voici notre invitée...*

De la Willys descend une femme blonde costumée en fermière. Mais ses mains fines et son port hautain trahissent sa condition de dignitaire nazie maladroitement déguisée en paysanne souabe. Rettenmayer se précipite vers elle et la serre dans ses bras.

— *Greta ! Plus personne ne nous séparera désormais, je te le jure !*

La femme se met à sangloter. L'étreinte s'éternise sous nos regards absents. Puis Crowley reprend les choses en main :

— *Assez de mélo, passons aux choses sérieuses.*

Il sépare les deux Allemands sans ménagement et s'adresse à la femme :

— *Il est temps de respecter votre engagement.*

Sans un mot, la femme remonte sa longue jupe et immisce une main dans ses dessous. Son mari, stupéfait, l'interpelle :

— *Mais enfin, Greta, que fais-tu ?*

— *Je tiens ma promesse, c'est le prix de la liberté.*

Bravache, elle extrait une capsule métallique de son vagin. La gêne gagne nos rangs : Metzer détourne le regard, je baisse les yeux, Crowley tousse nerveusement. L'époux, lui, est catastrophé.

La femme essuie l'objet oblong contre son jupon de coutil, l'ouvre et en sort une feuille finement pliée. Le Britannique s'en empare et la parcourt avant de me la tendre : y figurent, en minuscule écriture, les identités et les caches de douze scientifiques de haut rang planqués dans la ZOF et désireux de voir du pays. Mais pas la France. Surtout pas la France. Une bien jolie moisson. Et un très beau geste de mon acolyte britannique.

Il est temps de quitter mon accent américain. C'est en français que je me présente de nouveau. Évidemment, *Valenton* sonne moins bien que *Stewbacker* et l'accent hexagonal est beaucoup moins chic que celui de Berkeley. Seul le grade demeure inchangé : colonel je suis, colonel je reste. Metzer traduit mes propos aux deux nazis en utilisant des idiomes strasbourgeois afin de révéler ses origines alsaciennes.

Le couple blêmit. Rettenmayer s'étrangle de rage :

— *Je ne comprends pas... nous avons tenu parole !*

— *La parole des nazis n'a aucune valeur.*

Rettenmayer est déstabilisé par ma réponse et les regards inquiets de sa femme ne l'incitent pas non plus à l'optimisme. Il tente le tout pour le tout :

— *Mais enfin, le major Crowley m'avait donné sa parole d'honneur* !

— *Seconde erreur : les Anglais non plus n'ont aucune parole !*

Crowley sourit à ma saillie. Gagné par le désarroi, le nazi baisse d'un ton :

— *Et vous, colonel Valenton ?...*

— *Là, c'est moi qui ne vous comprends pas, Rettenmayer : comment pourriez-vous faire confiance aux Français ? Vous savez : ces dégénérés que votre führer aurait dû anéantir...*

L'épouse sanglote nerveusement, le mari prend une longue respiration, Crowley m'apostrophe sans leur jeter un regard :

— *René, on récapitule : comme convenu, j'embarque la Boche – elle nous sera toujours utile à Londres –, et toi tu moissonnes dans ta zone. Cela te va ?*

— *Je n'ai qu'une parole, James, tu le sais bien. Et le mari ?*

— *Je serais toi, je m'en débarrasserais : ses travaux sont déjà entre les mains de tes spécialistes du Service T. Il n'a plus aucune valeur.*

— *Je n'ai aucune raison de douter de ton jugement, James.*

Metzer a déjà armé son PM à l'énoncé du verdict. Effrayés, les deux tourtereaux se ruent l'un vers l'autre. La rafale arrête net l'élan de Rettenmayer qui s'effondre au pied de sa femme. Crowley assomme aussitôt la nazie, la menotte et la jette dans le berceau de son side-car. Avant de mettre les gaz, le Britannique salue Metzer et me lance un ultime clin d'œil :

— *Je déteste briser les couples mais, franchement, nous n'avions pas d'autre choix. Bonne chasse, Metzer* ! See you soon, *René*.

3

Metzer, d'excellente humeur, passe me visiter dans ma soupente du Brenner.

« Colonel, je dois vous présenter bientôt un type formidable ! Sans lui, nous serions souvent à la peine.

— Encore un de vos fameux "collaboches", capitaine ?

— Ah non : c'est un gars tout ce qu'il y a de plus français. Un Nivernais. Lui n'intervient qu'en fin de parcours : il ne chasse pas le gibier, il cuisine la viande. Un cador ! Formé sur le tas et devenu l'as des as. Méticuleux, et pas bégueule pour un sou.

— Il a un nom, votre camarade de jeu ?

— Oui : c'est l'adjudant-chef Chanfrot. »

L'Alsacien me raconte par le menu l'épopée de celui qu'il considère désormais comme l'un de ses meilleurs amis dans la ZOF. Un chic type, toujours prêt à lui rendre service.

« Chez les Rosbeefs, on dirait de lui que c'est un *self-made-man.* » Prononcé avec l'accent alsacien, cet anglicisme est savoureux. Le parcours de l'acolyte du capitaine l'est tout autant. Metzer est impressionné par la trajectoire hors-norme du Bourguignon. Il en connaît chaque étape et m'en détaille les péripéties. Quelques bières et un peu de schnaps ne seront pas de trop pour accompagner son récit, à la terrasse d'une brasserie. L'Alsacien est intarissable. Et j'ai un peu de temps à perdre.

Ancien FFI reversé dans l'armée régulière, Chanfrot était chauffeur-livreur à Nevers avant de rejoindre le maquis pour échapper au STO, au printemps 1943. Aucun engagement politique. Aucun casier judiciaire. Et, surtout, aucune envie de partir bosser en Allemagne comme forçat ! Nulle autre passion que la mécanique automobile, la belote et la pêche en bord de Loire avec les copains. Pas porté sur la bouteille. Pas coureur de jupons. Mais un fin tireur qui a fait l'admiration de ses camarades quand il faisait le coup de feu contre les Fritz. D'abord en Bourgogne parmi les maquisards. Ensuite en Franche-Comté, dans les Vosges, en Alsace et enfin en Allemagne, avec la Ire armée française. Pour un gars qui n'avait jamais quitté la Nièvre, ce fut une sacrée chance de voir du pays. L'autre coup de bol, ce fut de rester vivant malgré l'âpreté des combats.

Quand la guerre s'est achevée, le sergent Chanfrot espérait devenir chauffeur militaire. Mais on lui a fait comprendre que des chauffeurs, l'armée n'en manquait pas. Tandis que des « confesseurs », elle peinait à en trouver.

« Confesseur » ? Le Nivernais a tiqué. Bien sûr, il était baptisé et avait fait sa première communion. Mais il ne fréquentait plus sa paroisse depuis longtemps. Le capitaine l'a aussitôt interrompu pour lui préciser ce qu'était un confesseur, tel que lui l'entendait. Chanfrot a de nouveau tiqué. Et comme il n'était pas entièrement convaincu, l'officier lui a clairement mis le marché entre les mains : ce serait confesseur ou rien – démobilisé et renvoyé chez lui, où il n'y avait pas de travail et encore moins de camions en état de marche ou d'essence à mettre dans le réservoir. Cette perspective a aussitôt persuadé Chanfrot qu'il serait préférable d'accepter l'offre.

Le capitaine s'en est montré ravi, et même soulagé. Il lui a ensuite fait miroiter les possibilités de grimper rapidement dans la hiérarchie si le boulot était bien fait. Pour porter l'estocade, il a évoqué la solde qui échappait aux barèmes habituels, compte tenu de la nature de la mission et de la disponibilité exigée. Un avenir possible. Chanfrot a capitulé.

Durant quelques semaines, le Nivernais a fait ses classes dans l'annexe d'un camp de prisonniers, près de Kehl. Une prairie dans laquelle s'entassaient des milliers de Boches décatis et peu enclins à s'enfuir. Des tentes militaires, des tinettes, des bassines d'eau, une infirmerie de campagne et de l'herbe rase jaunissant à vue d'œil sous le piétinement ininterrompu des prisonniers. Au sein du camp, des grillages séparaient les détenus en différentes catégories : la Wehrmacht d'un côté, la SS de l'autre, les faisans dorés à l'écart avec quelques officiers près d'une grande tente. À observer ces troupeaux d'hommes sales, fatigués et hagards, mal fagotés dans leurs tenues dépareillées, certains porteurs de bandages et d'atèles de fortune, d'autres torse et pieds nus, on pouvait s'interroger : était-ce bien les mêmes qui avaient envahi l'Europe dans leurs vareuses rutilantes, l'attitude féroce et arrogante ?

Des civils des alentours s'approchaient des lieux dans l'espoir de reconnaître un mari, un fils, un frère, un père, un oncle, un fiancé ou un ami. À travers les barbelés, les mains se tendaient, des photos ou des bouts de papier circulaient, de la nourriture ou des médicaments atterrissaient au milieu des reclus. Des bagarres éclataient, sporadiques. Les gardes tiraient alors une rafale en l'air et frappaient à coups de crosse les intrus pour les repousser.

Après quelques ordres et contre-ordres ayant davantage semé le trouble que ramené le calme, les responsables du camp s'étaient décidés à autoriser ces visites, dès l'instant que la discipline était respectée. L'idée était de soulager l'intendance du camp en la déchargeant de corvées désormais assurées, en partie, par les civils. Nourrir de telles masses humaines était un souci majeur, comme assurer l'hygiène et éviter la propagation des maladies. La peur du typhus hantait les gardes. La mortalité boche avait connu des pics alarmants : il n'était plus seulement question d'emprisonner, il fallait aussi enterrer. Fastidieux et imprévu.

On vit donc apparaître des panneaux qui indiquaient les horaires et les interdictions à respecter, les consignes destinées aux civils et les ordres imposés aux prisonniers. Les détenus s'organisaient pour que cela fonctionne. Certains étaient affectés à la collecte des victuailles et des médicaments, d'autres à leur distribution. Des postiers emportaient les documents remis par les civils et parcouraient la plaine clôturée, en tentant de les remettre à leurs destinataires, s'ils les trouvaient.

Régulièrement, des camions militaires prélevaient des lots de prisonniers pour les emmener on ne sait où. Des soldats lourdement armés accompagnaient des officiers détenteurs de listes, qui sélectionnaient les détenus à embarquer. Pour bien faire comprendre aux Allemands qu'il ne s'agissait pas d'en profiter pour tenter une évasion illusoire, les soldats postés dans les miradors armaient les mitrailleuses et allumaient les projecteurs en plein jour. Mais quel Boche aurait eu envie de s'échapper ? Pour quoi faire ? Pour aller où ? Dehors, c'était aussi une prison. Plus un pays. La lassitude n'avait qu'une contrepartie agréable : le fait d'être toujours en vie.

C'est dans ce fatras humain que Chanfrot a appris le métier, avec son professeur : Léon Doumergue, un sous-lieutenant bientôt démobilisé. Un confesseur d'excellente réputation. Pour débuter l'apprentissage, Doumergue a prélevé quelques Waffen SS dans le camp. Des durs à cuire. Un matériau parfait. Il les choisissait de tailles, de corpulences et d'âges différents.

Le Tarnais avait une théorie dont la logique était imparable : un Waffen SS ne pouvait pas critiquer le fait qu'on utilise sur lui les méthodes qu'il avait employées sur d'autres. Les découvertes incessantes des méfaits de la SS le confortaient dans cette opinion. Autre avantage : comme le Waffen SS était persuadé d'être un surhomme, il était possible d'employer sur lui des méthodes inhumaines. Tout plaidait pour que cette mission soit remplie avec efficacité, sans état d'âme ni culpabilité.

Il était souvent question de récupérer une information exigée par sa hiérarchie : Doumergue appelait cela un « renseignement ». Pas une simple réponse. Et si précieux que tous les moyens étaient bons pour l'obtenir. Doumergue enseignait à Chanfrot toutes les ficelles. De la plus expéditive à la plus raffinée. En procédant par paliers. En présentant les avantages comparés des différentes méthodes.

Estimer l'endurance du récalcitrant avant de choisir la façon d'agir et les outils éventuels. Réussir à faire parler sans le faire mourir celui qui refuse de parler et est prêt, pour cela, à mourir. Anticiper le moment où le coup porté peut être fatal. S'économiser sans donner à l'autre la possibilité de reprendre son souffle.

S'octroyer une pause sans que le prisonnier ne la prenne pour un répit. Mesurer l'importance et la véracité de l'information soutirée. Creuser l'interrogatoire.

Pour parfaire son éducation, le Nivernais potassait des manuels. Il en bavait, car ils étaient rédigés en anglais. Un cadeau des Alliés. Ce qui le sauvait alors, c'étaient les dessins indiquant les postures des corps, les schémas gestuels, les séquences à suivre. Par certains côtés, ça lui rappelait les bouquins de mécanique automobile. Sa lecture préférée d'avant-guerre.

Malgré les précautions prises par Doumergue, le Nivernais dormait peu et vomissait beaucoup. Il perdait l'appétit et se demandait s'il tiendrait le coup. Mais l'armée avait l'avantage d'être un employeur stable. Une carrière pouvait y être envisagée.

Doumergue initiait le Nivernais aux subtilités de ce qu'il considérait comme un métier de précision : l'art d'obtenir l'essentiel. Il savait que la panique cérébrale donnait de bien meilleurs résultats que la douleur des chairs ou le fracas des os. Selon lui, faire gicler le sang était bien plus facile que faire couler les larmes. Or, derrière les larmes, pouvait jaillir le renseignement. Derrière le sang ne surgissait bien trop souvent que la mort. « Confesseur » et non « bourreau » : il tenait à ce distinguo. Ne pas souffrir de faire souffrir. Rester un homme, malgré tout. Malgré ça.

Au fur et à mesure qu'avançait l'enseignement du Tarnais, Chanfrot s'éloignait de la dureté physique des interrogatoires. Il pénétrait désormais dans un univers qu'il ne connaissait pas – une dimension exonérée des limites qu'impose un corps martyrisé et sur le point de rompre : la violence psychologique.

Le Tarnais renonçait aux cobayes trop prévisibles. Il sélectionnait des profils aux intelligences perverses.

Des cas difficiles. Cela pour permettre au Nivernais de s'insinuer dans les méandres de l'âme, pour en cureter la part d'ombre.

Ruser davantage. Remplacer la douleur par la frayeur. Cultiver l'imprévisible. Faire du silence une arme plus puissante que le bruit mat des coups. Tester le système de défense du cobaye. Provoquer des réflexes imperceptibles qui trahiraient le désarroi du prisonnier. Perturber le détenu par l'absence d'une violence attendue, presque espérée. L'utiliser ensuite avec une intensité déconnectée des enjeux. Brouiller les repères temporels et spatiaux. Déstabiliser les défenses corporelles et mentales. Briser l'âme plutôt que le corps. Parce que le renseignement se planquait dans le cerveau. Pas dans le muscle.

« Rémy, nous ne sommes plus dans l'urgence de l'interrogatoire de guerre. Désormais, il s'agit de vérifier des dires, de recouper des informations, d'obtenir des aveux circonstanciés… Il faut adapter nos méthodes. Ce sera ton job quand je partirai d'ici. »

Le Tarnais insistait également sur ce qu'il avait baptisé la « cosmétique ». Une nouveauté : le prisonnier devait toujours demeurer présentable, pour faire bonne figure lors de son procès ultérieur. Ordre de l'état-major et impératif de la démocratie. La justice des vainqueurs souhaitant être exemplaire et publique, les procès seraient filmés et diffusés aux actualités. Parfois par Hollywood, dont étaient issus certains réalisateurs de l'armée américaine. La justice des temps nouveaux, inspirée des États-Unis. Tout plan serré sur les prévenus aurait pu déconsidérer le cours des jugements s'il montrait des regards hagards, des têtes boursouflées, des comportements erratiques, des silhouettes exagérément voûtées.

Le 10 septembre dernier, Doumergue a fêté sa démobilisation. Il a adoubé Chanfrot en vantant les mérites de son élève. L'officier qui avait recruté le Nivernais en lui forçant la main était également heureux : il ne s'était pas trompé. Voilà qui l'aiderait à obtenir un avancement longtemps espéré. Après un speech paternaliste, son supérieur a offert à Doumergue un album-photos du régiment, quelques bouteilles de schnaps, sa feuille de démobilisation et son brevet de lieutenant de réserve. Doumergue s'est fendu de quelques mots. Puis il s'est tourné vers Chanfrot et lui a tendu un manuel en piteux état : rédigé en cyrillique, illustré de schémas et de photos, imprimé sur un mauvais papier, c'était un guide du NKVD. La bible de l'interrogateur soviétique.

À Baden-Baden, le seul travers du boulot de Chanfrot est l'absence d'horaires. Les journées sont parfois interminables. Ou brutalement trop courtes. Cela fait partie du protocole : interroger à tout moment, de façon imprévisible, de jour comme de nuit, pour une durée plus ou moins longue. Afin de déstabiliser le prisonnier. De le plonger dans le désarroi. Et d'obtenir enfin les renseignements.

Chanfrot n'en fait jamais une affaire personnelle. Après tout, il ne connaît pas le type qui passe entre ses mains et il n'a rien de particulier à lui reprocher. Le Nivernais est secondé par Gervais Staech, un sergent lorrain qui a un double avantage : il parle allemand et c'est un excellent joueur de belote. C'est également un grand gabarit bien utile pour maintenir le client tranquille dans les moments délicats.

Pour le remercier de son efficacité, son commandant a offert à Chanfrot un matériel de pêche tout neuf. Cannes en bambou refendu, moulinets, leurres, hameçons, plombs, bobines de fil, avançons d'acier, bouchons, gaffe, épuisette et tout le toutim. En provenance d'une cabane de pêcheur en bord de Rhin, dont le propriétaire a été pendu. Le commandant lui a octroyé deux jours de permission pour aller tester son acquisition dans la Loire des Boches, comme dit le Nivernais. Le Rhin nourrit bien ses carnassiers avec les cadavres qui passent au fil de l'eau ou qu'on retrouve le long des berges ou sous les piles des ponts fracassés, protégés du courant : les chairs abîmées font le bonheur des brochets, des sandres et des silures. De belles prises en perspective. Metzer l'y a souvent accompagné : c'est, lui aussi, un amateur de carnassiers et il sait repérer les bons postes à brochet. Rentrer bredouille est rare lorsque la paire déploie ses cannes.

Récemment, un type est venu voir Chanfrot et Staech. Il est arrivé sans décliner son identité, en blouse blanche, avec une mallette. Un médecin militaire.

Dans la pièce se trouvait un Waffen SS d'une vingtaine d'années. Un Totenkopf originaire de Prusse-Orientale. Un cobaye en bonne santé. C'étaient l'exigence du visiteur et un ordre supérieur.

Le Boche était attaché à une chaise, en caleçon, les yeux bandés. Le visiteur a ouvert sa mallette et en a sorti une ampoule de sérum. Après en avoir brisé l'embout, il a versé le liquide translucide dans une seringue. Il s'est redressé vers la lumière et a saisi le bras gauche du prisonnier pour chercher une veine. Puis il a planté d'un coup sec la seringue pour injecter le sérum. L'Allemand ne bougeait pas. Puis il s'est mis à dodeliner de la tête et à parler sans s'arrêter. Comme hypnotisé. Il s'interrompait brutalement, en pleine logorrhée, dès que l'officier le lui demandait. Puis il repartait dans cette sorte de délire quand l'homme en blouse blanche le relançait. Chanfrot et Staech en sont restés babas.

Le carabin s'est alors lancé dans de longues explications. Il a évoqué l'inventeur du procédé, un certain docteur Bleckwenn. Des noms savants se bousculaient dans sa bouche : scopolamine, dopamine, chloroforme, éthanol, Pentothal, barbiturique, opiacés, psychotropes… Finalement, il s'en tint à une formule magique : « sérum de vérité ».

Chanfrot s'est aussitôt imaginé qu'à condition de savoir planter une aiguille dans le bras d'un client, c'en serait bientôt fini de certains aspects fastidieux du métier. Trop beau pour être vrai ! D'ailleurs, après avoir insisté sur l'importance des dosages à respecter selon l'état de conscience que l'on souhaitait obtenir du prisonnier, le toubib a aussitôt embrayé sur les limites de cette potion miraculeuse. Et ce fut la douche froide.

« L'information obtenue est peu fiable : les sujets interrogés mélangent faits réels et imaginaires. La sensibilité individuelle est variable, ce qui rend hasardeuse l'interprétation des informations obtenues.

— Mais ça vaut le coup d'essayer ?

— Oui, on n'est jamais à l'abri d'une bonne surprise… »

Toujours mieux que rien, à condition que ça ne vienne pas rajouter du boulot. Car Chanfrot constate une évolution pénible : la paperasserie, rendue nécessaire par la multiplication des procès et la surenchère des demandes urgentes des services. Cela empiète sur le temps consacré au cœur du métier : la confession.

24 novembre. Une maison forestière proche de Baden-Baden

En compagnie de Metzer et de Staech, Chanfrot me précède dans le couloir jusqu'à une porte blindée : par l'œilleton, l'adjudant-chef me fait découvrir une pièce aveugle, entièrement capitonnée. Dans mon dos, il commente les lieux à voix basse, avec un sens inné de la litote :

« Là-dedans, tout cri est absorbé, mon colonel. Aucun écho. Pas de tabouret, de lit, de W.-C., de table. Rien. Ça n'est pas l'hôtel.

— Je vois ça… »

Au plafond, un projecteur diffuse une lumière puissante et permanente. « Impossible de distinguer le jour de la nuit, ni de compter les heures. Avec ça, le temps n'existe plus. Mes locataires deviennent vite insomniaques ! »

La porte est percée d'une petite trappe par laquelle est passée la ration alimentaire. « Nous distribuons la platée à heures irrégulières, pour accroître la perte de notion du temps et perturber le métabolisme du gastronome. Une idée de Staech. »

Près de la porte, un robinet sans tête laisse couler un fin filet d'eau qui frappe le ciment du sol avant de rejoindre une rigole d'évacuation. « Le bruit de la flotte les rend dingues. Méthode brevetée par ma pomme.

— Le capitaine Metzer m'avait déjà parlé de votre savoir-faire. Cela confine au génie… »

Chanfrot rougit.

Nu et exténué, Reynardt Zweigger est là depuis cinq jours. Une jolie prise de Belcher-Berger, débusquée à Sigmaringen. Juste avant sa fuite en Suisse.

Chanfrot m'invite maintenant à le suivre dans une pièce jouxtant la cellule. Metzer et Staech restent dans le couloir. Ils papotent déjà : un Alsacien et un Lorrain ont toujours quelque chose à se dire. Ou à se reprocher. Une vieille habitude.

Dans son bureau, le Nivernais me présente un grand cahier. Chaque interrogatoire y est répertorié : date, jour, horaires, début et fin, durée, interruptions… Suit sa retranscription intégrale. De longues pages plongent dans les méandres d'un dialogue obligé. On pourrait presque y deviner l'intonation des interlocuteurs, les moments de tension, les plages de calme, le souffle parfois. C'est un travail méticuleux, savant. Tout est codifié. Et derrière les mots, parfois, furtif et inattendu, il est là : le renseignement. Il effleure sous les phrases simples ou les tirades alambiquées. Et l'interrogateur le cueille. Précautionneusement. Puis il le couche sur le papier.

Sur un calepin, je note l'essentiel du dossier Zweigger, un généticien SS d'une trentaine d'années. Un nazi des Sudètes, adepte des expériences opérées dans les camps sur des cobayes humains, nouveau-nés ou enfants de préférence. Un médecin de la mort. Un assassin recherché par ses anciens compatriotes. « Comme vous le constatez, colonel, ce client s'est finalement montré loquace. » En effet, les pages du cahier regorgent de noms, de fonctions, de parcours, de dates d'activités. Un joli tableau de chasse en perspective. Je noircis mon calepin puis me redresse vers Chanfrot.

« J'ai terminé. Joli boulot, mes félicitations !

— Merci, colonel. Et qu'est-ce qu'on fait de lui ? J'aurais besoin de la cambuse : en ce moment, on reçoit beaucoup !

— Nous l'embarquons, le capitaine Metzer et moi. »

L'Alsacien sort l'Allemand de la cellule. Nu, hébété, titubant et désorienté, il pue la sueur et la pisse. Une loque. Dehors, Metzer le hisse, frigorifié, à l'arrière de la Jeep et le menotte dans le dos avant de prendre le volant.

« Je vous l'avais dit, colonel : Chanfrot est formidable !

— Je vous l'accorde : un tel talent n'est pas donné à tout le monde… à condition d'avoir le cœur bien accroché.

— C'est plutôt ses clients qui doivent avoir le palpitant solide… Et où dépose-t-on le paquet ?

— À la délégation tchèque. Nous sommes attendus. Un échange de bon procédé : on leur livre cette saloperie et ils nous renvoient un adjoint de Wagner, planqué chez eux et dont ils n'ont aucune utilité.

— Épatant ! Je me ferai un plaisir d'assister mon ami Chanfrot dans ses œuvres, quand on recevra le paquet. Si vous n'y voyez pas d'inconvénient, bien sûr.

— Aucun, Metzer, dès l'instant que vous ne l'abîmez pas trop : on en aura besoin vivant pour le procès de Wagner.

— Promis ! Juste deux ou trois torgnoles un peu appuyées, rien de trop grave. »

L'Alsacien est ravi, sa conduite s'en ressent : la Jeep fait une brusque embardée et l'Allemand bascule en s'assommant contre une armature métallique.

« Vous qui savez tout, Metzer : en Tchécoslovaquie, ils pendent, ils décapitent ou ils fusillent ?

— Pas impossible qu'ils le balancent sous les chenilles d'un char ou les roues d'un camion, devant un public aux anges. Ça se fait beaucoup avec les Boches des Sudètes : les Tchèques sont mal lunés en ce moment. »

4

26 novembre

Lorsque Colette Richard pénètre dans mon bureau, je suis plongé dans un dossier embarrassant : le sort de certaines Allemandes dans la ZOF. Des voyous marseillais et niçois sillonnent la région et raflent des jeunes femmes isolées, souvent des exilées ayant perdu tout contact avec leurs proches. Avec des complicités locales, ils les enlèvent pour les emmener sur la Côte d'Azur et en Afrique du Nord afin qu'elles s'y prostituent. Ce sont souvent de très jeunes filles. Dans un premier temps, le dossier n'a pas ému outre mesure les autorités : elles y ont vu des rumeurs infondées et des manœuvres destinées à salir notre réputation. Peut-être un coup tordu des Américains.

Jusqu'au jour où l'une de ces proies est parvenue à s'échapper des griffes de ses ravisseurs, près d'Ulm : la nièce mineure d'un grand propriétaire foncier du Wurtemberg. Un conservateur influent; une pièce maîtresse pour asseoir notre pouvoir dans ce coin d'Allemagne. L'enquête a pris une ampleur urgente.

Ici, les affaires de prostitution sont légion. La tolérance a prévalu tant que cette activité demeurait discrète. Ces temps sont révolus. Comme sont encore nombreux les viols commis par des militaires, désormais sanctionnés avec la plus extrême rigueur, selon la formule consacrée. Pour certains officiers, commander le peloton d'exécution face à un soldat de leurs troupes – parfois un combattant valeureux – est un déchirement amer. Mais en haut lieu, les ordres sont formels : le temps est venu de ne plus considérer la femme allemande comme un butin, un passe-temps ou une source de profit.

Autre souci : malgré l'interdiction des manifestations de fraternisation, la nature humaine a repris ses droits. Et ses plaisirs. On redoute les naissances d'enfants, fruits défendus nés de la promiscuité entre soldats français et femmes allemandes. Dans les rues, on observe beaucoup de ventres arrondis : en l'absence des mâles teutons retenus prisonniers, il est fort à parier que les géniteurs des futurs bambins soient les occupants gaulois. Ce qui tracasse l'administration militaire : un parallèle a été établi entre les « enfants de Boches » – peuplant les orphelinats hexagonaux ou faisant l'objet d'un violent rejet populaire – et la venue au monde des premiers « enfants de Français ». Tout aussi pestiférés.

L'arrivée des familles des administrateurs et des militaires impose de déminer le terrain : les épouses légitimes et leurs progénitures officielles doivent être accueillies en toute sérénité. Cette question de principe nécessite d'urgence un vernis de moralité : maîtresses et bâtards doivent se terrer ou s'exiler. L'adultère bourgeois passe encore, mais le lupanar : plus jamais !

Ferions-nous nôtre le triptyque nazi *Kinder, Küche, Kirche* ? « Enfants, cuisine, église » ! Les 3 K symbolisant les missions dévolues aux femmes sous la dictature nazie : assurer l'éducation des enfants, cuisiner pour la famille et vivre selon les préceptes d'une morale religieuse mâtinée de national-socialisme.

La consigne est stricte : le *moral des troupes* ne doit pas nuire à la *morale de l'armée.* La visite du général de Gaulle n'est pas étrangère à ce raidissement puritain : plus de vagues. Même sur le Rhin.

Levant le nez de mon dossier, je constate que Colette est toujours aussi pimpante et énergique. Elle me tend une main nerveuse et parfaitement manucurée.

« Bonjour, René !

— Bienvenue, Colette !

— Considérez ma présence comme une initiative personnelle, même si le général Garnier en est averti. Disons que je lui ai un peu forcé la main.

— Je n'ai jamais douté de votre ascendant sur notre supérieur… »

Elle rougit furtivement et se reprend aussitôt.

« Celui-ci me charge d'ailleurs de vous féliciter pour la qualité de vos mémos. Il apprécie leur concision et leur clarté. J'ai également des nouvelles vous concernant. » Le lieutenant Richard pose une enveloppe sur mon bureau. « Avant d'ouvrir ceci, j'aimerais que vous m'écoutiez attentivement. »

Colette Richard évoque ce jour très particulier du 8 mai. Celui de la capitulation. Mais ni à Paris ni à Londres, comme nous nous l'étions déjà raconté. Pas si loin d'ici : en Bavière, près de l'Obersalzberg.

Il est dix-sept heures lorsque, dans une clairière proche de Karlstein, trois pelotons d'exécution de la 2e DB fusillent l'un après l'autre trois groupes de quatre Français en uniforme allemand. Mais pas n'importe quelle vareuse : celle des Waffen SS. L'ordre noir hitlérien. Les fanatiques jusqu'au-boutistes. Ces douze salopards appartiennent à la 33e Waffen Grenadier Division der SS. La division Charlemagne : des nazis français. Ils sont sergent, sous-lieutenant, lieutenant, grenadiers. Ils ont entre vingt et trente-cinq ans. Partis cinq semaines plus tôt de Franconie pour rejoindre le Mecklembourg après avoir échappé au chaudron de Poméranie, ils ont pris le chemin de la Bavière. Faits prisonniers par les Américains, ils ont été livrés à la 2e DB à Bad Reichenhall : des unités françaises cantonnent dans cette ville et se relaient pour aller visiter le Berghof, le nid d'aigle de Hitler où les hommes de Leclerc sont arrivés les premiers, à une vingtaine de kilomètres de là.

Je visualise leur périple tandis que Colette Richard poursuit son récit. Et je m'interroge sur l'intérêt de ce compte rendu détaillé : des Français ont fusillé d'autres Français, le désastre moral dans ses oripeaux morbides.

« Les échanges avec Leclerc ont été vifs : quand le général leur a reproché de porter l'uniforme nazi, l'un d'eux lui a rétorqué qu'il revêtait une tenue américaine.

— Pas très malin…

— Leclerc était excédé, ce jour-là, par l'ordre d'évacuer la région, donné par ses supérieurs américains. Et par leurs remontrances relatives aux pillages imputés injustement aux troupes françaises.

— Et certainement révolté à la vue de ces traîtres…

— Sans aucun doute. Mais nous arrivons à ce qui vous intéresse plus particulièrement, René.

— Je vous écoute.

— Ces condamnés ont été confessés par un aumônier militaire. Et ce prêtre a recueilli les lettres de certains d'entre eux, destinées à leurs familles. Toutefois, il lui a été fermement conseillé d'attendre avant de les expédier.

— Le temps d'identifier ces salauds ?

— Oui. Ce qui n'est pas terminé. Sauf pour cinq d'entre eux. Dont lui. » Colette Richard glisse lentement l'enveloppe vers moi. « Maintenant, vous pouvez l'ouvrir. »

J'extirpe une lettre manuscrite rédigée au crayon sur un mauvais papier. Et dont je reconnais aussitôt l'écriture. Mes mains tremblent. Ma vue se trouble. Ma nuque se raidit. Plus je lis, plus ma respiration devient difficile.

Commandant René Valenton. Londres ?

René,

Encore un condamné à mort dans la famille ! Mais moi, je vais y passer. Et toi, te retrouver seul. Maman, Irène, Victor et maintenant ma pomme : ça fait beaucoup. Mais je ne regrette rien. On se retrouvera là-haut. Adieu.

SS-Obersturmführer Jules Valenton

P.-S. : moi aussi, j'ai fini officier.

Ma voix est blanche, mon regard happé par le papier.

« Puis-je conserver cette lettre ?

— Oui. L'identité de votre frère et les circonstances de sa mort resteront confidentielles.

— Mais que faisait-il dans la SS ? C'était un idéaliste, d'accord, il s'est trompé, d'accord, mais de là à combattre avec les nazis ! »

Colette Richard est gênée : elle considérait cette missive comme le point final de l'une de mes quêtes.

« René, je suis désolée de remuer tout ce passé. Et ne m'en demandez pas davantage, je ne vous dirai plus rien. »

Chaviré, je raccompagne Colette Richard jusqu'au cabinet du général Kœnig : un rendez-vous l'y attend.

« Promettez-moi de ne pas vous y rendre.
— Où cela, Colette ?
— Ne me prenez pas pour une sotte, René : en Bavière, pas très loin de Salzbourg. À Bad Reichenhall. Là où est enterré votre frère.
— En quoi cela vous gênerait-il ?
— C'est en zone américaine : il serait très embarrassant d'y surprendre un officier français se recueillant sur la tombe d'un SS. Surtout si c'est son frère. » Devant le Kurhaus, Colette Richard me tend une main plus ferme qu'à son habitude : elle est contrariée. « Ne gâchez pas tout, René. Ça ne servirait à rien. »

Un dimanche de fin septembre 1937 à Sainte-Savine me revient en mémoire. Le déjeuner familial à peine achevé, mon cadet s'était montré soudainement colérique. Il n'appréciait pas l'annonce de mon départ prochain à Londres, pour rejoindre la commission militaire franco-britannique. Jules profitait de l'absence de notre mère et de notre sœur, parties se promener à Troyes avec des amis, pour vider son fiel.

« Tu crois que c'est le moment de prendre la poudre d'escampette ? Papa est mort il y a trois semaines, maman se retrouve seule et toi, tu pars faire le malin chez les Rosbeefs !
— Jules, c'est une affectation militaire, pas une escapade touristique !
— Tu m'en diras tant ! Comme toujours, tu n'en fais qu'à ta tête.
— Mère n'a pas besoin de moi. Et puis Irène est là.
— Tu n'es qu'un égoïste ! Notre frangine a d'autres priorités que de s'occuper de maman : elle travaille et elle est mariée, je te le rappelle ! Et moi, j'ai d'autres ambitions que de poireauter à Sainte-Savine. »

Jules n'avait jamais admis que je puisse vivre loin du cocon familial. Malgré les encouragements de notre père, fier de mon engagement d'officier. Je le sentais également déçu de ne pas être soutenu dans une lubie récente : la politique. Sa haine du Front populaire – « un ramassis de métèques, de youtres et de francs-maçons », selon ses termes – l'avait convaincu de rejoindre le PPF de Doriot, ancien chef rouge ayant viré brun foncé, par dépit puis par ambition.

Il faut avouer que le gouvernement, dirigé par les radicaux depuis la démission du socialiste Blum en juin, naviguait alors à vue et favorisait tous les mécontentements, même les plus irréfléchis. Il devait faire face à l'agitation calamiteuse des communistes, encouragés par le Komintern piloté de Moscou ; dans le même temps, il lui fallait contrer les intrigues d'officines nationalistes et revanchardes, manipulées par des affairistes agacés par ses réformes. La France bouillonnait. Mon frère aussi.

Hors de l'Hexagone, ce n'était guère moins inquiétant : l'Espagne finissait de s'entre-tuer ; en Allemagne, les nazis opéraient un réarmement de moins en moins discret, pour se venger du traité de Versailles, sous le regard enamouré de Mussolini : un gesticulateur se rêvant nouveau Jules César jusqu'en Afrique, jaloux de l'empire colonial français. On avait connu des cieux plus cléments et des voisins moins agités.

Qui plus est, l'Europe subissait, avec retard, les contrecoups du krach financier américain de 1929, qui la privait d'investissements indispensables et d'exportations profitables. Le chômage prospérait, la colère s'exprimait, la France se divisait. Et Jules s'embrasait.

« Un conseil, Jules : tu devrais te concentrer sur ton travail à la bonneterie, plutôt que de te disperser.

— Je n'ai aucune leçon à recevoir du chouchou de papa ! Partir se planquer chez les British alors qu'il y a tant à faire pour soutenir la famille et remettre de l'ordre en France… Jamais là quand on a besoin de toi ! »

Lui tenir tête n'aurait servi à rien : Jules était un sanguin, un idéaliste. Influencé par son beau-frère et jaloux de son aîné. Incapable d'exister par lui-même. Nous nous étions quittés fâchés.

Par mes études loin de Troyes, puis mon engagement militaire loin de France, j'avais donc fui une famille étouffante. L'adulte obéissant avait rompu avec ce cocon, certain de l'aimer davantage de loin. Et tout me ramène à lui, dans un huis clos abominable, peuplé désormais de fantômes. Un frère idéaliste qui s'égare et le paie de son sang. Une mère morte de chagrin. Une sœur et son fils qui paient pour mon ralliement gaulliste, et dont j'ignore toujours le destin malgré mes recherches incessantes. Aurais-je agi aussi égoïstement si j'avais imaginé le prix de mes choix, payés par d'autres ? Culpabilité tenace et espoir ténu s'entrechoquent dans un ballet mortifère. Et je mesure chaque jour davantage le gouffre qui s'ouvre devant moi.

5

Dimanche 15 août 1943. Sainte-Savine, banlieue de Troyes

La maison du 146, avenue du Général-Gallieni est agrémentée d'un vaste jardin – presque un parc –, faisant l'angle avec la rue de Chanteloup. C'est une belle propriété, close de hauts murs. Un paradis d'autant plus agréable qu'en ces temps de rationnement il y pousse les nourritures terrestres qui font défaut au commun des mortels : pommes de terre, carottes, haricots, tomates, navets, poireaux, choux. Sans oublier les arbres fruitiers, généreux en prunes, pommes, poires et cerises. Un garde-manger complété par la présence, dans un empilement de clapiers, de lapins destinés à la casserole.

Dans la cour constellée de gravillons blancs, une table en fer forgé accueille la famille Valenton. On a dressé un parasol pour se protéger du soleil éclatant. Pour laisser sa mère se reposer, Irène apporte le saladier de tomates. Son frère, Jules, tranche un grand pain et dépose les morceaux dans une corbeille. Le petit Victor, grimpé sur les genoux de son père, Charles, picore les miettes, en riant.

Il est treize heures lorsque retentit la sonnette de l'entrée. Puisqu'on n'attend personne, on ne répond pas et on entame les agapes. Sans doute un garnement qui s'amuse à remonter l'avenue en sonnant aux habitations. Mais à nouveau la sonnette retentit et se fait, cette fois-ci, insistante.

« Ce garnement va voir de quel bois je me chauffe ! »

Jules se lève de table, traverse la maison et va ouvrir.

« Monsieur Valenton ? »

Il se fige : devant lui, le major Hellenthal. À ses côtés, près de deux Traction Avant aux moteurs allumés, un agent de la Gestapo et deux SS, mitraillettes en bandoulière.

« Me permettez-vous d'entrer saluer votre maman ? »

Sans attendre, l'officier nazi pénètre dans la maison, suivi de ses brutes muettes. Il rejoint le jardin où la tablée se fige. Le petit Victor est subjugué par le major : c'est la première fois qu'il voit une si belle tenue. L'Allemand sourit.

« Veuillez excuser ma visite inopinée ! Mais, je vous en prie, poursuivez votre repas… »

Les convives, tétanisés, demeurent silencieux. Victor s'approche de l'officier pour admirer la dague qui brille dans son fourreau. L'Allemand le prend dans ses bras et le fait tourner dans les airs, avant de le reposer au sol ; puis il dégaine le poignard d'apparat et le lui tend.

« Je te le prête, mais fais bien attention à ne pas te blesser, Victor. »

L'enfant est surpris : l'inconnu connaît son prénom. Il prend l'arme et la contemple, fasciné. L'acier de la lame damassée brille violemment au soleil et lui fait cligner les yeux. L'officier s'empare d'une fourchette et la pique dans la salade.

« Ce sont des tomates de votre jardin, Madame ? »

La femme, usée, demeure muette face à cette vision cauchemardesque. Le nazi s'adresse alors à sa fille.

« Votre maman a eu la gentillesse de me prêter assistance dans un dossier délicat. Elle ne vous en a pas tenu informée ? »

Irène Gapin voit les yeux de sa mère s'embuer.

« Non, pas du tout. De quoi s'agit-il, maman ? »

L'Allemand l'interrompt.

« Qu'importe puisque ses efforts ont été vains. Je me vois donc contraint de poursuivre plus avant ma mission. En vous associant désormais, toutes et tous, à cet effort. »

Jules, interloqué, se décide à intervenir.

« Mais de quoi s'agit-il ? Nous sommes tout à fait respectueux de l'Allemagne…

— Je n'en ai jamais douté, cher Monsieur. Et votre appartenance au PPF de l'Obersturmführer Doriot me conforte dans cette opinion. L'heure est peut-être même venue d'affirmer plus encore votre attachement à notre destin commun.

— Je ne comprends pas…

— En rejoignant les Français qui combattent à nos côtés, par exemple.

— Mais j'ai un travail, et je ne peux…

— Rassurez-vous, votre employeur a été prévenu. Il ne voit aucun inconvénient à votre départ.

— Mon départ ?!

— Pour le front de l'Est au sein de la Waffen SS. Vous y retrouverez des camarades de votre mouvement. J'ai fait le nécessaire pour que vous y soyez accueilli dans les plus brefs délais. »

Irène prend aussitôt la défense de son frère.

« Vous n'avez pas le droit ! »

Le nazi fige son rictus. Son regard la pétrifie. Victor se réfugie dans les bras de son père en reposant la dague sur la table.

« Madame, je crains de devoir vous contredire : j'ai TOUS les droits. Dont celui de vous demander de me suivre ainsi que votre époux et votre fils. Maintenant ! *Schnell !* »

Les militaires s'emparent des trois adultes, tandis que le major soustrait l'enfant des bras de son père, sous les yeux horrifiés de la matriarche, vers laquelle il se tourne et s'incline.

« Mes hommages, Madame. »

Les Traction Avant démarrent dans des crissements de pneus. De rares passants détournent le regard. Seule et désemparée, la mère se lève de table. Elle titube puis s'affaisse sur les gravillons. Le cœur n'a pas tenu.

Berlin, pourquoi pas ?

1

Décembre 1945

Mes notes pour Garnier s'espacent : la ZOF s'enfonce dans l'hiver. Et cet engourdissement nous frappe tous. Mes audaces avec Magdalena se raréfient. Elle n'y voit pas malice. Julia me visite un soir, avec une bouteille de champagne. Elle tient à ce que je demeure « l'amant de son amante ». Je lui promets que mon effacement n'est que temporaire.

Auprès de quelques personnes devenues proches, je m'offre le luxe de la sincérité. Je m'accorde avec elles une liberté de ton et une ouverture d'esprit impossibles à exprimer ailleurs. Leurs situations et leurs caractères si différents en font une étonnante tribu. *A priori*, rien ne pourrait rapprocher Magdalena de Metzer, sauf l'évocation d'un ennemi commun : Wagner, l'ancien gauleiter. Morin et Bourdan ? Sans doute une appétence culturelle commune mais des divergences profondes : communistes et radicaux-socialistes s'évitent. Je les vois successivement, jamais ensemble. Les occasions ne s'y prêtent pas. C'est peut-être un tort : il pourrait surgir de telles rencontres des fulgurances et des débats passionnants.

Il n'est qu'un sujet pour lequel ma fébrilité interdit tout aveu : le destin familial apocalyptique. Dans ce maelström de douleur et de culpabilité, j'écris beaucoup, je téléphone sans relâche. Des amis influents relaient mes missives et mes appels. Et j'obtiens enfin une information, transmise par un haut fonctionnaire parisien ami de Bourdan, tout nouveau député de la Creuse : le matricule du convoi SNCF, le trajet et la destination du train ayant emporté ma sœur et son enfant en Allemagne.

Un convoi parti de Drancy le 20 août 1943 pour rallier Ravensbrück, à quatre-vingts kilomètres au nord de Berlin. Un périple de cinq jours, de souffrance et de mort. Avant l'internement dans un camp où l'espérance de vie était dérisoire. Y ont-ils survécu ? Rien n'est moins certain : on séparait les mères de leurs enfants dès leur arrivée, ces derniers étant souvent assassinés ; les femmes s'épuisaient au travail sous la garde cruelle de leurs bourreaux. Ceux-ci les exécutaient parfois pour le seul plaisir de tuer.

Et s'ils sont encore de ce monde, que sont-ils devenus ? Comment les retrouver ? D'après mon informateur, la liste des survivants se trouverait dans des archives nazies. Sous la garde du NKVD. Reste à savoir où. Il me faudra quitter tôt ou tard le confort de la ZOF pour poursuivre la quête en zone soviétique : une Allemagne d'où rien ne filtre, sous une chape de plomb et un manteau de neige. Le trou noir de l'Armée rouge.

***

Je tente vainement de me changer les idées. Je visionne *Boule de suif*, le dernier film de Christian-Jaque : une adaptation des nouvelles de Maupassant, avec Micheline Presle et Louis Salou. Le film est un peu cocardier. Presque caricatural. Même avec les dialogues d'Henri Jeanson, que j'ai connu mieux inspiré. Peut-être est-ce mon humeur du moment qui m'interdit de l'apprécier à sa juste valeur. Qui plus est, il faut supporter d'interminables actualités, à la tonalité emphatique : « l'Allemagne paie » ! On nous y décrit, par le menu, le montant de l'addition, les modalités du règlement et les bienfaits matériels et moraux de la punition. Une illusion déguisée en affirmation. La routine.

Je n'ai décidément pas de chance avec le septième art. Il y a deux jours, Metzer m'a convaincu d'assister, près de Freudenstadt, à la projection de *Death Mills*, un documentaire de l'US Army diffusé dans des conditions particulières : sous-titré en allemand, devant un public contraint – des civils encadrés par la gendarmerie, dans un hangar.

Consacré aux exactions nazies, le film décrit l'horreur et la duplicité germaniques : les survivants décharnés, hagards ou mourants, les chambres à gaz maquillées en douches, les fours crématoires et les cendres des suppliciés, les lieux de torture et d'exécution, les empilements de cadavres disloqués, les charniers. Des SS mâles et femelles, arrêtés sur place, y sont exhibés : des barbares plébéiens. On assiste à la visite des camps par de longs troupeaux d'Allemands conduits sans ménagement par les libérateurs : les voisins de ces usines de mort, qui prétendaient ne rien savoir. Maintenant ils savent, ils voient et ils sentent ; certains vomissent ou s'évanouissent.

Durant la projection, Metzer surveillait les spectateurs en tapant nerveusement sur le holster de son pistolet : je le sentais prêt à dégainer pour abattre tout

Allemand qui aurait toussé ou bâillé. Je n'étais pas loin de ressentir la même pulsion. Preuve que ce film avait atteint son but : nourrir la colère de l'occupant, dénoncer la bassesse de l'occupé.

À l'issue de la projection, l'Alsacien n'a pas décoléré : « La plupart de ces Boches croient que c'est un bobard des Alliés, un trucage, de la propagande. Ils devraient subir la même saloperie pour que ça leur rentre dans le crâne. »

Hier, le court-métrage était projeté ailleurs, devant d'autres Allemands. Tout aussi lâches, tout aussi coupables, tout aussi méprisables.

***

Tout me ramène à la quête de ma famille. Une obsession.

Me coller une balle dans le caisson est une pulsion récente, apparue durant les nuits sans sommeil. Dans mon lit, les lumières éteintes, j'ai saisi mon Lüger pour plaquer son canon contre ma tempe, dans ma bouche ou sous mon menton. Mais à quoi bon me flinguer ? Je suis déjà mort. Et dans ma glace, je ne vois plus qu'un ennemi.

***

Je retrouve Morin à l'état-major. Il souhaitait me voir urgemment. Lorsque je pénètre dans sa cambuse, il est plongé dans la lecture des bulletins des services de renseignement américains et anglais sur l'état des populations et la situation politique dans leurs zones. Des rapports dont je suis également destinataire.

« Alors, Edgar, on surveille nos voisins ? Normalement, c'est mon job…

— Je pique juste quelques idées à appliquer chez nous. »

Il m'invite à m'asseoir. L'officier de propagande s'assombrit soudain.

« René, avez-vous entendu parler de la Rose Blanche ?

— Oui, bien sûr. À Londres. »

Un réseau d'une vingtaine de jeunes Allemands antinazis : à l'origine, Hans Scholl et Alexander Schmorell rédigent des tracts et les envoient par la poste à des intellectuels munichois. Ceux-ci les reproduisent et les adressent au plus grand nombre. Du culot. Leur cinquième tract, « Appel à tous les Allemands », conçu pendant l'hiver 1942, au paroxysme de la bataille de Stalingrad, est distribué à Munich, Stuttgart, Francfort, Salzbourg et Vienne. Une folie.

Le sixième tract signe leur perte : le 18 février 1943, Hans et sa sœur de vingt-deux ans, Sophie, déposent des exemplaires dans l'université de Munich. Découverts par un appariteur, ils sont retenus jusqu'à l'arrivée de la Gestapo. Un suicide. Le frère et la sœur sont interrogés trois jours, puis jugés par le Volksgerichtshof, un tribunal réservé aux ennemis de l'État, présidé par Roland Freisler, accouru de Berlin. Cet ancien communiste, crapule psychopathe gesticulant sous amphétamine, est connu pour insulter et humilier les accusés et condamner à mort à tour de bras. Sa façon de prouver son allégeance à Hitler, son nouveau maître, après ses turpitudes bolcheviques : le frère et la sœur sont guillotinés le jour de leur condamnation.

« Après leur mort, leurs tracts ont été lâchés sur l'Allemagne par l'aviation anglaise.

— Des bombes morales, pour changer...

— Oui. Et j'étais de ceux qui ont appuyé cette initiative.

— Alors justement : faites quelque chose, René ! Vous connaissez du monde à Paris… »

Morin m'explique sa requête : à défaut de baptiser de leurs noms quelques rues du secteur, il juge indispensable de citer ces martyrs dans les manuels scolaires distribués aux jeunes têtes blondes de la ZOF. Il précise aussitôt qu'il ne prêche pas pour sa propre chapelle : les victimes étaient chrétiennes et non pas communistes.

Je refroidis ses espoirs.

« Edgar, vous connaissez la position officielle aussi bien que moi : les Allemands sont tous coupables. Par fanatisme ou par lâcheté.

— Mais c'est faux !

— Peut-être, mais il n'y a pas de place pour d'autres victimes que celles reconnues par les vainqueurs. Et les Allemands n'en font pas partie.

— Même Thomas Mann, le Nobel de littérature, a salué leur bravoure !

— J'ai effectivement entendu son hommage sur la BBC. Mais n'insistez pas : personne ne vous suivra. C'est trop casse-gueule. »

Et quand bien même son initiative aurait-elle été acceptée, le gouvernement militaire ne dispose pas des moyens matériels pour opérer cet ajout dans les livres distribués aux élèves : principalement de la récupération et quelques suppléments fournis par Paris.

« Le papier manque rarement pour la propagande mais toujours pour la vérité ! »

Morin est dépité : il espérait un soutien. Je n'en ai ni le pouvoir ni les moyens. Dans un dernier élan, il me précise les raisons de son engouement pour cette destinée allemande.

« Pour ne rien vous cacher, j'ai rencontré Robert Scholl.

— Un membre de leur famille ?

— Leur père. »

L'homme d'une cinquantaine d'années a longtemps vécu dans le pays de Bade, où il avait des responsabilités publiques. Puis il a rejoint Ulm, avant de s'installer en Bavière avec son épouse et ses cinq enfants. L'Allemand a été arrêté deux fois par les nazis : la dernière fois, c'était à l'issue de sa visite à son fils et à sa fille, juste avant qu'ils soient guillotinés.

« Il m'a raconté la jeunesse de ses enfants. Au début, ils se sont fourvoyés. »

Hans Scholl était le porte-drapeau des Jeunesses hitlériennes d'Ulm lors du congrès nazi de Nuremberg en 1936. Contre l'avis de son père. Et Sophie fut membre du BDM, la ligue des jeunes femmes allemandes, une officine nazie encadrant le sexe féminin.

« Puis ils ont rompu avec le nazisme en 1937, pour une raison qui me touche.

— Laquelle ?

— La culture. »

À l'époque, Hans visite une exposition nazie sur l'art dégénéré à Munich : il n'accepte pas que les œuvres de Paul Klee et de Franz Marc, ses peintres préférés, soient clouées au pilori.

« Et il se révolte aussitôt contre Hitler.

— Qui, lui, était un peintre dégénéré. Un vrai. »

Morin sourit tristement. Le débat est clos.

***

Chaque jour, j'affronte mes contradictions et tais l'insupportable auprès de mes relations. Je dois demeurer le brave officier, taillable et corvéable à merci, dont on salue l'efficacité et l'obéissance. J'impose l'ordre et la morale chez autrui alors que je ne suis qu'un désordre de pensées et que ma morale se heurte à des actes que je réprouve parfois et qu'il me faut pourtant assumer. La nonchalance d'une bonne conscience illusoire ne suffit plus. Ne plus être totalement moi-même ne m'exonère pas de ces dérives. C'est à devenir fou.

Décidant de consulter un médecin capable de me recevoir rapidement et de me remettre sur pied tout aussi vite, j'opte pour le docteur Jules Prodi-Delorme. Son cabinet est à dix minutes à pied du Brenner. Il est temps de quitter mon bureau pour affronter le sermon d'Hippocrate : je n'ai jamais été un patient sérieux ni un malade précautionneux. On va encore me le reprocher... Dehors, la nuit magnifie les illuminations citadines. Baden-Baden brille de mille feux. Pour épater une galerie qui s'habitue au luxe. Et qui s'encroûte déjà. Un froid sec m'oblige à relever le col de mon duffle-coat. L'hiver est bien là. Sévère et triste. Il est dix-neuf heures trente lorsque je m'ébroue dans une salle d'attente vide. Alors que j'envisage de m'asseoir, une porte capitonnée de cuir rouge s'ouvre sur le docteur Prodi-Delorme. Petit et sec. Nerveux et mobile. Moustache et bouc à la d'Artagnan savamment entretenus. Sa blouse blanche s'ouvre sur une tenue de médecin-major débraillée. À ses pieds, des babouches.

« De vrais chaussons ! Un cadeau des coloniaux avant leur départ. J'en ai beaucoup soigné... Comment les trouvez-vous ?

— Elles sont originales...

— Des souliers de satin !!! »

Je m'asseois face à lui. S'emparant d'un bloc-notes, le médecin me bombarde de questions dont il note les réponses avec la rapidité d'une sténo. Je me présente, évoque mon parcours et raconte mon arrivée ici. Puis il me demande de lui décrire les symptômes me conduisant à le consulter. Je tente d'être le plus précis possible. Parfois, un sourcil se fronce ou une moue interrogative se dessine sur son visage.

« Si je résume : oppression respiratoire, nervosité, fatigue brutale, sommeil agité, vague à l'âme et perte d'appétit… » Il me fait me lever. « On va jeter un œil à tout ça. Déshabillez-vous. Slip compris. »

L'homme prend ma tension. Les chiffres du potentiomètre ne l'inquiètent pas outre mesure.

« Tension un peu faiblarde mais rien de grave. » Il se saisit d'un stéthoscope. « Vos poumons maintenant… » Il pose l'appareil à différents endroits de mon torse puis de mon dos. « Ça ramone là-dedans ! Vous fumez ?

— Oui.

— Beaucoup ?

— Deux ou trois paquets par jour. Des blondes.

— C'est aussi ma consommation. Mais je préfère les brunes. Et surtout, j'ai un gros avantage sur vous… » Il n'attend pas que je réagisse, certain de son effet. « Quand le crabe s'approchera, je saurai le reconnaître. Pas vous. Avec un peu de chance, des confrères l'attraperont dans leur épuisette avant que la mort se retire en emportant le bonhomme. Mais vous, comment ferez-vous ?

— Aucune idée…

— C'est peut-être mieux ainsi : chacun est libre de mourir quand et comme il le souhaite, désormais. C'est l'avantage indéniable de la paix sur la guerre. » Il prend une spatule qu'il présente devant ma bouche. « Ouvrez la chaudière… » Il la plonge dans ma gorge, en mimant un dégoût poli. « Ça empeste le charbon là-dedans ! »

Il ôte la spatule de ma bouche et m'observe de pied en cap. Puis, sans prévenir, il saisit mes testicules.

« Elles vous servent ?

— Elles répondent présent si on les sollicite…

— Seulement ? C'est tristounet ! Le sexe est un antidote efficace contre le surmenage. »

Il libère mes bourses qui retrouvent aussitôt leur place. Il s'essuie la main contre sa blouse et rejoint son bureau. Je me rhabille tandis qu'il rédige une ordonnance. À la vitesse de sa plume et au sourire qu'il me lance tout en peaufinant la rédaction de ma feuille de soins, je l'imagine inspiré. Ou catastrophé. Puis il pose son stylo. Il plonge sa main droite dans la poche de sa blouse et me tend son paquet de cigarettes, sérieusement entamé. J'en saisis une, il en fait de même. La flamme de son Zippo manque de me brûler le nez. Nous tirons sur ses brunes, plus fortes que mes anglaises.

« Vous allez chasser ce tracassin : je vous mets en arrêt. Vitamines et fortifiants, voilà ce qu'il vous faut. Avec un bon remontant au cas où. »

Il glisse l'ordonnance dans ma veste. Sur le pas de la porte capitonnée, il fouille dans sa poche et en sort une boîte que j'identifie aussitôt.

« C'est parfait contre les grosses fatigues, colonel.

— La fatigue nerveuse aussi ?

— Surtout elle ! Mais n'en abusez pas : on s'habitue vite à cette gourmandise ! »

D'autorité, il me glisse la boîte de Pervitine dans la main.

2

Morin est devenu un ami. Nos divergences rendent les échanges passionnants. L'unanimisme sirupeux de l'occupant sûr de son fait et de son droit n'a pas prise sur nous. La duplicité allemande non plus. L'humour noir, la polémique à fleuret moucheté, un idéalisme parfois enfantin d'un côté, un cynisme souvent désabusé de l'autre, une même envie de sortir des sentiers battus : tout cela nous a rapprochés. Notre voussoiement est une marque de respect, qu'inconsciemment nous apprécions.

L'adversaire militant se révèle un camarade bienveillant. Il n'est pas nécessaire de tenter de nous convaincre l'un l'autre : le gaullisme n'est pas un avatar réactionnaire du communisme, pas plus que le communisme n'est une pensée qui me séduit. Débarrassés de nos oripeaux idéologiques et soulagés de nos impératifs militaires, nous creusons nos humanités, nous nourrissons nos doutes, nous savourons des complicités intellectuelles : la lecture, la musique, les arts. Des domaines désormais épargnés par la guerre.

Lors d'un déjeuner, il me lance une étrange invitation.

« René, connaissez-vous Berlin ?

— Aucunement.

— Ça tombe bien : je m'y rends quelques jours avec Violette, ma femme. Que diriez-vous de nous y accompagner ? Depuis juillet, l'armée soviétique a ouvert la ville aux états-majors occidentaux : on y va plus facilement. Et cela vous changerait de Baden-Baden : cette architecture pâtissière est étouffante.

— Pas faux…

— À Berlin, le chaos n'est pas feint !

— Quand partiriez-vous ?

— Dans deux jours.

— Va pour Berlin ! »

Je me surprends à accepter cette idée sans réfléchir davantage.

L'occasion s'y prête aussi pour mon interlocuteur : le gouvernement militaire a acquis quelques voitures Volkswagen flambant neuves et Morin est autorisé à se rendre à Berlin avec l'une d'elles. Pour l'essence, j'ai la solution : mes nombreux jerricanes, l'or du Rhin. Le périple est long et imprévisible. Sept cents kilomètres. Pas moins de quatre jours de route ; je dis « route » mais « piste » serait un terme plus adéquat : l'Allemagne est un enfer de voies défoncées et un cimetière de véhicules accidentés.

Nos deux métiers – propagande et renseignement – nous faciliteront l'obtention des ordres de mission indispensables pour traverser les zones d'occupation successives et nous y fondre ensuite.

Toujours à hauteur d'homme : notre façon commune d'appréhender la vérité d'une furie dépassant l'entendement, de la vivre avec nos tripes. Surtout, une occasion d'enquêter au plus près sur la disparition de ma sœur et de son fils. Toujours plus à l'est.

Morin m'apprend qu'il s'y est déjà rendu cet été : « J'ai pris un avion militaire à Strasbourg et suis arrivé à l'aéroport de Tempelhof, au sud-ouest de Berlin, en zone américaine. La voiture qui m'attendait m'a fait traverser un univers interminable de ruines. Peu de passants, sinon furtifs et rasant les décombres. Et un univers dantesque. »

Il me décrit le cœur mort du Reich foudroyé.

Le parc boisé du Tiergarten ? Ce qui restait d'arbustes et de branches avait été coupé par les Berlinois : les statues encore intactes des rois de Prusse et des généraux à casque à pointe contemplaient la morne plaine.

La porte de Brandebourg, un drapeau rouge déchiré fiché à son sommet : un arc de triomphe ébréché, la survivance d'une antique civilisation.

L'Unter den Linden, en ruine sur toute sa longueur. Une dévastation sans limite.

Autour de la chancellerie, Wilhelmstraße, Alexanderplatz, les lieux ultimes de l'enfer. L'agonie de l'Europe barbare.

La Potsdamer Platz ? Un amoncellement de gravats. Sur la Leipziger Straße, les carcasses des bâtiments administratifs ou commerciaux offrant à nu leurs cages d'ascenseur et de gigantesques enseignes pendant pitoyablement.

Au milieu des ruines des palais wilhelmiens, des blocs énormes, gisant au sol : atlantes et cariatides.

La chancellerie ? Là encore : personne, pas même un garde. L'escalier majestueux jonché de débris. Puis une gigantesque galerie au sol de marbre poli de cent cinquante mètres de long, plus grande que celle de Versailles. Dans le bureau de Hitler, des documents et des certificats signés de sa main jonchent encore le sol. Morin m'avoue en avoir ramassé certains, en guise de souvenir.

Puis la Kommandantur quadripartite, installée dans un édifice intact, Kaiserwerther Straße, à Dahlem : apéritifs et repas excellents.

En zone française, un bureau militaire lui avait indiqué sa résidence, au nord de la ville. Chez un vieux couple d'Allemands terrorisés.

« Aussitôt quitté le périmètre urbain, la voiture est arrivée dans un paysage magnifique de dunes, de lacs et de pins où se trouvaient nichées des maisonnettes coquettes. Un ailleurs poétique : je me suis soudain trouvé dans un lieu préservé de toute guerre. Un contraste irréel. Une sérénité bienvenue. »

Je réfléchis aux possibilités de faire avancer ma quête familiale : je dois approcher les responsables soviétiques puisque Ravensbrück, dernier lieu de passage connu de ma sœur, est dans leur zone. Pas loin de Berlin.

Nous achevons notre repas et l'arrosons d'un pousse-café ébouriffant. Morin évoque un épisode de son précédent périple. Une aubaine. À Berlin, un communiste allemand lui a fait rencontrer Panine : le responsable du Parti communiste soviétique, supérieur du général Tchouïkov, gouverneur militaire tout-puissant de la ville.

« Une scène qui pourrait vous plaire, René : pour me rendre chez Panine, j'ai emprunté des rues encombrées de charrettes militaires hippomobiles. Des soldats étaient accroupis autour d'un feu brûlant à même le trottoir pour y rôtir de la viande : derrière les chars soviétiques, derrière les orgues de Staline, se dissimulait une intendance rustique du siècle passé. Étonnant, non ?

— Pas tant que ça… »

Morin rit. Puis il raconte son entrevue avec le dignitaire soviétique.

« Panine m'a reçu fort aimablement. Nous avons conversé par le truchement d'un traducteur, très cultivé. Et il m'a accordé une faveur.

— Une faveur ?

— Oui. Le camp de Buchenwald est interdit d'accès aux étrangers. Mais il a obtenu un laissez-passer pour les parents d'un ami disparu en déportation, afin qu'ils puissent se rendre sur les lieux du supplice de leur fils. Un très beau geste. »

À cet instant, j'ai envie de sauter dans une Volkswagen, de foncer à Berlin avec Morin, et d'embarquer Panine jusqu'à Ravensbrück pour retrouver ma sœur et mon filleul. Une vision idiote. Un excès de Pervitine ?

Morin me conte une dernière anecdote. À son tour, Panine lui a demandé un service. Une situation inattendue : un potentat soviétique s'adressant à un minuscule officier français pour bénéficier de son aide. L'un des paradoxes de ce long effroi de cinq ans : un homme s'adresse à un autre homme, sans souci de hiérarchie. Après la boucherie, un peu d'humanité. Ou de calcul.

Morin a accepté de porter une lettre du maréchal von Paulus, le vaincu de Stalingrad, à son épouse vivant près de Baden-Baden. Depuis novembre 1942, cette femme n'avait aucune nouvelle directe de son mari, bien qu'elle eût appris qu'il présidait un comité d'officiers prisonniers des Soviétiques.

« Et vous y êtes allé, Edgar ?

— Oui : je me suis rendu en Forêt-Noire au château des von Paulus, où m'ont introduit des domestiques. Un autre monde. Préservé de tout. Et là, une femme grande d'une sobre élégance est venue à ma rencontre. Je lui ai tendu aussitôt l'enveloppe confiée par Panine. Dès qu'elle a reconnu l'écriture, elle s'est évanouie. Une fois ranimée, elle m'a demandé si elle pouvait me confier une lettre pour son mari.

— Et vous avez dit oui…

— Absolument. »

Morin a d'excellentes raisons de retrouver Berlin. Rendez-vous est donc fixé dans quarante-huit heures. Ici même. Ma Traction Avant suivra sa Volkswagen. Sa fantaisie accompagnera mon obsession.

3

13 décembre. Paris

Le lieutenant Richard présente au général Garnier la fiche de renseignements qu'elle vient de compléter sur René Valenton.

« Comment se comporte mon poulain, Colette ?

— Le capitaine Metzer m'a informée qu'il partait à Berlin quelques jours.

— Mais que va-t-il foutre là-bas, nom d'une pipe ?! On l'a affecté dans la ZOF pour surveiller les Ricains et les Angliches, pas pour faire du tourisme chez les Soviets !

— Mon petit doigt me dit qu'il cherche encore sa sœur et son neveu : ils ont été déportés à cause de lui il y a deux ans. Et ça l'obsède. À Berlin, il espère en savoir davantage…

— Quel crétin ! Les Russes préfèrent les statistiques grossières à l'étude des cas particuliers : il n'apprendra rien d'intéressant chez eux. Et ça m'étonnerait beaucoup que sa famille ait survécu : les camps boches n'étaient pas des colonies de vacances, que je sache !

— Mais l'espoir fait vivre, n'est-ce pas ? Et puis, à Baden-Baden, Valenton fréquente aussi le lieutenant Morin. Ceci pourrait expliquer cela…

— Morin ?! Celui qui trempe avec les cocos et trouve toujours des excuses aux Fritz ?

— Celui-là même…

— Quelle plaie ! Il va retourner le cerveau de Valenton, voilà tout ! »

L'officier supérieur est agacé : il déteste ne pas totalement contrôler son petit monde. Sa carrière pourrait en pâtir et ses rapports se dégrader avec la garde rapprochée de De Gaulle. Manipuler tout un chacun impose un doigté qu'il ne maîtrise plus comme avant. Et devoir passer la main sans en avoir choisi le moment l'agace au plus haut point. Paris est devenu encore plus imprévisible que la ZOF.

« J'espère tout de même avoir misé sur le bon cheval ! D'ailleurs, on ne m'a guère donné le choix, au Cabinet du général…

— Inch Allah, comme disent vos hommes. »

Garnier sert maintenant un thé à la menthe brûlant à sa collaboratrice. Elle y glisse deux sucres avant de porter la tasse à ses lèvres. Puis elle la repose en fixant son supérieur qui allume une pipe, soucieux.

« Jacques est en vacances chez mes parents. Votre épouse est toujours en cure à La Bourboule ?

— On ne peut rien vous cacher, Colette.

— Alors, disons vingt heures chez moi ? Vos babioles me vont à ravir : la soie des bas est d'une douceur absolue et le déshabillé parme tout à fait chic et charmant, vous verrez, Eugène. »

Garnier s'empourpre. Elle tourne les talons.

4

14 décembre, onze heures du matin.
Baden-Baden

Une petite neige tombe sans conviction. Mais le froid, lui, est vif. L'hiver est bien là. Baden-Baden s'apprête donc à hiberner : moins de badauds dans les rues, plus de monde dans les brasseries.

Morin me présente son épouse : une femme charmante, vive et curieuse. Nos véhicules débordent de provisions. Je transfère trois de mes jerricanes à l'arrière de sa voiture flambant neuve. Nous évoquons le parcours et nous nous mettons d'accord : une pause toutes les quatre heures. Une halte à la nuit tombée. Et nos armes toujours à portée de main. La Pervitine renforcera ma vigilance.

Robert Scipion apparaît alors, une chapka sur la tête, un treillis américain sur le dos, un baluchon sur l'épaule et une grille de mots croisés en main.

« Valenton, quelle surprise ! Vous aussi partez visiter l'URSS avant qu'elle nous visite ? »

Remerciements

Noëlle MEIMAROGLOU, éditrice courageuse et soutien formidable. *No hell* avec Noëlle.

Albert ALGOUD, fidèle complice et vieille ganache.

Grégoire DENIAU, Grand Reporter, grand monsieur et grand ami.

Nesim FINTZ, pour mille et une bonnes raisons.

Franck MAUBERT, écrivain louable et cher du Loir-et-Cher.

Valérie MOUILLEAU, sinon rien.

Pensées respectueuses pour Marc HILLEL et Edgar MORIN.

Imprimé en Espagne par:
CPI Black Print
en août 2021

Pocket - 92 avenue de France, 75013 Paris

S31427/01